Un lugar en el mapa

Un lugar en el mapa

SHAUN PRESCOTT

Traducción de
Aurora Echevarría

LITERATURA RANDOM HOUSE

Papel certificado por el Forest Stewardship Council®

Título original: *The Town*

Publicado en 2018 por Faber and Faber Limited, Londres

Primera edición: marzo de 2020

© 2017, Shaun Prescott
© 2020, Penguin Random House Grupo Editorial, S. A. U.
Travessera de Gràcia, 47-49. 08021 Barcelona
© 2020, Aurora Echevarría Pérez, por la traducción

Penguin Random House Grupo Editorial apoya la protección del *copyright*.
El *copyright* estimula la creatividad, defiende la diversidad en el ámbito de las ideas y el conocimiento,
promueve la libre expresión y favorece una cultura viva. Gracias por comprar una edición autorizada
de este libro y por respetar las leyes del *copyright* al no reproducir, escanear ni distribuir ninguna
parte de esta obra por ningún medio sin permiso. Al hacerlo está respaldando a los autores
y permitiendo que PRHGE continúe publicando libros para todos los lectores.
Diríjase a CEDRO (Centro Español de Derechos Reprográficos, http://www.cedro.org)
si necesita fotocopiar o escanear algún fragmento de esta obra.

Printed in Spain – Impreso en España

ISBN: 978-84-397-3690-5
Depósito legal: B-485-2020

Compuesto en La Nueva Edimac S.L.

Impreso en EGEDSA (Sabadell, Barcelona)

RH 3 6 9 0 5

Penguin
Random House
Grupo Editorial

1

EL PUEBLO

Solo era posible ver el pueblo en toda su extensión si pasabas mucho tiempo en él. Entonces podías observar cómo los límites resplandecían en los bordes y saber qué significaban esos bordes.

Solo después de haber pasado muchos años en el pueblo era posible advertir la singularidad de ciertos aspectos de las visiones conocidas. Entonces podías detenerte al final de una calle tranquila a una hora determinada y desde un ángulo concreto fingir que estabas en otro lugar, pararte delante de la antigua fábrica de gas y, al levantar la vista, creer por un momento que habías accedido a uno de esos mundos hipotéticos que existían más allá del pueblo.

Cuando estás en ciertos pueblos, el resto del mundo desaparece, de ahí que sea lógico que, para el resto del mundo, algunos pueblos también desaparezcan o sean una fantasía, un pueblo fantasma o un punto puramente decorativo en un mapa. Un lugar colocado con recelo por un cartógrafo impaciente por llenar un espacio solitario.

Cuando llegué al pueblo, me puse a buscar una cafetería donde sentarme con regularidad y que me sirviera de punto de encuentro una vez hubiera hecho amigos. Dando vueltas por un centro comercial, escogí una llamada Michel's Patisserie desde la que se veían los Big W. En lo alto de las escaleras mecánicas un hombre vendía trapos de cocina e imanes para la nevera con la bandera australiana. Sentado en la cafetería pensé: bueno, es un comienzo. Ya tengo un lugar aceptable donde quedar con la gente que vaya conociendo.

El centro comercial era como los que se ven en todos los pueblos del Central West, y pertenecía a una de las dos grandes corporaciones que competían por hacerse con la zona. Me tomé mi primer café y pensé en el trayecto que me había llevado hasta allí como una manera de premiar a mi yo anterior, que hacía apenas una hora había albergado la vaga sospecha de que no llegaría a ninguna parte.

Más tarde deambulé por el centro comercial. Eché un vistazo en Sanity y pensé en los cedés que compraría en cuanto encontrara trabajo. Luego curioseé en Angus & Robertson y tomé nota mentalmente de los libros que compraría, leería y comentaría con la gente con la que quedara en la cafetería que daba a los Big W una vez la hubiera conocido. Me compré un pan relleno de queso y beicon en el Bakers Delight y me senté a una mesa de afuera para comérmelo.

La calle mayor del pueblo abarcaba cinco manzanas, a donde iban a parar calles más pequeñas con tiendas a ambos lados. Había soñado con ese pueblo. En mi sueño había un piso en la segunda planta de un edificio de una calle transversal. El piso daba a una gasolinera, y yo estaba sentado en el balcón con una mujer. Fumábamos cigarrillos y bebíamos jarras de cerveza. Supongo que ese sueño surgió de las veces que había recorrido aquel pueblo en el pasado, a lo largo de la calle mayor, yendo de un pueblo a otro sin detenerme nunca por el camino, ni siquiera para tomar un refrigerio.

Ese sueño no había sido el catalizador de mi llegada al pueblo, pero cuando entré en él aquel día me induje a creer que sí. Recuerdo que, para dar solemnidad al momento, pensé que había sido un sueño importante. Sabía que me engañaba a mí mismo, pero era un engaño inofensivo.

Me instalé en casa de un tal Rob. Me subalquiló una habitación en una casa cercana a la escuela que había visto anunciada en el periódico local. Aunque estaba deseando conocer gente, no tenía ningún deseo de saber más sobre Rob, ya que era un entusiasta del deporte. Me preguntó qué equipo seguía y respondí que el Australia. De vez en cuando él y sus amigos veían algún partido en la sala de estar mientras bebían. Intercambian valoraciones serias sobre cada deportista y hablaban de ellos como si los hubieran tratado en la vida real.

Yo le pagaba el alquiler directamente a Rob y él se lo daba a sus padres, que eran los propietarios. Cada semana dejaba en el cajón de la cocina un sobre cerrado en el que ponía ALQUILER. En los momentos en que era ineludible tener contacto directo con él, hablábamos de nuestros planes para el fin de semana, aunque fuera un martes. Una vez le comenté que escribía un libro sobre los pueblos que estaban desapareciendo en el Central West, la región de Nueva Gales del Sur. Me respondió que se iba a tomar una cerveza.

Rob no mostró ningún interés en mí hasta que una noche regresó tarde a casa después de una gran final y me encontró preparándome la cena en la cocina. Me dijo que le sorprendía lo poco que salía, y que una gran final era la ocasión perfecta para «socializar». Mentí y le dije que ese día era el aniversario de la muerte de mi padre y que, además, estaba ocupado con mi libro sobre los pueblos que desaparecían. Esta vez pareció admirar que intentara escribir un libro y me preguntó si le dejaría leerlo. Le respondí que podía leerlo cuando quisiera, estuviera terminado o no, porque fluía de mi mente a la página en un estado que en ese momento me parecía totalmente acabado. No creía que necesitara corregirlo siquiera y mucho menos redactar un segundo borrador, porque era un libro muy fácil de escribir. No sería una obra maestra, pero funcionaría sin duda como libro al uso. Rob dijo que le gustaría leer algo en ese mismo instante, de modo que lo llevé a mi habitación, lo senté frente a mi ordenador y le busqué un pasaje que me parecía especialmente interesante.

Era sobre el pueblo de Meranburn. Lo había escrito días atrás en un estado de aturdimiento. Mientras lo escribía había tenido la sensación de estar sentado con las piernas cruzadas junto a la estación en ruinas de Meranburn. Rob lo leyó y quiso saber dónde estaba, así que le expliqué que había que hablar de Meranburn en pasado, pues ya no existía. Sugirió que entonces era un pueblo fantasma, a lo que respondí que no era lo que él entendía por pueblo fantasma. No había sufrido una crisis, ni sus habitantes habían acudido a las poblaciones más próximas para buscar trabajo, ni sus edificios se habían venido abajo. Meranburn simplemente había desaparecido. De ahí el título del libro, dijo Rob, *Los pueblos del Central West que desaparecen*. No comentó si le había gustado o no el pasaje, solo que de pronto tenía curiosidad por el pueblo de Meranburn. Y añadió que en realidad no estaba desapareciendo, ¿no? Ya había desaparecido.

Conseguí trabajo como reponedor en Woolworths. Me compré una grabadora de bolsillo, y me grababa en casa leyendo en voz alta mi libro para escucharme luego mientras colocaba los productos con cuidado en los estantes. Como reponedor no se requería que me comunicara mucho con los clientes, aunque estos a menudo me pedían que los ayudara a encontrar un artículo en particular, a lo que siempre respondía que no sabía dónde estaba.

A veces no me sentía satisfecho con mi libro al escucharme en el supermercado. Quería que hubiera una sección, un capítulo o al menos un pasaje que horrorizara realmente a la gente. Quería que mi escritura estuviera impregnada de algo que llenara de terror a quien lo leyera. Quería que hubiera un único pasaje que reflejara mi vaga noción de que los pueblos del Central West de Nueva Gales del Sur que estaban desapareciendo tenían que ser tan importantes para el lector y para el mundo como lo eran para mí. Durante esos arranques de descontento aparecía en mi mente una imagen: una explanada de hierba verde y fresca, y sobre ella varias personas desnudas que estaban siendo desolladas por una figura encapuchada. En las tardes que reponía los productos en los estantes, me decía que podría ser interesante acabar el libro con una escena así, que podría ser la culminación de todos los capítulos aislados en los que trataba de cada pueblo por separado. Tal vez cada habitante de cada pueblo había sido secuestrado y desollado en algún campo remoto en dirección a Dubbo. La ubicación de esa explanada siempre era la misma: justo antes de que las verdes laderas y llanuras den paso a la planicie marrón que se adentra en lo más profundo del país. El libro constaría de ocho capítulos de prosa periodística lineal que describirían lo que podía haber sucedido en los pueblos desaparecidos del Central West. Ninguna de esas ocho hipótesis sería particularmente violenta o interesante siquiera, pero entonces el noveno y último capítulo sobre las personas desnudas y la figura encapuchada pondría fin al libro, con lo que lograría crear la impresión de que esa escena tenía que ver con todo lo que la precedía. Nunca se explicaría, pero sería cierto. El lector creería que el capítulo estaba intrínsecamente relacionado con las historias sobre los pueblos que desaparecían en el Central West de Nueva Gales del Sur.

Llevaba un par de días en el pueblo cuando fui a la biblioteca. Buscaba libros sobre el pueblo, pero también tenía la esperanza de encontrar algo sobre los pueblos ya desaparecidos.

Después de una búsqueda exhaustiva en las estanterías y entre los libros apilados, pregunté en el mostrador de información por la sección de historia local. El hombre que lo atendía quiso saber por qué buscaba dicha sección, así que le expliqué que escribía un libro sobre los pueblos del Central West de Nueva Gales del Sur que estaban desapareciendo. Quería sacar tantos libros sobre el pueblo como fuera posible.

El bibliotecario me preguntó si creía que su pueblo había desaparecido. Especulé en voz alta que era posible, aunque poco probable, pues los pueblos no desaparecen en esta época moderna a menos que dejen de cumplir un propósito, y ese pueblo seguramente tenía uno. Me interesaba la sección de historia local porque quería averiguar cuál era ese propósito. Debían de haberlo construido por alguna razón. Si no había ninguna, ¿por qué se encontraba exactamente allí?

No hay libros sobre este pueblo, dijo el bibliotecario. Lo que necesitamos es que alguien como usted escriba uno, aunque nunca será lo que se dice un éxito de ventas. En este pueblo nunca ha sucedido ningún acontecimiento importante, y cuando suceda, ya no tendrá ningún sentido recordarlo.

El bibliotecario me explicó que muchas poblaciones similares tienen historias sobre cómo se fundaron o sobre la función que cumplieron en el pasado. Hay incluso novelas ambientadas en sus calles. Pero este pueblo está aquí sin más. Nadie recuerda cómo llegó o por qué lo construyeron sus presuntos fundadores, excepto tal vez las personas que son verdaderamente mayores, pero que están demasiado confusas como para acabar las frases. Este pueblo no tiene libros propios porque, hasta donde se sabe hoy día, no ha habido motivos para escribirlos. Los libros suelen tratar sobre fenómenos extraordinarios, dijo, y este pueblo no tiene nada fuera de lo común.

Admitió que él mismo había intentado sin éxito escribir un libro sobre el pueblo. Nunca le había gustado el pueblo, desde que era un niño. Siempre había tenido la intención de irse a la ciudad o al extranjero, pero no fue posible, y ahí estaba, trabajando en la biblioteca.

Al carecer de la experiencia vital que se necesita para escribir un libro sobre cualquier tema, decidió que escribiría un libro sobre el pueblo porque era donde había pasado toda su vida. Sería sencillo, pensó, pues tenía todo el material delante de sus narices, y había muchas personas mayores a las que podía entrevistar. Lo más importante era que nadie antes había escrito un libro sobre el pueblo. Tal vez su pueblo les pareciera exótico a los que vivían en otros lugares, los lugares sobre los que se suele escribir en los libros.

Al principio no sabía qué forma adoptaría el libro, si contaría una historia pura y dura o si sería algo más parecido a unas memorias, pero pensó que al escribirlo tendría la oportunidad de abordar algunos de los problemas que le habían afectado personalmente a lo largo de los años, como, por ejemplo, el hecho de ser poco interesante y, por lo tanto, solitario. Escribiría el libro de tal manera que comunicara al lector que se sentía solo. Aparentemente sería una historia o unas memorias sobre el pueblo, pero en realidad trataría sobre su soledad. Sin ser explícito, ese sería el tema que los críticos y los lectores excepcionales abrazarían, y esperaba que algún día un comentarista del mismo pueblo o quizá de fuera, tal vez en un periódico o en una revista, describiera el libro como un relato fidedigno sobre la soledad.

Antes de escribirlo reflexionó tanto sobre él y tan detenidamente que acabó perdiendo la esperanza de que alguien importante lo leyera. Pero pensó que al menos podría atraer el interés de la gente del mismo pueblo. Estuvo muchos meses investigando sobre el pueblo antes de escribir una sola frase. Averiguó muchos datos, pero ninguno le pareció interesante. Indagó sobre el diputado local que había muerto de un colapso pulmonar, y sobre las distintas tiendas que había en la calle mayor en los viejos tiempos. En las salas del consejo municipal leyó sobre la apertura de escuelas y bancos. Encontró fotografías de hombres y mujeres vestidos de forma pintoresca en la calle mayor, mirando boquiabiertos a la cámara mientras algún político cortaba una cinta. Leyó sobre disputas relacionadas con el trazado de las carreteras y la construcción de los centros comerciales. Averiguó anécdotas sobre ciertas familias prósperas de agricultores que solo podían tener interés para los miembros de las familias en cuestión.

Pronto descubrió que no había ninguna historia sobre el pueblo que pudiera suscitar en los lectores el tipo de emoción que él buscaba suscitar. Estos no podrían pasar de la primera página del libro sin intuir lo aburrido que sería de principio a fin. No podía empezar diciendo que «el pueblo se fundó en tal año por tal o cual explorador o colono», porque esos datos no se encontraban en ninguna parte. Ni siquiera podía dar una explicación aproximada de algo así.

Insistió en que para escribir una historia necesitaba disponer de esa sencilla información. Y no podía empezarla con el primer dato conocido a su disposición, puesto que era especialmente aburrido: que en 1932 hubo una sequía y que Joe McGee perdió todo su ganado. Por lo que él sabía, el comienzo de un libro debe dar una idea de qué tratará, ya sea discretamente o de otro modo. El ganado muerto no tenía cabida en el libro que él quería escribir.

Recurrió entonces a la perspectiva propia de las memorias, pero se encontró con problemas similares, sobre todo porque él no era una persona interesante. Nació, fue a la escuela primaria y luego al instituto, y cuando acabó se puso a trabajar en la biblioteca como encargado de las estanterías antes de que lo ascendieran al mostrador. Había tenido una vida difícil y agotadora, pero sin conocer el placer intenso ni enfrentarse tampoco a la clase de vicisitudes que deleitan a los lectores.

Era cierto que había experimentado y visto muchas cosas, algunas de las cuales le habían causado una honda impresión. Durante un tiempo se engañó a sí mismo diciéndose que podía describir esas sensaciones y visiones de un modo que conmoviera a otras personas. Había muchos detalles en su vida que le parecían más propios de un sueño, estimulantes y modestamente relevantes, como ciertos fragmentos de canciones que parecían enraizados en la esencia de todo. Si los habitantes de esa población hubieran tenido una mentalidad más artística, tal vez él habría escrito un libro sobre esos pequeños detalles únicamente. Pero no era el caso. En su libro tenían que pasar cosas. Cosas interesantes.

Pero no tardó en descubrir que no era capaz de inventar buenas historias. Un intento fallido giraba en torno a una conspiración política que involucraba a muchas de las tiendas de la calle mayor, y se engañó pensando que escandalizaría al mismo tiempo que ahondaría en su soledad. Supuso que contentaría a su pequeño público solo con que lo contara de un modo u otro. Esas historias intrigarían a los lectores lo suficiente como para que llegaran a la última página, momento en el que sería imposible pasar por alto el tema de su soledad. Pero no entendía cómo funcionaba la política, ni tenía facilidad para escribir diálogos o dar forma a un relato convincente. Al final decidió que probablemente no tenía madera de escritor.

El problema entonces, dijo, fue que aún no sabía dónde volcar su soledad. Ser desgraciado era parte de su ser. No podía disfrutar de ella solo porque no podía utilizarla ni compartirla con un lector comprensivo. Hablar conmigo de la soledad no era suficiente —y recuerdo que en ese momento me señaló con bastante firmeza— porque necesitaba convertirla en algo importante. Pero atrás había quedado la época en que una persona como él habría podido escribir un libro como ese. Ya no era sensato escribir libros, dijo, a menos que lograran reflejar el sufrimiento de pueblos y ciudades lejanos, lugares donde se percibiera el peso del mundo al venirse abajo como un declive prolongado y agonizante. A diferencia de su pueblo, donde un trauma así probablemente no se experimentará en absoluto, a menos que se trate de una supuesta ficción o de una serie de cifras y gráficos fríos.

Entró en la biblioteca otro cliente que atrajo la mirada del bibliotecario. Yo ya había terminado de todos modos, puesto que no había una sección de historia local. Tenían muchos libros sobre la gran ciudad de la costa, llenos de fotografías en blanco y negro de hombres y mujeres tumbados en la arena, salvavidas colocados en hilera frente a sus clubes de surf y camareras adustas sirviendo raciones de *fish and chips* en los chiringuitos de la playa.

A primera hora de la tarde me sentaba en el pub del final de mi calle y me tomaba una cerveza. Era el típico pub de pueblo, con una pringosa moqueta de flores, su rincón con máquinas tragaperras y zona de restaurante. Pero el restaurante no funcionaba. Regentaba el pub una mujer llamada Jenny y a través de ella averigüé mucho de lo que había que saber sobre el pueblo.

Me sentaba en la barra cerca de donde ella solía estar. La primera vez, ella me preguntó de dónde era y le mentí diciendo que de otro estado. Me preguntó qué hacía allí y le respondí que escribía un libro sobre los pueblos del Central West de Nueva Gales del Sur que estaban desapareciendo.

A Jenny no le importaba mi libro y no fingió estar interesada en el pueblo de Meranburn cuando le hablé de él. Enumeré las pocas cosas que había averiguado sobre su pueblo desde mi llegada; en pocas palabras, que no había nada que averiguar. Ella se mostró de acuerdo.

Se pasaba largos períodos en el sótano ocupándose de la parte inferior de los dispensadores de cerveza. Otras veces sacudía la ropa de cama de las habitaciones que alquilaba en el piso superior. El pub de Jenny no atraía clientela. Nunca había nadie allí para oír la radio local que sonaba no muy alta a través de unos altavoces perdidos, ni las tonadillas de las máquinas de póquer ni las carreras de caballos que transmitían los televisores. En una pantalla de lotería Keno suspendida en una esquina proyectaba crípticas cifras que creaban la ilusión de que había algo grande en juego para un cliente que ya no estaba allí.

Las conversaciones que tuve con Jenny estaban teñidas de hostilidad. Le hacía preguntas sobre el pueblo y obtenía respuestas basadas en lo que ella afirmaba no saber. Todo lo que yo le decía parecía demostrar lo que ella se proponía señalar, aunque yo diera a entender justo lo contrario e incluso creyera que no quería señalar nada en absoluto. A ella le traían sin cuidado las razones por las que me interesaba el pueblo.

Le pregunté cuándo se había fundado el pueblo, pero ella me respondió que no se había fundado. Pensar en su fundación era el colmo de la arrogancia. La gente simplemente había acabado viviendo allí.

Insinué que en otro tiempo podría haber habido alguna ventaja geográfica para establecerse allí, por ejemplo, el riachuelo que corría a poca profundidad justo por detrás del KFC y de las varias gasolineras. Ella admitió que podía tener razón, que en los viejos tiempos la gente había querido tenerlo cerca. Quizá bebían directamente de él.

Había largos períodos de silencio. Jenny limpiaba la barra, secaba los vasos o revisaba las bandejas de monedas de las máquinas de póquer mientras se bebía una jarra de cerveza. Entonces yo le hacía una pregunta y era como una discusión.

Ella no sabía cuántos años tenía el pub. Suponía que su padre se lo había comprado a alguien y eso era todo, y allí estaba ella ahora. De todos modos, ¿por qué quería saber algo así?

Yo le respondía que quería averiguar los años que tenía el pueblo.

Ella daba a entender con un gesto que yo acababa de probar su argumento. Haces una pregunta esperando que responda a otra pregunta, me recriminaba. ¡Y luego dices que no estás escribiendo un libro de ficción!

Algunos días no hablábamos en absoluto, aparte de para tramitar la cerveza. Aunque el pub estaba vacío, a Jenny no parecía preocuparle su medio de subsistencia ni me trataba con gratitud. Cumplía con sus obligaciones como si fuera normal que hubiera poco movimiento en el pub, y cuando me servía la cerveza lo hacía como si hubiera otros clientes esperando. En algún momento del pasado debía de haber practicado los ademanes de una tabernera que atiende a muchos bebedores a la vez, y debía de haber estado expuesta al tipo de chismorreos y rumores que van de la mano de su profesión. Ninguna tontería conversacional la pillaba por sorpresa: lo había oído todo, y parecía haber cultivado la comprensión de las distintas indulgencias que podía permitir la cerveza.

Un día, en un arranque expansivo inusitado, Jenny comentó que el pueblo se estaba reduciendo y agrandando a la vez. Y acto seguido lo aclaró: el pueblo se expandía hacia afuera mientras que el número de personas que vivían en él disminuía. Me intrigó esa afirmación, pero no tenía ninguna estadística para darme y cerró de golpe la caja registradora.

Pocos días después, se sintió obligada a ampliar la información. Señaló que, con el paso del tiempo, el pueblo parecía más vacío. No sabía adónde iba la gente. Tal vez se quedaba más en casa. También podía haberse trasladado a otro lugar. Luego encendió un cigarrillo, lo que significaba que quería decir algo.

Hubo un tiempo, dijo, en que en la barra se sentaban hombres y mujeres entrados en años y hablaban durante horas seguidas de fútbol australiano, de algún tema local controvertido y a veces hasta de la situación del mundo. Esas conversaciones hacían que los días y las tardes pasaran más rápido, y a pesar de que ella no podía meter baza —aunque hubiera querido—, le suscitaba cierto interés oír lo que las personas mayores tenían que decir sobre las grandes cuestiones de los tiempos.

Pero al cabo de una semana esas personas, al parecer, empezaron a morir. El primero fue Ron Fenton, de un derrame cerebral. Le siguió Rhonda Gardner, que tropezó y cayó. Luego se diagnosticaron varios cánceres, se hizo necesaria la supervisión continua de varias enfermedades cardíacas a domicilio y se reservaron plazas en las residencias de ancianos, y los únicos hombres y mujeres que continuaron yendo al pub estaban demasiado atemorizados para hablar con tanta libertad y distanciamiento de los problemas cotidianos. Se encerraron en sí mismos, se sumieron en un silencio meditabundo, y sus rostros se volvieron avinagrados y asustadizos, hasta que finalmente se quedaron en casa. La vida se volvió demasiado desagradable para ellos. Había resultado ser ambivalente respecto a su bienestar.

Jenny especuló con que los habitantes del pueblo se inclinaban a creer que el orden natural de las cosas estaba de su parte y que era improbable que les sucediera algo malo a ellos en particular. Sin embargo, la vieja generación se estaba muriendo, a menudo sin dignidad, en soledad o tras una enfermedad prolongada e intolerable. Nadie había contado con que sucediera algo así, pero sucedió, y las cosas horribles que veían en la televisión y sobre las que leían en los periódicos de pronto parecían estar muy cerca. Esas personas habían vivido ante todo en una época en que nunca pasaba nada malo ni en el pueblo ni en el país. Las cosas malas solo les ocurrían a otras personas lejanas. La vejez y la muerte inminente habían cambiado eso, como ella suponía que cambiaba para todos los ancianos, con el añadido de que el mundo se estaba volviendo, de hecho, más hostil. Pero allí no. Señaló las carreras. Aún no.

Yo no tomaba muchas cervezas durante mis sesiones en el pub de Jenny. No sabía beber. A partir de la tercera siempre se me subía el alcohol a la cabeza, de modo que regresaba andando a casa y echaba una cabezada, o bien transcribía de memoria la conversación que había tenido con Jenny en el pub, antes de ir a trabajar a Woolworths. Todo lo que Jenny decía parecía falso una vez plasmado en el papel.

Un día le confesé que nunca tomaba más de tres cervezas porque no sabía beber.

Está claro que eres de otro estado, dijo ella.

El pueblo estaba tranquilo y solitario el domingo por la mañana. Abrían pocas tiendas, y las que lo hacían no atraían clientes. Solo había gente en las gasolineras y en las cadenas de comida rápida que bordeaban la carretera de oeste a este.

La carretera era en realidad la calle mayor del pueblo. Los aparcamientos y los carriles de autoservicio del KFC y el McDonald's se llenaban de coches, y las gasolineras estaban a rebosar, con los empleados echando gasolina y limpiando los parabrisas cubiertos de vísceras de langosta. Los visitantes cruzaban el pueblo con actitud ambivalente. Pocos giraban a la izquierda o a la derecha para dirigirse al centro, pero una tristeza casi imperceptible invadía a los que lo hacían. Los domingos por la mañana el pueblo parecía perdido en medio del campo y las carreteras circundantes, y sus habitantes resultaban lamentables en su incongruencia. Al pasar por el pueblo durante un largo viaje en coche del campo a la ciudad, el mundo podía parecer más grande e incomprensible, porque ¿cómo había llegado allí esa gente, y por qué se había quedado?

La carretera de cuatro carriles conducía a la gran ciudad, y en dirección opuesta llegaba hasta el centro del continente. El pueblo tenía suerte de estar allí situado, comunicado con otro lugar. Sin embargo, pocas personas en el pueblo creían que la transitada carretera fuera una ruta apropiada para salir de él y poner distancia de por medio. Era, en cambio, el lugar por donde los otros llegaban.

Rob trabajaba lavando coches en una de la media docena de gasolineras que había a un lado de la carretera. Sabía si la gente venía del campo o de la ciudad con solo mirarla. Si venía del campo, los faros y el parabrisas estaban cubiertos de langostas. Si venían de la ciudad, la porquería era urbana. Era posible hundir los dedos en ella, decía. Humos y contaminación.

Todos los visitantes representaban una vaga amenaza, distante e incuestionable. Los que venían de la gran ciudad no eran de fiar, mientras que los que llegaban del interior eran sospechosos por estar más autorizados que nadie en el pueblo para reivindicar como propia la vida de campo. La ciudad siempre era la ciudad, mientras que el campo, el lejano campo en el oeste, era irremediable y remoto. La ciudad consistía en una periferia urbanizada y luego edificios aún más grandes, mientras que el oeste solo era una visión de prados marrones y llanos, y caminos de tierra. El pueblo estaba en algún punto intermedio. No había nada malo en ello.

Los árabes, los asiáticos y los negratas vienen de la ciudad, me informó Rob. La gente blanca normal, los granjeros, los dueños de los negocios y los parados crónicos, todos vienen del campo, y señaló al oeste. Sobre todo los parados crónicos.

Dos domingos consecutivos decidí seguir a pie la carretera en las dos direcciones, oeste y este. Hacia el oeste, el pueblo acababa en un concesionario de coches desolado cuyos banderines triangulares de colores desteñidos se derretían con el calor. Al mirar en esa dirección aparecía sobre el horizonte el resplandor, una bruma premonitoria que envolvía una frontera impenetrable. Hacia el este, en cambio, había incitantes señales de tráfico con cifras de tres dígitos que indicaban los kilómetros hasta la ciudad costera, pero también los nombres de otras poblaciones, todos ellas irreconocibles. ¿Había verificado alguien si estaban allí esos lugares?

Son pueblos, me dijo Jenny. Por supuesto que están allí.

Los domingos por la mañana en el pueblo nadie sabía muy bien qué hacer consigo mismo. Se podían ir las horas mirando por la ventana. Algunas personas tal vez organizaban barbacoas en sus patios mientras que otras veían el fútbol. Yo no hacía nada más que beber cerveza y hojear el periódico local buscando pruebas de sus orígenes y, con suerte, también de su futuro.

Jenny me dijo que no sabía el número de habitantes que tenía el pueblo, ni lo antiguo que era, ni qué significaba su nombre, ni cuántas casas había en él, ni qué pensaban sus habitantes ni cuál era su color favorito. Solo es un maldito pueblo, gritó, y subió el volumen de las carreras antes de salir de la habitación.

A última hora de la tarde, cuando más libre me sentía para deambular, recorría las calles del pueblo buscando indicios de que podía formar parte de él. A veces ciertos ángulos parecían sugerir que podría llegar a adaptarme de algún modo. La pared verde de una casa de dos pisos que se veía desde el sendero, en la que perduraban las huellas de cierta humedad, especialmente por la noche, parecía un lugar donde podía encontrar mis raíces. Hacía falta un gran poder de concentración para detectar los hilos, de lo fantasmagóricos que eran. Aparecían con mayor frecuencia al contemplar los techos de tejas de los edificios más antiguos en contraste con las noches rurales estrelladas. Estas apariciones siempre ocurrían en el borde mismo de alguna estructura, y el hecho de abarcar por entero un entorno solía minar la extraña y seductora sensación de haber estado antes en él. Durante mucho tiempo sospeché que no bastaba la fuerza de voluntad para transformar un entorno lleno de incertidumbre en uno acogedor, pero siempre había algún que otro avance, por fugaz e insatisfactorio que fuera, que me obligaba a seguir intentándolo.

Mis esfuerzos por atrapar esas sensaciones y aplicarlas sutilmente a la extensión del pueblo siempre fracasaron. Tenía cierta esperanza en que, si se daban esos pequeños destellos, esos ángulos iluminadores, tal vez era porque estos estaban librando su propia batalla silenciosa contra la propagación fría y ambivalente. Tal vez dentro del pueblo había otro pueblo paralelo, escasamente poblado por las errantes almas perdidas, ocupadas en su propia búsqueda de un ángulo oculto que les permitiera acceder a su hogar.

Rob tenía una novia llamada Ciara, que era del pueblo, como él mismo se encargaba de aclarar. Él vivía en la casa porque daba la casualidad de que sus padres eran los dueños y, aparte de trabajar en una de las gasolineras de la carretera, estudiaba un TAFE, un curso de formación profesional.

Me comentó que Ciara y él eran una pareja poco común. Eso se debía a que, según Rob, no estaba bien visto que los estudiantes de TAFE tuvieran vínculos estrechos con la gente del pueblo. No había problema en tener relaciones con mujeres de otros pueblos, y viceversa, y lo más prestigioso era tener relaciones con mujeres de la ciudad, aunque admitió que él nunca había conocido a nadie de la ciudad.

Es un poco pueblerina, pero a mí no me importa, decía a veces.

Ciara pasaba mucho tiempo en nuestra casa y nos llevábamos bien. Siempre parecía interesada en lo que yo hacía en cualquier momento. Si yo estaba preparándome la cena en la cocina, ella decía algo así como: preparándote la cena, ¿eh?, antes de iniciar una conversación sobre qué era lo mejor para cenar. Temas triviales como ese, inevitablemente, derivaban en otros más interesantes. Ciara me hacía tantas preguntas que empecé a sospechar que intentaba comprenderme.

Un día llegó a la casa cuando yo salía de mi habitación para ir a la sala de estar. Me preguntó qué había hecho ese día, a lo que respondí que había estado escribiendo mi libro sobre los pueblos del Central West de Nueva Gales del Sur que estaban desapareciendo. Eso provocó en ella una reacción que nunca olvidaré: se quedó más impresionada que cualquier otra persona que yo haya conocido por el hecho de que yo estuviera escribiendo un libro. Me preguntó cuándo podría leerlo y le dije que cuando quisiera, que incluso en ese preciso momento si lo deseaba. Me dijo que si le daba una copia se lo leería más tarde.

Rob a veces me preguntaba si me molestaba que Ciara siempre estuviera tanto en casa. Era cierto que se pasaba la vida allí, pero a mí no me importaba. Le dije que mientras no interrumpiera el avance de mi libro, podía hacer lo que quisiera. Rob veía menos la televisión cuando ella estaba, e incluso se afeitaba los días que la esperaba. Basándome en esos hábitos, comprendí que estaba enamorado de ella.

En la casa de Rob el olor a vinagre solo rivalizaba con el del moho. Había cadáveres de moscas por los alféizares de las ventanas, detrás de las grasientas persianas de lamas, y de los techos colgaban telarañas polvorientas durante días seguidos, cada vez más cerca de la alfombra. A ninguno de los dos parecía importarles. Esa suciedad era transitoria, casi una obligación. Rob, y seguramente Ciara, no querían ir limpiando detrás de nadie, y todavía menos limpiar lo suyo. Ahora no había tiempo, y a medida que pasaban los días y las semanas, el momento adecuado parecía más remoto y menos inevitable. La forma que se espera que uno adopte al crecer se había perdido hacía mucho. En alguien mayor se interpretaría como una depresión, pero en Rob y Ciara parecía un desafío. Ciara a veces hasta se reía de la suciedad. Una noche en la que llevé mi bol a la cocina para llenarlo con pan, la sorprendí sonriéndole al puré de patatas pegado en los bordes del desagüe.

Esto es el caos, dijo. Es posible tenerlo todo en orden, un techo y varias paredes, que la electricidad funcione, que el gas no se termine, tener agua corriente, un armario lleno de comida rápida, una nevera llena de refrescos de lujo y un teléfono para llamar en caso de emergencias, pero la porquería del fregadero lo echa todo por el suelo. Abrió el grifo a presión y con el índice empujó la masa por el desagüe.

A Ciara le hacía gracia la suciedad porque lo echa todo por el suelo. Admiraba su vileza. Explicó que en la ciudad hay tantas cucarachas que cuartos enteros parecen respirar como un pulmón ennegrecido, ya que se desperdigan con solo darle al interruptor de la luz. En las ciudades es esencial que haya suciedad, me dijo. Es lo que las convierte en ciudades. Y, sin embargo, se supone que son civilizadas, y se jactan del tipo de instalaciones que personas como nosotros solo podemos admirar de lejos. Este fregadero —cerró el grifo y se secó las manos en los vaqueros— se muere de ganas de ser un fregadero de ciudad. Si al menos esta ventana —e hizo un ademán hacia la ventana de arriba– diera a edificios mucho más altos, la densidad de las viviendas sería tan elevada que, estadísticamente, el caos estaría a tiro de piedra. El caos en este pueblo, si es que existe, se encuentra en los fregaderos, en las esquinas de los techos, en la mugre debajo de las neveras, entre los calcetines perdidos debajo de los sofás de las salas de estar, en los viejos cobertizos obstruidos por electrodomésticos y muebles inservibles. El caos resulta patético, pero no es digno de compasión, solo cabe reírse de él.

Al cabo de un par de semanas ya no podía limitarme a responder a las preguntas de Ciara y oírla explayarse sobre vagos temas mundanos como forma de romper el hielo. Para no parecer frío, tendría que hacerle también alguna pregunta.

Le pregunté si su pueblo le parecía misterioso. Respondió que no. Le pregunté si alguna vez había leído algún libro sobre su pueblo. Ella nunca había leído un libro que no fuera de ficción. Solo leía el periódico, porque creía que su función era averiguar los sucesos más extraños y violentos que ocurrían en el pueblo. Pero, aparte de algún que otro acto de violencia o robo, siempre propiciado por el alcohol, en el pueblo nunca había secretos de los que se leían en los grandes periódicos. Agitó en el aire el *Sydney Morning Herald* de la semana anterior.

Un día Ciara llegó a la casa y llamó a la puerta de mi habitación. Me dijo que había leído los extractos que le había imprimido de mi libro sobre los pueblos que estaban desapareciendo. Necesitaba sentarse para decirme lo que pensaba de ellos, así que le señalé la silla de mi escritorio. No me puse nervioso por sus comentarios porque ella no era escritora.

Su opinión no era favorable. No podía decirme si el libro era de ficción o no. Le parecía que estaba bien escrito, pero le daba la impresión de que yo intentaba sacar un mensaje singular de los pueblos que desaparecían y que al final lo dejaba de lado porque no sabía cuál era. Así que, en realidad, estaba invitando a los lectores a averiguar por sí mismos algo importante sobre los pueblos que desaparecían, y ella sospechaba que eso podía hacerles perder el tiempo.

Luego me preguntó qué era eso tan importante sobre los pueblos que desaparecían. Le dije que nada. De hecho, eran todo lo contrario a importantes, ya que nadie sabía que habían existido, e incluso cuando habían existido, nadie había tenido interés en escribir sobre ellos. No había información sobre los pueblos desaparecidos, excepto breves referencias en libros escritos sobre poblaciones más grandes que no habían desaparecido, y la existencia de estaciones ferroviarias que habían caído en desuso a lo largo de las rutas que conducían al interior del país. De vez en cuando un viejo depósito de agua, un edificio colonial solitario invadido por la lengua de buey, un pozo tapiado o un solar con cimientos probaban la existencia de una estrecha carretera principal. No había recuerdos, pero sí nombres de pueblos que habían perdurado en los mapas.

Imagina que este pueblo desaparece dentro de cien años, dije. Todo lo que significa o representa se convertiría en polvo. Todo lo noble que hay en él caería en el olvido. No te lo puedes imaginar, le dije. También puedes esperar que no sea verdad.

Eso no bastaba para explicar todos mis sentimientos sobre los pueblos que estaban desapareciendo, pero Ciara asintió, aunque con reservas. Yo esperaba que no se sintiera preparada para comprender mi libro, pero ella insistió.

Insinuó que no podía no ser un libro de no ficción, pues todo era inventado.

Era cierto que yo especulaba sobre una gran variedad de temas, pero eso no lo hacía estrictamente ficticio. Lo que no se puede verificar no es necesariamente ficción, dije.

Esperé a que hiciera más preguntas sobre mi libro, pero parecía creer que ya lo había entendido. Fingió haber sido aleccionada y luego me preguntó qué más había hecho ese día.

Al principio casi no me alejaba del centro del pueblo. Era en ese barrio, dispuesto en largas cuadrículas simétricas, donde vivían los ancianos y los ricos, en calles anchas y vacías excepto por los sedanes aparcados. Casas adosadas, gasolineras y aparcamientos de asfalto al aire libre bordeaban las manzanas por los extremos, junto con viviendas más modernas de una sola planta.

Fuera de la zona del centro todo era desorden. Las calles serpenteaban a través de fincas con mansiones modernas de ladrillo y terrenos sin edificar que morían en campos polvorientos llenos de electrodomésticos desechados y árboles de caucho talados. No había forma de salir de esas calles sinuosas si no era regresando por el mismo camino. El sol no hallaba resistencia, tan solo se dedicaba a agostarlo todo volviéndolo de color gris, marrón y sus apagados tonos intermedios.

Le pregunté a Rob si alguna vez había explorado esos caminos en forma de tentáculo, pero ni siquiera sabía de su existencia. Su familia era propietaria de una mansión colonial en las arboladas afueras del barrio central, lo había sido desde que él nació.

Le pregunté a Jenny por qué los caminos estaban trazados con esa extraña forma tentacular, pero me dijo que era normal.

No sé qué tienen de interesante esos caminos, dijo.

Solo circulaba un autobús para los habitantes del pueblo que no conducían. Salía del centro a las ocho y media de la mañana y durante una hora se detenía en los puntos clave del sur del pueblo. Luego recorría cada uno de los caminos tentaculares, atravesaba pesadamente el norte y regresaba a la terminal a tiempo para que quienes viajasen en él disfrutaran de un té tardío. Desde allí emprendía de nuevo la misma ruta.

El conductor del autobús se llamaba Tom. Conducía, abría las puertas en las paradas, esperaba diez segundos y continuaba conduciendo.

Un día esperé en una de esas paradas. Tom me preguntó adónde iba y le dije que a ninguna parte. Solo quería ver el pueblo desde la perspectiva de un autobús.

Bueno, esta es la mejor manera de verlo entero, me dijo. El autobús va a todas partes. Es una ruta exhaustiva, aunque por desgracia es poco práctica. Se tarda dos horas en ir a pie al centro del pueblo desde el final de cualquiera de los caminos, mientras que en autobús, desde cualquier punto de la ruta, se tarda dos horas y media en recorrer una distancia similar. Sería práctico tener otro autobús y dos rutas, dijo. Y más práctico aún tener dos autobuses más y un total de tres rutas. Pero como nadie utiliza esta ruta, el ayuntamiento no está dispuesto a comprar más autobuses ni a contratar más conductores.

Los caminos tentaculares no parecían pertenecer al pueblo propiamente dicho. En ellos muchas de las casas eran de exposición, y mientras que en el centro había numerosos árboles, allí solo se veían algunos arbustos recortados o troncos atrofiados.

Tom cambió de sentido al final de uno de los caminos tentaculares. Nadie del pueblo utilizaba el autobús. Todos tenían coche, normalmente dos y a veces tres. Era imposible ir andando a las tiendas y tardar un tiempo razonable, por lo que iban en coche hasta alguno de los centros comerciales para cualquier cosa. El autobús solo podría haber resultado útil las noches del fin de semana, cuando todos estaban demasiado borrachos para volver a casa conduciendo, pero no circulaba a esas horas. Terminaba su recorrido en el centro a las siete de la tarde, que era cuando, según Tom, la mayoría de la gente empezaba a beber.

Él se lo había mencionado a sus superiores en el consejo municipal, pero no estaban interesados en adaptar el horario a las necesidades del pueblo. Lo único que le habían dicho era que el pueblo debía tener un autobús y lo tenía, y eso era lo único de lo que tenía que preocuparse. Así que Tom conducía en círculos todos los días para beneficio de nadie.

El autobús salió de un camino tentacular y se metió por otro. En las entradas de cemento blanco de las casas había automóviles inmaculados cociéndose al sol, y los riegos automáticos rociaban los tramos de césped marrón con agua procedente de los pozos. Las cortinas estaban corridas y por los bordes ajardinados de las aceras no pasaba nadie. Era posible saber dónde terminaba un césped y comenzaba otro por los diferentes tonos de marrón y verde opaco, los desniveles o las franjas de tierra que habían dejado entre las casas, marcando unos límites contractuales que eran respetados al dedillo.

Tom vivía en el autobús; nunca lo dejaba, salvo para comer en el McDonald's y ducharse en el estadio de fútbol. Yo era el primer pasajero que tenía en varios años.

Me habló de uno de sus pasajeros más recientes. Se había subido en la terminal central hacía unos años y no había querido ir a ningún lugar en particular, solo se había subido para hablar con él. Quería hacerlo porque durante muchos años Tom había liderado un grupo de rock local. Era el más popular del pueblo y se llamaba The Stern Gentlemen.

Tom me dijo que le llenó de orgullo que un hombre joven aunque un tanto extraño se subiera a un autobús solo para hablar con él. Haber pertenecido al grupo de rock local más popular durante un tiempo no te granjeaba el nivel de continuado respeto que cabría imaginar, dijo. De lo contrario el autobús habría atraído a más pasajeros.

Después de algunas formalidades y cortesías, el joven, que se llamaba Raymond, dijo que era el líder de su propio grupo de rock en el pueblo. Según Raymond, la música en el pueblo ya no era lo que solía ser. Tom le dio la razón por educación, aunque en esos momentos no podía importarle menos la música del pueblo. Muchos años antes de que terminara su carrera musical había asistido a un concierto que le había revelado que todos sus esfuerzos habían sido inútiles.

Raymond estaba descontento porque creía que a la gente del pueblo ya no le importaba la música rock, y quería que

Tom lo ayudara a reavivar el interés. Le hizo una propuesta. Si The Stern Gentlemen hacía de telonero de la banda de Raymond, obtendría todas las ganancias. Raymond creía que sería una buena oportunidad para dar a conocer su banda. Después de esa conversación se bajó en las afueras del pueblo, donde la carretera conducía a la primera de las fincas modernas.

Tom consideró la propuesta durante varios días y la comentó con su antiguo bajista. Este se mostró entusiasmado con la perspectiva, pero ningún otro miembro de la vieja banda compartió su entusiasmo, menos que nadie el batería, que había pasado a ser el gerente de los grandes almacenes Clint's Crazy Bargains.

Tom y el bajista decidieron formar un grupo acústico de dos miembros para apoyar a la banda de Raymond. El concierto se haría en el pueblo, Raymond se encargaría de la promoción y The Stern Gentlemen obtendría todas las ganancias al final de la noche. Tom consideró rechazar el generoso ofrecimiento de obtener la totalidad de las ganancias, pero conducir un autobús vacío no le daba derecho a un gran sueldo.

Ensayó con el bajista durante muchas semanas en su sala de estar, y fue emocionante volver a tocar unas canciones que pensó que nunca volvería a escuchar. Su sonido, incluso sin el teclado y la percusión, servía para poner de manifiesto cuánto había cambiado el pueblo a lo largo de los años. Las canciones lograban evocar la percepción que se tenía del pueblo en aquel entonces, a pesar de que la banda nunca las había concebido con esa intención. Fue especialmente conmovedor porque ni Tom ni el bajista, ni probablemente los demás, habían notado un cambio drástico en el pueblo. Al ensayar juntos las canciones se hizo evidente lo mucho que había cambiado, y no necesariamente para mejor. Tom se emocionó ante la oportunidad de ilustrar ese cambio, a pesar de que no era capaz de expresar exactamente en qué consistía. Podía decirse que ese sentido de la dimensión era lo que siempre le había faltado a su música durante los años en que todavía era lo bastante ingenuo para componerla. Incluso se engañó a sí mismo creyendo que los habían subestimado. Esas canciones, presentadas a esa nueva luz, podían llevar a un renacimiento de The Stern Gentlemen.

Pero las cosas se torcieron en cuanto llegaron al local. Para empezar, la banda de Raymond aún no había llegado. En segundo lugar, no había escenario. Y el camarero no sabía de ningún concierto para esa noche ni recordaba la última vez que había habido uno en ese local.

Tom se metió en la carretera y se dirigió a la terminal. Debería haber dado por terminada la noche en aquel momento, me dijo. Debería haberse llevado el equipo a casa y haber admitido que lo habían estafado. Pero llevaba muchas semanas ensayando y sentía una fuerte necesidad de expresarse por última vez. Así que, alentado por el bajista, que durante mucho tiempo había querido reformar la banda por la visión poco realista que tenía de su importancia, Tom le propuso al camarero hacer una actuación improvisada en la zona de restaurante. Después de todo, era un grupo acústico y, como había pocos comensales, no molestaría a nadie. «Si la gente del bar tiene interés, entrará a escuchar», le dijo para persuadirlo. Pero el camarero era demasiado joven para dejarse convencer al oír hablar de The Stern Gentlemen, y, además, según él estaba prohibido tocar música rock en los pubs y locales.

Tom se sorprendió al enterarse de que la música rock en directo llevaba prohibida en el pueblo casi quince años, tantos como los que The Stern Gentlemen había estado inactivo. Ahora era ilegal tener un guitarrista en un pub. Era ilegal cantar en un pub. Por todo el local había letreros que advertían a los clientes de que no podían cantar las tonadillas de los anuncios de la televisión o de las máquinas de póquer, o se exponían a ser expulsados del recinto.

En vista de la imposibilidad de tocar esa noche, se marchó a casa. Ni siquiera se despidió de su bajista, que estaba ocupado buscando pelea con el camarero.

En aquella época Tom vivía en una casa cerca de la terminal de autobuses, y al día siguiente rescindió el contrato de alquiler y se trasladó al autobús. Vendió la guitarra y todos los muebles, y llevó a su perro a la perrera. Quería desvincularse por completo del pueblo y de todo aquello en lo que se había convertido, pero necesitaba trabajar —y dio unos golpecitos al volante del autobús— para sobrevivir.

En el fondo siempre había creído que algún día volvería a tocar. Pero después de lo ocurrido esa noche, ya no podía soportar vivir en el pueblo, y mucho menos actuar en él. Sin embargo, no tenía forma de escapar, así que tuvo que conformarse con vivir en las afueras; era preferible a vivir en un lujar fijo dentro de él.

Llegado a ese punto no habló con nadie durante meses, ni siquiera con sus superiores en el ayuntamiento. Dejó de consultarles cosas y no tardó en darse cuenta de que ellos nunca se ponían en contacto; siempre era él quien iniciaba cualquier comunicación. Sospechaba que se habían olvidado rápidamente de la línea de autobús. También dejó de leer el periódico y apenas miraba el pueblo cuando pasaba junto a él a lo largo del día. Prestaba atención a las calles y a las paradas de autobús, y se quedaba absorto en sus propios pensamientos. ¿Quién era ese tal Raymond y por qué le había gastado una broma tan cruel? ¿Odiaba a The Stern Gentlemen? ¿Todos los jóvenes ridiculizaban el recuerdo de su banda? ¿O Raymond no era del pueblo?

Tom señaló la parada de autobús situada frente al aparcamiento de Woolworths. Aproximadamente un año después de la noche del concierto frustrado, una deprimente tarde de lunes de lluvia torrencial y calles desiertas había pasado por ese mismo lugar. Durante los días lluviosos a veces le parecía que no debería haber tenido su pataleta y haberse puesto a vivir en el autobús, abandonando el pueblo por completo. La lluvia le inducía a creer que todo había sido un error y que estaría mejor sentado en una casa bien caldeada viendo la televisión.

Aquel día había una persona que esperaba en la parada. La chica le había hecho un gesto como si quisiera subirse al autobús y Tom había frenado, asustado. Nunca había sucedido nada bueno cuando alguien subía a su autobús, pero si corría la voz de que había dejado a una adolescente sola en la parada, podía perder su hogar. De modo que se paró.

Tom me señaló exactamente dónde había encontrado a la chica. Debía de tener catorce años como mucho. Él le preguntó adónde quería ir. Ella no quería ir a ninguna parte; nadie quería ir a ninguna parte en su autobús.

En cambio le pidió permiso para anunciar un concierto en el autobús. Solo quería colocar el póster en una de las ventanas de los pasajeros, o tal vez en la ventana trasera, para que lo vieran los conductores que hubiera detrás. Tom le advirtió que ya no había conciertos en el pueblo. Los habían prohibido.

La chica dijo que ya lo sabía, pero quería anunciar el concierto de todos modos. Ni las bandas ni los locales existen en realidad, dijo. Pero sí la música. Dejó los carteles en el salpicadero.

Tom respondió que no podía anunciar conciertos imaginarios de bandas que no existían. Ella respondió que, a decir verdad, sí podía, que lo había hecho, y que no veía qué tenía de malo si en el pueblo no había nadie interesado en la música.

Era muy joven. Tom aprovechó la oportunidad para contarle todo sobre la época en que había tocado en el pueblo, cómo era el mundillo musical en los viejos tiempos. Ella no quiso saber nada. Entonces Tom le advirtió que él era un ejemplo vivo de lo que podía salir mal cuando la gente anunciaba conciertos fantasma de bandas inexistentes, pero a ella no le interesó. Parecía bastante hostil, dijo Tom, como si él tuviera la culpa de que ya no hubiera conciertos, aparte de la fiesta especial del pueblo de todos los años en el parque central.

Se había bajado del autobús en la parada junto al parque central. En lugar de enfadarse, Tom se sintió triste por ella, así como por Raymond. Todo le recordaba su precaria situación: allí estaba, conduciendo un autobús. El autobús estaba operativo, con un conductor y un horario, pero solo era un autobús en un noventa por ciento. Poseía los elementos básicos de una línea de autobús, pero el pueblo le impedía serlo al cien por cien. Entretanto, la vida que había vivido en su juventud ya no era más que un recuerdo.

Una vez tomó conciencia de ello, se mostró menos resentido con el joven Raymond. Comprendió la difícil situación del chico, porque en el pueblo no había nada que fuera al cien por cien. Siempre le faltaba una porción, dijo. Funcionaba, pero eso era todo, y le parecía un misterio que continuara haciéndolo.

Un día, mientras me cocinaba un plato de pasta, Rob me informó de que un hombre del pueblo quería darme una paliza.

Steve Sanders te la tiene jurada, me dijo. Algunos hombres del pub aconsejan que vigiles tus espaldas.

Me quedé de una pieza. No llevaba ni seis meses en el pueblo y, que yo supiera, no le había hecho nada malo a nadie. Hice un esfuerzo deliberado por evitar a los hombres cuando iba por el pueblo, y un esfuerzo añadido por parecer manso e inofensivo delante de las personas que podían sentirse ofendidas o intrigadas por mi presencia.

Le dije a Rob que debía de estar bromeando. O bien había un malentendido y Steve Sanders me confundía con otra persona.

Seguro que se refería a ti, dijo Rob. Probablemente quiere golpearte porque estás escribiendo un libro sobre el pueblo.

Volví a explicarle que mi libro no trataba de ese pueblo sino de otros cuya existencia, en muchos casos, no era verificable.

Él se encogió de hombros y cogió una lata de cerveza de la nevera. Nadie llega a un pueblo nuevo sin esperar que le den una paliza, dijo.

Esa semana apenas pegué ojo. Me salté dos turnos en Woolworths por miedo. Estudié la guía telefónica para averiguar la dirección del tal Steve Sanders, pero había al menos tres docenas de S. Sanders viviendo en el pueblo, una cantidad sorprendente en cualquier otra circunstancia, pero que en ese momento simplemente contemplé con pavor. Me desesperé tanto con esa información que consideré la posibilidad de colgar una nota en el tablero de anuncios del parque central, implorando a Steve Sanders que me telefoneara para que pudiéramos hablar del problema que tenía conmigo. Pero si Steve Sanders había decidido que quería pegarme sin que yo le hubiera hecho nada, debía de sentir hacia mí un odio irracional. Steve Sanders era un monstruo con el que no se podía razonar.

Jenny, la dueña del pub, no se sorprendió cuando le dije que Steve Sanders quería darme una paliza, porque ya lo sabía.

Entiéndelo, dijo con una actitud ambivalente. A los hombres les gusta golpear a los hombres. ¿A quién van a golpear si no?

Le dije que no dudaba de que había situaciones en que un hombre podía querer golpear a otro con razón. Pero esa no era una de ellas. No lo era en absoluto. Yo nunca había conocido ni visto a Steve Sanders.

Tú deja que te dé la paliza y acaba con esto de una vez, sugirió Jenny. Así él te la dará y asunto zanjado. ¿Nunca te han dado una paliza? Le dije que no. Pues ya va siendo hora, dijo ella.

A medida que pasaban las semanas, me preocupé menos por la paliza y más por lo que podía haberle hecho a Steve Sanders para que me odiara tanto. Después de intentar sin éxito recordar y analizar cada ocasión en la que había alternado en público, y de someterme a una autocrítica exhaustiva para identificar una razón que explicara su desdén, empecé a imaginar cómo sería tener una conversación con él. Me imaginé acercándome a él en algún pub y pidiendo una jarra de cerveza para cada uno antes de embarcarme en una digna defensa de mí mismo. Admitiría que puedo parecer, en efecto, alguien que merece recibir una paliza, y que de eso solo puedo culparme a mí mismo. Toda mi vida he sido el perfecto blanco de una paliza, pero a pesar de todos mis esfuerzos por revertir esta verdad, lamentablemente todavía soy quien soy. Le diría a Steve Sanders que en realidad soy un tipo triste y lúgubre, que tengo poco o nada a mi favor. Haría todo lo posible para pintarme como un individuo patético y ya bastante acosado de por sí, para que comprendiera que no valía la pena. Tal vez, después de haberle abierto el corazón, sentiría incluso cierta compasión y se haría amigo mío. O, al contrario, se mostraría ansioso por salir en mi defensa en el caso aparentemente inevitable de que alguien más quisiera darme una paliza. No vale la pena, les advertiría Steve Sanders.

Después de ensayar mentalmente ese encuentro montones de veces, empecé a sentir cierto aprecio por Steve Sanders. Tal vez tenía una buena razón para darme una paliza, aunque nunca se hubiera dignado a dar detalles. Quizá no quería darlos porque se había percatado de su error después de haber tomado la decisión, pero era demasiado orgulloso para admitirlo. Probablemente no era en absoluto irracional. Tal vez le habían pegado de niño o estaba pasando un momento difícil. O le molestaba que yo tuviera trabajo y él no. O le daba rabia que un forastero como yo tuviera una vida satisfactoria en el pueblo y él no.

Pero, a la luz del día, estaba tan preocupado que me dio vergüenza presionar a Rob para que me diera más información sobre Steve Sanders.

Rob se sorprendió de que aún no lo conociera. En el pueblo todos sabían quién era Steve Sanders. Era asiduo del Railway Hotel, y había nacido y crecido en el pueblo.

A Rob nunca le habían dado una paliza. Parecía sufrir por mí y al mismo tiempo se impacientaba cuando me veía intentar averiguar los motivos que había detrás de las intenciones de Steve. Con el tiempo empecé a entender su lasitud. ¿Necesitaba realmente Steve Sanders tener una razón para pegar a alguien? Tal vez no. ¿Y por qué debía saberla yo? Las preguntas más importantes del mundo quedaban sin respuesta, y la lógica era un bien preciado, especialmente en el pueblo.

Ningún juego de rol me permitiría entrar en la mente de Steve Sanders. Miré a los hombres que había en Woolworths y traté de imaginar que quería pegarlos. Resultaba fácil generar aversión hacia ellos, pero era un sentimiento débil y desapasionado. Tal vez Steve Sanders era tan puro de corazón que no era capaz de mirar a otra persona sin desear escenificar los intensos sentimientos que esta le suscitaba. Tal vez cuando me golpeara yo advertiría un brillo en sus ojos que me desvelaría sus motivos y entonces todo tendría sentido.

Al cabo de un tiempo llegué a verlo como Jenny: tenía que acabar de una vez con ese asunto. Sería una rendición. Me enfrentaría a él y lo invitaría a golpearme, convencido de que en esas circunstancias dejaría de verle sentido.

Acudí al Railway Hotel un viernes por la noche después de beberme tres cervezas, una detrás de otra. El pub se encontraba en un barrio tranquilo del pueblo y atraía sobre todo a clientela entrada en años. Era como estar en un salón lleno de humo, con las noticias del Canal Siete sonando de fondo y el olor a asado flotando en el aire. No parecía el tipo de local que frecuentaría un aficionado a las palizas fortuitas.

Aparte de varios ancianos que veían algún deporte en la

sala de las máquinas tragaperras, en el pub solo había tres familias cenando. Me senté en la barra y pedí una cerveza; eché un vistazo a las fotos de la pared en busca de pruebas de cualquier cosa relacionada con Steve Sanders. En las fotos se veía a hombres y mujeres con la cara enrojecida y los vasos alzados hacia la cámara, tomándose un merecido trago. El tabernero me sirvió una jarra sin espuma de su cerveza más barata y le pregunté si conocía a un tal Steve Sanders.

Me señaló a una familia que cenaba en la zona de restaurante. Era Steve Sanders con su familia.

Yo solo alcanzaba a verle la cabeza por detrás, pero sus hijas y su esposa estaban a plena vista. Todos iban bien vestidos y eran atractivos, y tenían el rostro serio vuelto hacia el telediario de la noche. Parecía la cena familiar de los viernes en el pub, una tradición común en los pueblos. La mujer no podía tener más de cuarenta años, mientras que las niñas, con sus rostros satisfechos y concentrados, debían de tener entre ocho y doce.

En cuanto a Steve Sanders, solo podía verle la cabeza calva y el cuello levantado de una camiseta de fútbol. Llevaba unos vaqueros desgastados pero limpios y botas de trabajo, y desde mi posición estratégica no parecía tenso ni agresivo. Era un hombre corriente corpulento y de estatura aparentemente por debajo de la media. Tenía una vida familiar, y suficiente dinero para salir a cenar con su familia.

¿Para qué buscas a Sando?, me preguntó el tabernero.

Le di un sorbo a mi cerveza. Ese no es el Steve Sanders que estoy buscando, le dije. Aunque no es de extrañar, pues hay muchos en el pueblo.

El tabernero confirmó con un gruñido que, en efecto, había muchos. No hizo ningún ademán de continuar con sus asuntos, aunque saltaba a la vista que se había aburrido de mí.

Después de eso estuvimos un rato callados. Cuando el silencio entre nosotros se volvió intensamente incómodo, mentí diciéndole que hace muchos años, cuando iba al instituto en un pueblo cercano, había tenido en clase a un tal Steve Sanders, de ahí que lo buscara. Había oído decir que se había mudado allí y que frecuentaba justo ese pub. No habíamos quedado en vernos, pero se me había ocurrido probar suerte y presentarme por sorpresa.

Cuando el tabernero me miró, vi dudas en su rostro. Usted es el tipo que escribe el libro, ¿verdad?, me dijo.

Asentí de un modo que esperaba que pareciera de mala gana. Estoy escribiendo un libro sobre viejos pueblos de la región, respondí. No es cierto que esté escribiendo sobre este pueblo, como dicen los rumores; además, es probable que el libro no sea muy bueno. Puede que esté entre los peores escritos y que tenga que dejar de escribir algún día y dedicarme a otra cosa, como abrir una tienda de algún tipo o trabajar en el ayuntamiento.

El tabernero escuchaba. Cuando concluí mi perorata, clavó los ojos en la pantalla de una máquina de lotería cercana y guardó silencio. Yo hice lo mismo mientras me preguntaba cómo podía escapar del pub sin parecer culpable. El televisor emitía la dramática música de las noticias del Canal Siete que veía la familia Sanders y fingí verlas yo también. Ellos parecían estar charlando ahora, o al menos la mujer y las dos niñas parecían oír hablar a Steve Sanders sobre algún tema.

Tras un largo período de silencio, el tabernero me preguntó si estaba seguro de no estar buscando al Steve Sanders que estaba cenando. Se había dado cuenta de que los miraba. Dijo que lo avisaría.

Lo detuve casi gritando. Le aseguré que conocía personalmente al Steve Sanders que buscaba y que lo reconocería con solo mirarle la nuca. Mi Steve Sanders no tiene hijos, dije. Ni mujer. Además, ¿no es interesante lo que dicen en las noticias?

Pronto nos inundarán, coincidió el tabernero.

Más tarde le conté a Jenny en el pub lo que había hecho y a ella le pareció divertido. Se sintió honrada de que hubiera seguido su consejo de acabar de una vez con la confrontación, aunque hubiera fallado porque mi estrategia era demasiado transparente.

Ella dijo que debía patearme las calles por la noche, o incluso de día, cuando no hubiera fútbol. Haz que parezca espontáneo. Actúa como haría un deportista; espératelo cuando menos te lo esperes —dejó caer mis monedas en la caja registradora—, pero haz ver que es lo que menos te esperas.

En el pueblo había una estación de tren, aunque hoy día solo fuera un museo. A los ojos de la gente del pueblo era un monumento histórico, pero Jenny no sabía cuándo la construyeron ni cuándo la cerraron.

Le pregunté sobre la estación de tren un día en el pub. Quería saber si podía coger un tren a la ciudad si quería. Tuve la precaución de añadir que no quería hacerlo. Solo tenía curiosidad por conocer las infraestructuras del pueblo.

Me dijo que en el pueblo no había «infraestructuras», y que nadie sabía cuándo construyeron la estación de tren ni cuándo la cerraron. Las personas mayores probablemente conocían ambas fechas, pero a nadie se le ocurriría preguntarles al respecto, porque no era más que una estación de tren de otra época.

En el museo de la estación de tren no había ninguna placa o rótulo que indicara los años que tenía, dijo. Era el museo de la estación de tren solo de nombre, pues servía sobre todo de escaparate para la artesanía local. Vendían cerámica, muñecas de porcelana, platos, manteles, cucharas coleccionables y tazas de té, todo decorado con imágenes de la estación de tren. Ni siquiera era un museo: era una tienda.

Todos los días de la semana a las cinco de la tarde pasaba a toda velocidad un tren de carga, y a esa hora el personal del museo de la estación conducía al andén a todos los visitantes —si es que había alguno— para que imaginaran cómo sería subir o bajar de un tren en el pueblo.

Un día, un hombre se puso a correr y se subió de un salto al tren de carga de alta velocidad cuando pasaba por la estación. Fue tema de conversación durante muchas semanas, pero no porque hubiera podido quererse suicidar. Las noticias se centraron en dónde podía estar el hombre. ¿Adónde podía haberlo llevado el tren?

Muchas personas del pueblo, entre ellas Jenny, no se habían detenido a pensar nunca en el tren de carga. No se les había ocurrido que el museo de la estación de tren había sido en otro tiempo una estación de tren totalmente operativa. Se había dado por sentado que el tren de carga era un montaje del museo para atraer visitantes, y Jenny admitió que no era una deducción muy inteligente. Pero como no había motivos para indagar sobre el tren de carga, nadie lo hizo. Solo era una parte de las atracciones diarias que ofrecía el museo de la estación de tren. Así que no, no puedes ir en tren a la ciudad desde aquí, me dijo. Las vías de tren no van a ninguna parte. Y se ocupó con la caja registradora.

Le dije a Jenny que era imposible que las vías no condujeran a ninguna parte, y que no sería difícil averiguar el destino final o incluso la parada siguiente en un mapa. Ella insistió en que no iba a ninguna parte porque no circulaban trenes por ellas, aparte de un tren de carga.

La gente del pueblo habló animadamente de ello durante más de quince días. El destino del tren de carga despertó gran interés, porque todos querían saber adónde había ido el saltador.

El alboroto culminó cuando un grupo de hombres y mujeres se propuso recorrer las vías del tren a partir del museo de la estación, en dirección oeste. Se congregó una multitud para verlo partir. Jenny me dijo que las personas que habían decidido seguir las vías, aunque tenían buenas intenciones, eran las más estúpidas del pueblo. Si alguien le hubiera preguntado de antemano quién participaría en semejante aventura, habría enumerado a las diez personas más estúpidas del pueblo y habría dado en el clavo, porque eran ellas las que habían ido. Pero si algo les gusta a los habitantes de este pueblo, añadió, es ver hacer estupideces a las personas estúpidas y alentarlas.

Le pregunté qué había sido de ellas. ¿Las detuvo la policía? ¿Recorrieron las vías a pie o en bicicleta, avanzando en paralelo? ¿Se llevaron algo para comer?

Ella me preguntó si sabía lo que había al otro lado del pueblo —y agitó los brazos hacia el oeste— y, sin esperar respuesta, dijo que había campo, por supuesto. Y al otro lado del campo, había más campo. Luego tal vez había un pueblo, pero nadie podía ir andando. Ya puedes andar todo lo que quieras que no llegarás, porque es necesario ir en coche. Es sencillamente imposible ir a pie. Necesitas un vehículo, y lo necesitas con el depósito lleno de gasolina y un bidón de emergencia en el maletero.

Jenny no sabía qué había sido de las personas más estúpidas del pueblo, ni tenía ninguna teoría al respecto. En el mejor de los casos, acamparon y luego volvieron a casa, dijo. Donde deberían haberse quedado en primer lugar. En casa.

En Woolworths había un cliente que era popular entre los reponedores. Su nombre era Rick McDonald e iba al supermercado todos los días. Llegaba aproximadamente a la una de la tarde, cogía un carrito y recorría poco a poco cada uno de los pasillos, cogiendo solo uno o dos productos por el camino. Pasaba muchas horas haciendo eso, y algunos días seguía en la tienda cuando cerraba a las diez de la noche. Era el hazmerreír, el tonto del pueblo, pero mis colegas reponedores lo querían como se quiere a un idiota. La gerencia nunca lo importunaba porque, por mucho tiempo que se tomara, siempre compraba al menos uno o dos artículos.

Rick era un hombre de mediana edad que, según decían, vivía solo en el barrio pobre que había junto a la antigua fábrica de gas, donde se suponía que vivían todos los tipos raros del pueblo. Circulaban mitos sobre él, entre ellos, que era un agente encubierto de Coles, el supermercado rival situado en el centro comercial rival, al que enviaban para evaluar el precio de cada artículo diariamente, incluso los fines de semana. No obstante, aunque la mayoría de los mitos eran racionales, él era a todas luces un excéntrico. Todos daban por hecho que detrás de sus visitas diarias había algún propósito comercial, como si fuera imposible que el pueblo acogiera a un auténtico forastero.

Una tarde en la que yo estaba colocando en un estante el atún enlatado, se volvió hacia mi pasillo y golpeó mi carrito con el suyo, y varias docenas de latas de atún cayeron rodando al suelo laminado. Contrariado, aparcó su carrito y comenzó a llenarse los brazos de latas, pero se le caían sin cesar, causando un alboroto aún más grande. Le dije que continuara con sus compras, que ya solucionaría yo el problema, pero él insistió —de manera amistosa aunque un tanto frenética— en detenerse y ayudarme a reabastecer los estantes durante un rato.

Rick siguió disculpándose mientras colocábamos juntos una a una las latas de atún en aceite con chili. Dijo que a menudo nos observaba a los reponedores y se preguntaba cómo nos las arreglábamos con una cantidad de trabajo tan agobiante. Estaba visiblemente impaciente por compensar el haberme hecho perder tanto tiempo.

Le dije que no me importaba si acababa de reponer los estantes o no, ya que trabajar en el supermercado como reponedor no era mi vocación. Tampoco era agotador, ya que podía escuchar la grabación de mis dictados de voz mientras trabajaba. Verás, estoy escribiendo un libro sobre pueblos que desaparecen, le dije, y estoy a punto de terminarlo, así que dentro de nada ya no tendré que volver a pisar un supermercado de Woolworths.

Me dijo que era una lástima, pues mi situación le parecía ideal. El trabajo era tan simple como colocar productos en los estantes, y eso no puede ser tan horrible, ya que hay personas en el pueblo que hacen cosas mucho más difíciles a diario.

Le di la razón. No era la naturaleza extenuante del trabajo de lo que me quejaba, simplemente me parecía mecánico, pesado y muy por debajo de mis capacidades. Rick admitió que probablemente lo era, pero aun así sostuvo que le parecía el trabajo ideal.

Me dijo que el supermercado era lo único que le hacía feliz. Le encantaba porque bullía de actividad, siempre sonaba música y ofrecía una gran variedad de olores y colores. Él siempre había querido trabajar en un supermercado como ese, pero no era lo suficientemente bueno.

Le dije a Rick que cualquier idiota puede trabajar en un supermercado y que no sería difícil solicitar un puesto y conseguirlo.

Para ti es muy fácil decirlo, dijo, porque las cosas te resultan fáciles. Durante muchos años él había creído que nunca alcanzaría la edad adulta, porque de adolescente la había esperado con impaciencia. Había pasado todos los años de la adolescencia planeando minuciosamente cómo usaría la libertad que le otorgaría la edad adulta.

Cuando finalmente la alcanzó, descubrió que su edad adulta era una forma de vida inferior y aburrida. Pero no creía que yo sintiera lo mismo, ya que trabajaba en un supermercado. Puede que te parezca que no hay nada interesante en tu trabajo, me dijo, pero en una etapa temprana de tu vida te habría parecido muy peculiar e interesante.

Por lo que a él se refería, la edad adulta había supuesto simplemente despertarse por las mañanas solo en la cama, con la única diferencia de que ya no había un progenitor que lo obligara a levantarse. Aparte de eso, no cambiaba nada. El panorama era el mismo. Siempre había creído que los colores podían ser diferentes, pero no lo eran.

Era bonito ser adolescente, dijo Rick, empujando mi carrito hasta el siguiente estante. Se había pasado aquellos años pensando en los misteriosos tiempos que se avecinaban. No era que tuviera grandes ambiciones o una idea específica de cómo transcurriría la edad adulta, pero la promesa de hitos y acontecimientos era embriagadora. El mundo cambiaba y él lo veía cambiar, hasta que al final estaría en posición de ser una autoridad en el cambio, un experto en transiciones.

Entre la adolescencia y la edad adulta había esperado un gran momento en el que ambos períodos se enlazaran. De repente sería adulto y la adolescencia se convertiría en algo remoto, muy atrás en el tiempo. Sería un recuerdo lejano aunque hubiera ocurrido hacía apenas unos minutos. El mundo en sí cambiaría. Había imaginado la edad adulta como un umbral de transformación, y había esperado que cada punto de vista del pueblo se transformara de la noche a la mañana en algo desconocido. Pero nunca ocurrió nada de todo eso.

Poco después de hacerse adulto, se casó con una mujer y tuvieron una hija. Ninguno de los dos trabajaba, pero bastaba con vivir simplemente en una casa, aunque fuera en los arrabales del pueblo, y ser adultos con una hija.

La vida había girado en torno a su esposa Ruth y su hija Giselle. Le había gustado pronunciar las palabras «esposa» e «hija». «Mi esposa y mi hija», decía todo el rato a las personas que conocía. Se sentaba en la sala de estar mientras ellas veían la televisión juntas y se sorprendía de haber cruzado finalmente el umbral de la transformación. Sin embargo, él no había cambiado en absoluto. Todavía recordaba vívidamente lo que era ser adolescente. Había estado haciendo cosas de adulto, sí, pero todavía no se sentía radicalmente diferente a como se había sentido un año atrás, cuando tenía diecisiete años y se hacía preguntas sobre el futuro.

Cuando su esposa Ruth se quedó embarazada, no se había esperado que realmente diese a luz. Durante los ocho meses en los que se le fue hinchando el vientre, asumió que el feto moriría o resultaría ser un tumor extraño. Y mientras Ruth daba a luz a Giselle en el hospital del pueblo, se esperaba que las enfermeras lo llevaran aparte y le advirtieran que era imposible que ese bebé fuera criado por personas como ellos. Tendría que hacerse cargo de él un cuidador, y Ruth y él seguirían siendo una pareja no adulta casada y sin hijos.

Luego, después de que las comadronas pusieran a Giselle sobre el pecho de su esposa, creyó que era imposible que creciera. Nunca saldrían de la clínica de maternidad, y Giselle siempre sería un bebé, y su esposa permanecería incapacitada en la cama. Era imposible imaginar lo que vendría después.

Pero todo había sucedido como suele sucederle a cualquier a otra persona en la misma situación. En cuestión de días los tres estaban juntos en casa y la vida continuaba. Tener una hija era difícil, pero estaba previsto que lo fuera, porque ser adulto es difícil. De eso va la edad adulta, supuso Rick, de que la vida se hace más difícil, y la edad adulta también va de significado, propósitos y lucha noble.

No tenían mucho dinero, así que durante el día se sentaban en el parque central del pueblo y dejaban que Giselle rodara por el césped. Observaban sus expresiones faciales y saboreaban todas sus manifestaciones de emoción. Incluso verla llorar era fascinante, pensaba Rick. En menos de un segundo pasaba de estar tranquila a descontenta. El bebé no había temido expresar exactamente lo que sentía al instante de sentirlo. También era gratificante ser testigo de su determinación de aprender más. Cuando Giselle rodó por primera vez hasta quedarse boca abajo fue un hito increíble, y Ruth y Rick de momento se dieron por satisfechos. Su bebé había aprendido algo nuevo y ahora podían relajarse por un tiempo. Pero para Giselle había sido esencial explorar de inmediato todas las posibilidades que se le abrían al girarse y ponerse boca abajo, como gatear. Si no era capaz de hacer algo nuevo al instante, se echaba a llorar.

Y así, la vida para Giselle era una avalancha de obstáculos. Nada era satisfactorio por mucho tiempo: un avance solo servía para hacer que el siguiente fuera más apremiante. Cada semana se cruzaban umbrales de transformación, a veces incluso a diario, pero nunca era suficiente.

A medida que observaban cómo crecía Giselle en el transcurso de seis meses, cada vez resultaba más chocante que Rick no trabajara. A él le faltaba paciencia para pasar días y noches enteras con Giselle, por lo que deambulaba por las calles currículum en mano pidiendo trabajo, y eso se convirtió en el sustituto de un empleo. Ruth se quedaba en casa, meciendo a la niña hasta que esta se dormía y dejándola dormir mientras atendía las tareas de la casa.

La búsqueda de empleo de Rick no había dado fruto. Por alguna razón la gente no quería darle trabajo. Él sabía que sería un buen trabajador y creía que se había presentado a sí mismo mejor que muchos de los adolescentes que trabajaban en las tiendas del pueblo. Pero por alguna razón no gustaba ni gustaría nunca a los gerentes ni a los dueños de los establecimientos. Estos constituían toda una categoría de seres humanos desfavorablemente dispuestos para con Rick, y eso se vio bastante claro al cabo de apenas quince días, cuando ya había acudido a todas las tiendas del pueblo.

No había querido quedarse en casa todo el día oyendo a Giselle llorar y deprimiéndose por no tener un empleo, por lo que había salido todas las mañanas con el pretexto de que seguía buscando. Y, de vez en cuando, sin saber adónde más ir, se detenía en el pub para tomarse una cerveza rápida solo por hacer tiempo. Al fin y al cabo, ante los ojos de la ley era un adulto, aunque no se sintiera como tal, y los adultos están legalmente autorizados a beber cerveza cuando lo deseen.

Había creído erróneamente haber cruzado el umbral de transformación de la edad adulta el día que el padre de Ruth, Don, lo sorprendió tomándose una cerveza en el pub Grosvenor. El anciano entró con sus compañeros del ayuntamiento a la hora del almuerzo y fingió no haberlo visto.

Ese día pasaron muchas cosas por la cabeza de Rick. Se imaginó al instante una escena en que le confesaba todo a

Don, y él entendía que se hallaba bajo una presión enorme. Confió en que Don no se lo contara a Ruth y que no mencionara la situación en los encuentros familiares. No querría empeorar la miserable vida de Rick introduciendo esa nueva complicación. Los adultos no actuaban de forma refleja: pensaban detenidamente y decidían cuál era el mejor curso de acción.

Pero, como es natural, Don se lo dijo a Ruth. No recordaba que ella se hubiera enfadado demasiado. Se limitó a decir que no era de extrañar que no hubiera encontrado trabajo si siempre olía a cerveza, a lo que Rick respondió que solo tomaba una cerveza cuando se sentía especialmente deprimido por no tener trabajo. Esa estrategia funcionó. Había visto que Ruth se compadecía de él porque hacía todo lo posible y aun así no conseguía nada. La edad adulta estaba resultando ser difícil para Rick, pero hacía todo lo posible y eso era lo importante.

Sin embargo, el hecho de que Don se lo contara a Ruth significaba que ya no podía parar a tomarse una cerveza mientras buscaba trabajo. Don trató de conseguirle un empleo en el ayuntamiento haciendo cualquier tarea que se sintieran inclinados a delegar, pero allí tampoco quisieron darle trabajo. No dieron ninguna razón aparte de que había otros aspirantes más adecuados que él. Para entonces ya había comprendido que no valía para trabajar. Simplemente era alguien a quien no merecía la pena pagar para que hiciera algo.

Rick gastó parte del cheque del paro en obtener un certificado para servir bebidas alcohólicas, pero no quisieron contratarlo en ningún pub. Hizo un curso para aprender a preparar café, pero ninguna cafetería se mostró interesada. Se planteó estudiar un TAFE, pero era demasiado caro; de todos modos, para ganar un poco de dinero seguramente no era importante tener un título. No era más que un adulto vago que ni siquiera se sentía adulto, y supuso que los empleadores debían de haberse dado cuenta de que se veía a sí mismo como un adolescente, y todavía tenía que cruzar el umbral de transformación como era debido.

Al final le presentó a Ruth un plan audaz: irse del pueblo. No fue tan osado como para proponerle ir a la ciudad, pero en cualquier otro pueblo sin duda habría gente dispuesta a contratarlo, sobre todo porque no lo habrían visto deambular currículum en mano por la calle mayor durante tantos meses. Parecería una persona normal con una gran ética de trabajo solicitando un empleo que era más que capaz de realizar. Lo más probable era que obtuviera el primer trabajo que solicitara, le dijo a Ruth, ya que la gente no lo asociaría con la incapacidad para conseguir un empleo.

Ruth había aceptado mudarse, pero solo si él encontraba un empleo antes. Eso estaba lejos de ser fácil, porque buscar trabajo era complicado, replicó Rick, y no tenía coche. El único autobús que había en el pueblo no salía de él y solo pasaba un tren, el de carga, y nunca se detenía. Cuando se sentía especialmente harto llegó a plantear tirarse a las vías, dijo riéndose.

Había puesto letreros en los tablones de anuncios del pueblo pidiendo que lo llevaran en coche si alguien se desplazaba a diario a la población vecina para trabajar. Nunca recibió respuesta. Había investigado posibles líneas de autobús en la terminal por si existía alguna que pasara por las afueras del pueblo, pero no había autobuses que salieran o llegaran a algún lugar cercano. La única opción era ir en coche, pero no tenía, como tampoco tenía carné de conducir ni dinero para conseguir ninguna de las dos cosas. Mientras reenviaba su currículum a todas las empresas que ya lo habían rechazado, se había sentido cada vez más tenso por no poder tomarse una cerveza durante el día. Todavía bebía en casa todas las noches, pero no sabía qué hacer en el pueblo mientras buscaba supuestamente trabajo. Se había vuelto a juntar con un viejo amigo del instituto llamado Shane que vivía en el cobertizo de la casa de su madre y fumaba marihuana. Como

Rick fumaba tabaco, no creía que Ruth fuera a notar el olor de la marihuana si él también fumaba, sobre todo porque ella nunca había fumado y probablemente no lo reconocería.

Durante varias semanas había ido a ver a Shane solo después de pasarse cinco horas buscando trabajo. Comenzaba la búsqueda a las nueve de la mañana, a las dos iba a ver a Shane y se fumaba dos pipas bong, y a las cuatro se marchaba y paseaba por el pueblo hasta que se le pasaba el efecto. Shane se tiraba el día entero sentado en su cobertizo fumando en bong mientras miraba la televisión o jugaba a videojuegos. Cuando Rick estaba allí, hacía lo mismo que él, y disfrutaba porque la marihuana lo volvía más analítico y sensible a las sutilezas del juego. Además, el tiempo parecía transcurrir más despacio, lo cual era una bendición, ya que cada vez le costaba más volver a casa estando aún bajo el efecto de la droga. Los gritos de Giselle parecían más penetrantes y el agotamiento de Ruth más deprimente y alienante.

Un día se había levantado tan harto de buscar trabajo que se había presentado en casa de Shane a las diez de la mañana. Se suponía que era algo excepcional, pero se convirtió rápidamente en un hábito. Y bajo el efecto de la droga, la perspectiva de deambular por el pueblo en busca de un trabajo parecía aún más indigna, incluso patética. Era cierto que Rick había estado escondiéndose en la casa de Shane. Esperaba a que pasara el día para irse por fin a la cama.

Ruth había tardado varios meses en darse cuenta de que Rick tenía un problema añadido. Sabía que le pasaba algo (depresión, ansiedad), pero pronto sospechó que también consumía drogas. Una noche le preguntó por qué tenía los ojos rojos y él le mintió diciendo que había estado llorando de camino a casa. Había funcionado como excusa esa noche, pero no podía continuar: no podía seguir diciéndole que lloraba.

Así que en lugar de fumar marihuana con Shane todo el día, Rick decidió que solo lo haría al comienzo de la jornada:

de las diez a la hora del almuerzo. Luego deambularía por el pueblo hasta la hora de volver a casa. De esta manera, el efecto de la droga habría desaparecido por completo antes de que lo viera a Ruth, y tendría los ojos despejados.

Giselle tenía un año y Ruth estaba cada vez más preocupada por Rick. Se mostró muy comprensiva y finalmente se comprometió con lo de cambiar de pueblo; lo harían sin esperar a que él encontrara antes un empleo. Pero a esas alturas la perspectiva de mudarse a otro pueblo alarmó a Rick. ¿Y si tampoco conseguía encontrar trabajo allí? Estaría él solo deambulando por otro pueblo, sin saber dónde meterse durante el día.

Al final la única alternativa que les quedó fue cambiar de pueblo. A pesar de la reticencia de Rick, decidieron trasladarse a un pueblo situado a sesenta kilómetros al oeste. Al principio estaba nervioso, pero en cuanto se pusieron a hacer las maletas, empezó a darse cuenta de lo mucho que había llegado a odiar la casa en la que vivían y de hasta qué punto había perdido la fe en el umbral de transformación con el que siempre había soñado. Todos los acontecimientos anteriores al traslado –acabar el instituto, convertirse oficialmente en un adulto, casarse con Ruth y criar a Giselle– solo habían sido pasos hacia la verdadera transformación, y el cambio de pueblo sería lo que sellaría el intercambio.

El día del traslado, Don les había ayudado a cargar todas sus pertenencias en una furgoneta del ayuntamiento. Ya habían conseguido un apartamento en el nuevo pueblo gracias a una amiga de la familia de Ruth. Lo único que tenían que hacer era desplazarse hasta allí, descargar y organizar, y entonces Rick disfrutaría dos días de su nueva vida antes de reemprender en serio la búsqueda de un empleo.

Sin embargo, Rick había estado un poco inquieto por el viaje, y por la forma en que Don había cargado el coche del ayuntamiento. Lo que Rick y Ruth habían calculado que serían varios viajes se convirtió en uno solo, ya que Don se tomó como un juego el ver si todas sus pertenencias cabían en la parte trasera de carga de la furgoneta. Y cupieron, pero por los pelos y no de la manera adecuada, porque en cuanto salieron del pueblo y ganaron velocidad por la carretera, a la altura del viejo concesionario de coches abandonado se soltaron tres sillones atados en la parte superior de la carga, haciendo que el coche se desequilibrara. La furgoneta se salió de la carretera.

Don, Ruth y Giselle: todos habían muerto. Rick no se hizo ni un rasguño; volvió en sí varios días después y descubrió que volvía a estar en la casa de sus padres, acostado en la misma cama en la que había dormido de adolescente, tapado con el mismo edredón bajo el cual se había acurrucado toda su infancia. Sus padres le dijeron que no se preocupara, que ahora viviría otra vez con ellos, que todo iría bien.

Rick dijo que había tenido pesadillas como esa toda su vida: después de un período en el que estaba seguro de haber cruzado el umbral de la transformación a la edad adulta, se despertaba un día y se encontraba de nuevo en su casa, en su antigua y minúscula habitación, con sus padres trajinando en la habitación de al lado. En sus pesadillas no contaba con medios inmediatos para salir de la situación; pasaban meses, incluso años, antes de que pudiera escapar y volver a ser una persona independiente, y durante todo ese tiempo las personas a su alrededor disfrutaban de su libertad y sacaban el máximo partido a la vida.

Rick colocó su última columna de latas de atún en el estante de Woolworths y pareció molesto cuando vio que no quedaban más. Me dijo que después del accidente de coche había tardado meses en salir de casa otra vez. Era evidente que la edad adulta no estaba hecha para él. No había sido su intención enfrentarse al mundo, ni drogarse, ni beber cerveza ni volverse más desgraciado. Solo había querido dar marcha atrás y volver a ser niño, o adolescente, cuando el mundo no parecía tan horrible.

Por eso iba todos los días al supermercado: era un refugio. Le invadían bonitos recuerdos mientras lo recorría, y, si se concentraba lo suficiente, podía fingir que estaba allí con su madre. Las canciones nostálgicas que sonaban por los altavoces no habían cambiado desde que era niño, como tampoco la cruda iluminación fluorescente que acentuaba los colores chillones de cada uno de los productos. El sonido que emitían las cajas registradoras al sumar los productos era intensamente musical para sus oídos.

Nada le había gustado más a Rick cuando era un crío que ir a la compra con su madre. Incluso las veces que ella no le compraba ninguna golosina se sentía feliz, porque para él el supermercado era una exhibición del confort doméstico. Está perfectamente organizado, dijo. Solo con entrar, a uno ya le asalta el olor a fruta y verdura frescas, y en el extremo izquierdo de esa sección se encuentran los fiambres y embutidos. Luego, si recorres los pasillos por orden, estás en la sección de cereales para el desayuno, en la sección del pan, en la de condimentos y especias, luego en las secciones de cocina asiática e italiana, a partir de ahí la cosa se pone seria en las secciones de papelería y revistas, luego viene la de artículos de perfumería, seguida de la fragante sección de detergentes, que siempre da paso a la de alimentos refrigerados, donde tienen los helados y las tartas congeladas. Y cada una de esas secciones, dijo Rick, evocaba un extraño recuerdo de su niñez. Cada sección era una anécdota enternecedora, o al menos una imagen, de una época en la que todo lo que tenía que hacer en la vida era ser bueno con su madre. Y así, al visitar de adulto el supermercado, estaba lo más cerca de lo que estaría nunca de habitar un mundo imperecedero.

Rick señaló las latas de atún apiladas. Dijo que si me había llevado una buena impresión del trabajo que había realizado, agradecería que le dijera algo al gerente. Tenía una pasión única por el ambiente circundante.

A continuación me entregó su currículum y me pidió que se lo entregara al gerente y lo avalara personalmente. Le dije que vería lo que podía hacer.

Todos los años se celebraba la fiesta del pueblo. Ese día acordonaban la calle mayor desde la gasolinera de abajo hasta la de arriba, y a ambos lados de las calles montaban puestos en los que vendían salchichas Pluto Pups y otros tipos de comida frita, además de camisetas de moda y juguetes baratos. En un extremo de la calle, cerca de la gasolinera de arriba, había una banda tocando en el parque y montaban un castillo hinchable.

Ese día se celebraba que el pueblo era un pueblo. A lo largo de un día de otoño, poco antes de que comenzaran las heladas matinales, se invitaba a sus habitantes a tomar conciencia de que vivían en él. Era una oportunidad para estrechar el vínculo afectivo; y, dadas las celebraciones, las luces de colores que entrecruzaban la calle mayor por las noches, y los miles de litros de cerveza que había de por medio, pocos podían resistirse a participar del acontecimiento.

Asistí a la fiesta del pueblo porque me estaba costando escribir mi libro sobre los pueblos que desaparecían. Parejas adultas, adolescentes y alborotadores pululaban por las calles, echando un vistazo a los objetos de recuerdo que podían comprarse en alguno de la docena de puestos montados por la zona. En ellos vendían camisetas, portavasos térmicos, banderas, calcomanías, koalas de peluche y pegatinas para el coche, todo decorado con la bandera australiana y el nombre del pueblo. En el parque había un área especial acordonada donde estaba permitido beber cerveza en lata. Había que hacer cola para acceder a ella, pero como casi nadie se iba una vez estaba dentro, no pude entrar y tomarme una cerveza. Así que me compré una lata de Coca-Cola y me senté en el césped mientras la banda tocaba una versión de *Electric Blue* de Icehouse.

Jenny, la chica del pub, acabó llamándome para que me acercara. Servía cervezas dentro de la zona acordonada y me indicó con un gesto que podía colarme. El guardia de seguridad que vigilaba la entrada enseguida me hizo señas para que me acercara y me dejó pasar.

En la zona acordonada los clientes hacían cola, se compraban una cerveza y se ponían de nuevo a la cola. Mientras Jenny abría las latas de cerveza para la gente del pueblo, me explicó que era el día más importante del año para su negocio. Su pub ya casi no atraía clientes aparte de mí, así que era una suerte que su padre fuera amigo de uno de los organizadores de la fiesta. El dinero que ella ganaba solo en ese día bastaba para mantener el pub, de modo que ya podía estar agradecido a la fiesta, me dijo, pues yo era la única persona que lo frecuentaba.

Jenny siempre me hacía comentarios así. Pero yo no pensaba quejarme; era un privilegio que me hablara siquiera. Y más en un día como ese; Jenny no necesitaba hablar con sus clientes en el área acordonada, ya que solo servía un tipo de cerveza y, según las normas del ayuntamiento, no estaba permitido comprar más de dos a la vez. Jenny le servía automáticamente dos cervezas a cada cliente. Si le pedían solo una, ella le insinuaba que había consumido suficiente por ese día y que debía tomar un poco de aire fresco, es decir, salir de la zona acordonada para dejar espacio a alguien más dispuesto a comprar y beber dos cervezas a la vez.

Observé cómo Jenny servía las cervezas. En un determinado momento, Rob sacudió la valla cercana y me hizo un gesto para que me acercara. Quería entrar en el área de bebida. Dijo que haría cualquier cosa para entrar; además, yo no estaba bebiendo nada, así que no había ninguna razón para que estuviera ahí dentro.

Tenía razón al decir que no estaba bebiendo cerveza, pero me gustaba ver a Jenny trabajar. Además, no quería abusar de mi privilegio pidiendo un cambio. Le dije a Rob que podía beber en uno de los pubs de la calle, pues desde dos de ellos se veía el escenario, pero no se quedó satisfecho con esa solución. La cola en la zona acordonada tapaba el escenario. Además, quería beber con sus amigos, que ya estaban dentro. Le expliqué que era imposible y se marchó.

A esa hora de la tarde, en que empezaba a ponerse el sol y la banda se iba animando poco a poco, la fila que avanzaba hacia el área de bebida serpenteaba alrededor del perímetro del parque, hasta el punto de que todo el parque estaba rodeado de un muro de juerguistas sedientos, de los cuales ninguno se tomaría una cerveza ese año en la zona acordonada; tendrían que esperar al próximo.

Pero al mirar con más detenimiento, se veía claramente que todos estaban bebiendo. Muchos de los juerguistas que hacían cola, si no todos, tomaban sorbos de pequeñas petacas, latas y botellas escondidas, y probablemente se estaban emborrachando más que ninguno de los que se encontraban en el área oficial de bebida. Le expliqué la situación a Jenny y le hizo gracia.

Por supuesto que se están emborrachando, dijo. Nadie va a quedarse a palo seco solo porque vaya en contra de las normas del ayuntamiento beber fuera de la zona acordonada.

Me pregunté en voz alta por qué la gente estaba tan deseosa de entrar en esa zona si se podía beber fuera de ella, aunque de manera ilegal, y Jenny hizo un gesto con la cabeza dando a entender que acababa de expresar lo que ella pensaba.

Tienes toda la razón, me dijo. Estar en la zona oficial de bebida te convertía en bebedor oficial. Luego señaló vagamente la cola y sugirió que era más seguro que me quedara en el área acordonada.

El discurso del alcalde estaba previsto para las ocho y media. Cuando llegó el momento, subió los escalones y saludó al público de la parte delantera del escenario, que consistía en apenas una veintena de hombres, mujeres y niños. Todos los demás hacían cola alrededor del parque. Se plantó frente al micrófono, le dio unos golpecitos con los dedos y debió de hacer alguna broma porque se rio muy fuerte. Luego habló largo y tendido.

Le pregunté a Jenny si le gustaba lo que decía el alcalde, pero estaba demasiado ocupada sirviendo cervezas. Probablemente tampoco lo oía; en medio del ruido de la zona acordonada era imposible distinguir sus palabras. De vez en cuando su voz dejaba de resonar por el parque, y en esas pausas magistrales se elevaban gritos irónicos de las colas. A una distancia prudente, la gente del pueblo manifiestaba que no creía que fuera muy buen alcalde.

El alcalde es un imbécil, dijo Jenny. Le pregunté por qué no le gustaba, pero me indicó con un gesto que no iba a hacer ningún comentario sobre temas políticos en horario de trabajo. Solo hay que mirarlo, murmuró.

Durante el discurso, los que hacían cola para pedir cervezas dentro de la zona acordonada susurraban. Miraban el escenario con expresión neutral, dejando que las perogrulladas del alcalde les resbalaran como un anuncio de televisión. Les irritaba que el alcalde hablara durante un acto concebido para beber, pero se mostraban resignados, y tal vez creían que el alcalde tenía derecho a disfrutar de su momento, ya que habían tenido la suerte de acceder al área de bebida.

Mientras él continuaba con su perorata, le indiqué a Jenny con gestos que me tomaría una cerveza después de todo. Me dio dos y me acerqué al cordón para supervisar la celebración. Desde allí era más fácil entender lo que decía el alcalde: su discurso se centraba en que ese era un buen pueblo, siempre lo había sido, y era el trabajo duro de sus habitantes lo que lo hacía bueno. Los pocos abstemios sentados en el césped estaban recogiendo sus mantas de picnic y agrupando a sus hijos, y pasaban entre las barreras de los bebedores que hacían cola para dirigirse a sus coches aparcados. Al no haber nada más que la cola y el césped evacuado, volví a la barra y observé cómo Jenny distribuía cervezas. Después de otros quince minutos allí, en los que ella se negó a mantener una conversación trivial, volví a inspeccionar el césped. El alcalde repetía el mismo comentario que antes: que ese era un buen pueblo y eran sus habitantes los que lo hacían bueno.

Jenny me fulminó con la mirada cuando le pregunté si alguna vez terminaría el discurso del alcalde. No hablaba bien de mi carácter que le prestara atención. La cola para pedir latas de cerveza dentro del área acordonada era más larga que antes y serpenteaba en una fila doble. En aquel momento parecía que casi todos los asistentes a la fiesta del pueblo hacían cola para algo.

Y entonces terminó el discurso del alcalde. Un silencio obstinado se prolongó durante un minuto más o menos, ya que nadie quería que se viera que le había gustado. Una animosidad derrotada pareció impregnar el área principal. Pero los bebedores oficiales de la zona acordonada enseguida cobraron nuevas fuerzas, y muchos se pusieron a cantar canciones improvisadas sobre el pueblo. Fuera del área, las personas que hacían cola se dispersaron y bajaron la guardia cuando el grupo musical regresó al escenario.

Jenny señaló al alcalde mientras dejaba el escenario. Mira, dijo. Ahora las colas se desharán.

Vi que varios hombres se quitaban la camisa a pesar del frío otoñal. Entre dos arrancaron una papelera de su estructura metálica antes de lanzarla hacia un lado, desparramando todo su contenido sobre el césped verde. Otros muchos hombres y mujeres empezaron a deambular por el parque en busca de algo que destrozar, mientras el resto esperaba con los brazos cruzados en la periferia, todavía colocados más o menos en fila, preparados para contemplar el espectáculo. Patearon latas vacías de refrescos, rasgaron mantas de picnic, desmontaron estandartes festivos, arrancaron ramas de los árboles y quemaron, retorcieron y arrojaron camisas. De la cola de la zona acordonada de bebida que se estaba dispersando se elevó un himno monótono, que sonó como una versión más religiosa de las canciones improvisadas sobre el pueblo.

Jenny explicó que destruir la mayoría del mobiliario del parque después del discurso del alcalde formaba parte del ritual anual. Después de un día entero bebiendo al sol, ese era el único gesto que le salía a la gente.

La destrucción se llevaba a cabo de manera jovial. No había angustia en los ojos de un hombre que, trepando a un poste eléctrico cercano, arrancó y prendió fuego a un cartel de cartón que anunciaba la fiesta del pueblo. Otra mujer estrelló una botella de vidrio contra un reflector, pero lo hizo con lágrimas de alegría, y sus esfuerzos se vieron recompensados con gritos y carcajadas de aliento. Ya nadie se molestaba en seguir escondiendo las bebidas alcohólicas prohibidas. Al contrario, hacían alarde de beber en público brindando de forma ostensible con botellas de bourbon y vodka de dos litros que diligentemente estampaban contra una superficie cercana en cuanto se las terminaban.

En realidad, no había mucho que destruir. Según Jenny, nadie se atrevía a destrozar nada que pudiera llevarle a pasar una noche en la cárcel. Bastaba con que los vieran destruir algo, a poder ser de poco valor, aunque lo ideal era que perteneciera a un amigo o no tuviera dueño.

Entre los hombres descamisados de la multitud habían estallado un par de peleas. No parecían amistosas —los golpes caían con fuerza y no estaba prohibida ninguna parte del cuerpo—, pero la gente observaba con una calma extraña y lánguida, como obedeciendo a un sentido del deber.

Jenny señaló a través del caos a un hombre con una lata de alguna bebida alcohólica en la mano que se burlaba de un grupo de chicos inmersos en una pelea. Era Steve Sanders.

Este sería un buen momento para acabar de una vez con el asunto de la paliza, dijo. Era sensato porque, según ella, las peleas de la fiesta del pueblo solían ser más desenfadadas. Incluso podría salir de esa con solo algunos puñetazos fuertes en el estómago. Había otras muchas personas —señaló a los borrachos— impacientes por pelearse en serio. Steve Sanders enseguida se hartaría de mí y se buscaría un adversario más fuerte y combativo. Puede que hasta me respetara por involucrarme *motu proprio* en las peleas. Añadió que ella misma llamaría a una ambulancia si me destrozaba.

A esa distancia no podía verle bien el rostro, y ni su indumentaria ni su postura destacaban entre los otros hombres del pueblo. Llevaba una camisa azul, seguramente con una bandera nacional en la parte delantera, como tantas otras personas, y vaqueros azules.

Sabía que era inevitable que Steve Sanders me diera una paliza si me acercaba a él. Aunque estaba a punto de ir al encuentro de esa paliza, en secreto sabía que podría esconderme entre los clientes de la zona acordonada si perdía el valor. Mientras me abría paso entre la cola y salía de la zona acordonada de bebida, Rob intentó acercarse a mí. Lo ignoré, con la mirada clavada en Steve Sanders.

Cuando llegué hasta los chicos que peleaban, un hombre corpulento tatuado levantó a otro del suelo y lo dejó caer de bruces, lo que suscitó horribles burlas de la multitud. La banda dejó de tocar y siguió un silencio vergonzoso. Los que habían presenciado ese acto de violencia se lanzaron acusaciones unos a otros, descargándose de la culpa, y la alegría se volvió desagradable. Cuatro policías salidos de la nada empezaron a acorralar a los bebedores que estaban más cerca del incidente.

Siempre hay alguien que tiene que ir demasiado lejos, dijo Rob, apareciendo de repente a mi lado. Bebía cerveza de una botella, pero no parecía muy borracho. Me dijo que todos los años las cosas se desmadraban, cada vez de una manera diferente. El año anterior alguien había arrojado una botella rota al grupo musical. Antes de eso, alguien había prendido fuego a un árbol. Hace diez años, alguien había arrojado un perro al techo de la gasolinera. Rob señaló con un ademán la gasolinera más cercana. Llevan en la sangre la destrucción y el caos, dijo mientras le daba un sorbo a su cerveza. Pero en general son tipos tranquilos.

El parque enseguida se quedó desierto, a excepción de los que se encontraban en la zona acordonada de bebida.

En sus visitas posteriores, Ciara nunca mencionó mi libro, pero seguíamos manteniendo conversaciones intrascendentes en la cocina mientras yo me preparaba la cena. Solía comer espirales de pasta hervida con calabacín rallado y champiñones. A veces le añadía queso.

Ciara tenía un programa semanal en la emisora de radio comunitaria. Todos los jueves a las diez de la noche se sentaba allí sola y durante dos horas ponía lo que llamaba «música misteriosa». Estaba abierta a peticiones si alguien se molestaba en llamar, pero nadie escuchaba la emisora de radio comunitaria, dijo, y, además, en su archivo de música solo tenía música country poco conocida e interpretada por hombres australianos de edad avanzada.

No había ningún otro programa llevado por alguien joven, afirmó. Todas las demás personas que trabajaban para la emisora eran mayores y ponían la misma música. Entre canción y canción country, todos hablaban muy despacio de cada uno de los temas que habían sonado. O bien ponían clásicos de las emisoras de radio AM populares, como los que sonaban a todas horas en la emisora comercial local AM.

No es de extrañar que nadie escuche 2MCL FM, dijo Ciara.

En la emisora de radio comunitaria había mucho politiqueo. Ciara se veía inmersa en disputas entre facciones: una estaba convencida de que debían seguir exactamente como estaban, mientras que la otra, a pesar de ofrecer programas muy parecidos a los de sus adversarios, creía que debían abrirse a la juventud para asegurar el futuro de la frecuencia. Entre las filas de la segunda facción estaba la presidenta de la emisora, Wendy Rogers, y era gracias a ella que Ciara había conseguido su programa.

Ciara enseguida se dio cuenta de que nadie escuchaba la emisora de radio. Ni siquiera sus amigos sintonizaban su programa. Durante un tiempo llamó a amigos y parientes al azar para suplicarles que la sintonizaran, solo para saber que estaba hablando con alguien. Pero era evidente que nadie la sintonizaba, y estaba bastante justificado: la señal era muy débil. Ciara solo la recibía en casa si sostenía la antena de la radio de su habitación en un incómodo ángulo hacia el techo.

Seguramente vale la pena pelearte con una antena para escuchar a alguien que conoces, dijo Ciara. Si pudiera escuchar por la radio a alguien que conozco bien —alguien que no sean los viejos de la emisora—, lo haría con atención todas las semanas. Imagínate todo lo que puedes aprender escuchando a alguien por la radio, suspiró. Podrías descubrirles un lado secreto.

Ciara no tenía ambiciones de ser locutora profesional. Solicitó su puesto de locutora voluntaria a raíz de un programa de radio en particular que se había emitido todos los viernes de su niñez a las doce de la noche. Ese programa de radio, dijo, estaba especializado en música que era imposible de conseguir. Era la música más misteriosa que había oído jamás.

El presentador nunca había dicho cómo se llamaba. Ciara se pasaba una hora entera antes de cada programa toqueteando la antena para que la recepción de la señal fuera lo más nítida posible. Mientras hablaba conmigo, apenas recordaba cómo sonaba la música, sobre todo porque no tenía con qué compararla. Algunos probablemente dirían que lo que reproducía no era música, solo ruido.

Sin embargo, el presentador no había sonado misterioso. Hablaba como el típico lugareño con el típico acento nasal, de unos cincuenta años o incluso más. Tenía el mismo aire lánguido y benévolo de los demás locutores de edad avanzada, pero la música que ponía era extraña. De niña, Ciara se sentaba sobre la alfombra a un lado de la cama y la escuchaba con los ojos cerrados. Con la ayuda de esos sonidos extraños había visitado tierras desconocidas. Había visto lugares y estructuras que su propia mente nunca podría evocar sola, ni siquiera en sueños.

El presentador nunca había hablado de la música, ni siquiera había dado los títulos de las canciones. Ciara recordaba lo que decía entre canción y canción: «Estás escuchando 2MCL FM, el programa *Sonidos del viernes noche*. Son las doce pasadas y estaré contigo hasta las tres de la madrugada. Espero que estés disfrutando de una agradable velada». Si había una campaña de apoyo en marcha, entonces hablaba de tarifas y beneficios, y si en el pueblo había ocurrido un acontecimiento importante, como el incendio de Grosvenor Street, por ejemplo, lo mencionaba brevemente y tal vez dedicaba su extraña música a los afectados, pero eso era todo.

Es muy fácil saber todo lo que hay que saber sobre el pueblo, me dijo Ciara. Ella conocía cada calle y sabía quién vivía en todas las casas. Creía que no era posible averiguar nada nuevo sobre el pueblo. Aparte de los chismes habituales sobre hombres que engañaban a sus mujeres, peleas de bares y quién se drogaba o dejaba de drogarse, nunca ocurría nada que mereciera recordarse.

A veces dudaba de que *Sonidos del viernes noche* se hubiera emitido alguna vez. ¿Se lo había imaginado? Cuando le describió la música al encargado de Sanity, él le dijo que esa música no podía ser real. Los sonidos que describía no eran los que la gente se molestaba en grabar en un cedé, dijo. Cuando intentó hablar sobre el misterioso programa con Wendy Rogers, la presidenta de la emisora, esta dijo que eso era antes de que ella llegara y que su predecesor, Reg Gardner, había muerto hacía cinco años de un derrame cerebral. Entre las personas mayores que trabajaban en la emisora ninguna recordaba *Sonidos del viernes noche*, dijo Ciara, porque eran demasiado viejos.

Durante las primeras semanas de su programa del jueves por la noche, Ciara había empleado cada minuto que tenía libre para buscar en los archivos de la emisora pruebas de la existencia de *Sonidos del viernes noche*. Nunca había encontrado nada. Incluso había recurrido a los oyentes para obtener información sobre el presentador, pero nunca sonó el teléfono: al fin y al cabo, nadie escuchaba 2MCL FM.

En los dos primeros meses de su programa había reproducido los cedés que se había llevado de casa, música que era popular entre la juventud del pueblo. Iba haciendo referencia a acontecimientos ocurridos en el pueblo que creía que podrían ser de interés para los jóvenes, y de vez en cuando invitaba a los grupos musicales locales a enviar sus maquetas. Ninguno lo hizo hasta que puso un aviso en varios pubs del pueblo. Después de eso recibió un puñado de casetes, sobre todo de bandas de metal con versiones metal de temas populares. Durante mucho tiempo puso únicamente esas cintas, a pesar de que eran inescuchables, solo porque era algo que nadie más pondría. No hubo ninguna objeción por parte de los demás miembros de la emisora pues nadie escuchaba su programa.

Al final Ciara empezó a hablar con un hombre conocido en el pueblo como Raz. Tocaba la guitarra en una banda de metal llamada Folical Dysfunktion. Estaba encantado con que ella pusiera con regularidad su casete y ella también lo estaba. Si hubiera cosas extrañas que averiguar en el pueblo, ella probablemente las averiguaría a través de él.

En la escena metal del pueblo nadie había tocado nunca en directo con público. Ensayaban en sus habitaciones o garajes y a veces grababan una cinta utilizando el micrófono incorporado de su equipo estéreo. Una noche Raz invitó a Ciara a una fiesta en su casa con la promesa de que podría ver en acción a, como mínimo, dos de las bandas de metal del pueblo.

Raz vivía en el barrio pobre que había junto a la fábrica de gas. Cuando Ciara llegó a la casa sonaba el álbum *Roots*, de

Sepultura, y en los sofás había casi una docena de hombres y tres o cuatro mujeres fumando y bebiendo ron con cola. Algunos de los hombres eran mucho mayores, tendrían veintitantos o treinta y pocos años, pero seguían portándose como ella siempre había imaginado que lo hicieran los aficionados al metal. Se quedaban de pie con una lata de alguna bebida alcohólica en la mano y se balanceaban con la música, de vez en cuando hacían como que tocaban la guitarra y sacudían la cabeza arriba y abajo cuando llegaba una parte especialmente heavy de una canción.

Ciara me dijo que se sintió bien acogida porque los músicos de metal estaban impacientes por dar a conocer sus bandas. Tenían la teoría de que los representantes de la industria discográfica del pueblo escuchaban las emisoras de radio regionales para descubrir talentos ocultos.

Ella no estaba tan segura, pero era lo suficientemente joven entonces para creerlos. Además, no había forma de calcular el número de oyentes, a pesar de que el teléfono del estudio nunca sonaba.

A medida que transcurría la velada los músicos de metal cada vez estaban más borrachos. Se habían agrupado en círculos y se golpeaban la cabeza al ritmo de las canciones que les gustaban. Raz había salido al patio trasero y había hecho pedazos una silla de plástico mientras todos lo alentaban. Una mujer se había grabado en el muslo un crucifijo del revés con una cuchilla de afeitar y luego se había desnudado. A cada rato se rompían vasos, Ciara no estaba segura de si a propósito o sin querer. Era una fiesta muy desenfrenada, nunca había imaginado que podía darse algo así en un pueblo como el suyo.

El grupo se había emborrachado rápidamente, sus voces sonaban cada vez más fuertes, y las conversaciones, más afectuosas y antagónicas. Al sentirse fuera de su elemento, Ciara se había sentado aparte en un puf desde el que contempló los extraños pósters góticos que colgaban de todas las paredes de la casa anunciando bandas de las que nunca había oído hablar y que tocaban en pueblos en los que nunca había estado. El olor a marihuana sumado al dulce aroma del ron que emanaba de los poros de cada uno de los hombres hacía que tuviera la sensación de estar trascendiendo el pueblo.

Raz llevaba el pelo negro rapado y tenía muchos piercings en la cara. Ciara dijo que era un hombre violento. No se mostraba físicamente agresivo con otras personas, dijo, pero estaba deseando destrozar cosas. A veces se emocionaba tanto en medio de un abrazo grupal que se acercaba a la botella vacía que tenía más a mano y la tiraba por una ventana abierta, y, al oír cómo se hacía añicos contra el hormigón, vitoreaba. Era algo que la música parecía impulsarle a hacer porque era muy poderosa. No le bastaba con escucharla pasivamente, necesitaba que su cuerpo se hiciera eco de ella de alguna manera. En los momentos intensos de las canciones, a menudo se agarraba la piel de alrededor de los ojos y tiraba de ella hacia abajo. En los momentos más tranquilos, se daba golpecitos en la pierna con nerviosismo, como instándoles a llegar a las partes más estruendosas. A veces cantaba las partes más gritonas pero en un susurro, y ver su rostro era como ver a un loco matar a alguien de un porrazo. Cuando fumaba en bong lo hacía como si le fuera la vida en cada inhalación.

Ciara no estaba enamorada de Raz, pero le interesaba ser su novia porque nunca había conocido a nadie tan intenso. No era guapo, y seguramente tendrían una vida horrible juntos, pero ella estaba desesperada por involucrarse en cosas que no entendía. Cuando la banda de él, Folical Dysfunktion, se puso a tocar en esa fiesta privada, ella procuró ver su actuación como si fuera una fan, y no como alguien que intenta decidir si el grupo era idóneo para una emisión radiofónica.

Dijo que nunca olvidaría algo que le había comentado Raz: que cuando se emborrachaba acababa llegando a la conclusión, en la fase final de la borrachera, de que no podría sentirse de ese modo eternamente. La fiesta acabaría y él tendría que parar de beber, y al final dejaría de estar borracho, y esa verdad mermaba al instante su felicidad. Recorría con la mirada la habitación deteniéndose en las otras personas que se divertían y sabía que, entrada la noche, estas se marcharían, volverían a sus casas, se dormirían y luego harían otras cosas. Nada deseaba más que retrasar ese momento, pero esa certeza lo perseguía.

Desde esa primera fiesta, Ciara iba a veces a casa de Raz. Aunque vivía solo, siempre había tres o cuatro personas más en la sala de estar fumando mientras escuchaban música o veían la televisión, o hacían ambas cosas. Ciara también fumaba en bong, y durante mucho tiempo esa fue su gran afición. Hacía que las conversaciones parecieran más afectuosas, dijo, y que la música sonara más compleja e irreal. El mundo exterior parecía aún más aburrido desde la casa de Raz, pero era fascinante en su aburrimiento. Había logrado ver el pueblo entero desde una perspectiva diferente. De repente las calles y las casas que había visto y conocido toda su vida parecían tener secretos. Le había parecido hallar una lógica profunda que subyacía a todo, y pensó que, si los habitantes del pueblo también la percibieran, podrían hacer un esfuerzo por subvertirla.

Raz siempre hablaba de ir a la ciudad para ver a tal o cual banda de metal que estaba de gira. En varias ocasiones le había prometido a Ciara que irían, pero a medida que se acercaba la fecha, renunciaba y decía que no tenía dinero, o que era absurdo gastar dinero en ver a bandas cuando podía invertir mejor ese tiempo en mejorar Folical Dysfunktion. Raz siempre hablaba de la ciudad y de lo bien que conocía los locales e incluso algunas de sus bandas. No se jactaba, pero a menudo hacía referencia a cosas de las que Ciara sospechaba que sabía poco.

Mientras tanto, ella había empezado a hacer su programa exclusivamente sobre bandas de metal locales, lo que significaba que la mayor parte estaba dedicada a las grabaciones rudimentarias de Folical Dysfunktion. Fue durante ese período cuando fundó una pequeña revista sobre las bandas de metal del pueblo. Había reseñado cada una de las maquetas que había recibido, tratándolas con el mismo respeto con el que las revistas de música de renombre trataban la música grabada en un estudio. Hizo copias de su revista y las dejó en los pubs, y a veces se quedaba un rato en la barra para ver si alguien cogía una y la leía.

Nadie de la escena metal se había tomado en serio su revista por considerarla demasiado aficionada, aunque los conmovió y estuvieron encantados de que los entrevistara para ella. La primera entrevista que hizo fue a Raz, a quien había descrito en la revista como «el padre del metal local». Fue una entrevista muy personal y reveladora. Hablaron de muchos temas controvertidos, entre otros la actitud de Raz hacia la gente del pueblo, la cultura local, las drogas y las bandas de metal que eran populares a nivel mundial y que a él le parecían inaceptables. Pero cuando ella imprimió la revista, él insistió en que no la distribuyera, había estado demasiado borracho durante la entrevista y sabía lo estúpido que parecía, no quería ofender a las bandas de metal mundiales si por un casual obtenían una copia. Ciara también entrevistó a otra banda, unos amigos de Raz que se llamaban Septic Rape, y a otros músicos de su círculo que nunca habían grabado siquiera un casete ni tampoco habían tocado un instrumento durante alguna de las fiestas de Raz.

Al carecer de material para sostener una revista periódica basada únicamente en las bandas de metal locales, Ciara había empezado a inventarse cosas. Creó escenas y comunidades completas que no existían, pero con las que había soñado. Eso tuvo repercusiones, ya que necesitaba reproducir la música creada por esas escenas y comunidades en su emisora de radio para confirmar que eran reales.

Al final había tratado de distanciarse de Raz, pues creía que estaba demasiado enamorado de ella. Ya había aprendido todo lo que había que saber sobre la escena del metal local, y nada parecía muy prometedor.

Para corroborar las falsas reseñas y entrevistas que había publicado en su revista, tocaba extrañas canciones instrumentales en un órgano que pertenecía a sus padres, emitiendo en directo sin haberlo ensayado antes. Luego las presentaba fingiendo que pertenecían a una sociedad underground de culto del pueblo. No daba nombres, ya que en esa escena musical imaginaria las bandas se negaban a tener nombres, porque se negaban a creer que tenían derecho a existir. Para cada canción, elegía un sonido diferente en el teclado y lo ejecutaba a través de un viejo pedal de *reverb* que encontró en la tienda de segunda mano. Mediante ese método, la música sonaba fantasmal y distante, dijo, similar a la música que había oído hacía mucho en *Sonidos del viernes noche*.

Raz no quiso renunciar a ella. Siempre la llamaba a la emisora de radio, aunque ella le había dicho que no se acercara. Se volvió obsesivo, dijo Ciara, y a menudo le levantaba la voz, frustrado por que se negara a ser su novia. Raz creía que esa nueva «escena del teclado», como la había llamado, les había «privado» a él y a su grupo de amigos de su compañía, y quería saber quién formaba parte de ella y dónde se reunían. Ciara le había mentido diciéndole que le mandaban los casetes de forma anónima.

Inevitablemente, Raz se presentó en las instalaciones de la radio. Al tratarse de una emisora de radio comunitaria que nadie escuchaba ni sabía que existía, no había seguridad ni cerraduras en la puerta. Irrumpió allí y vio de inmediato el órgano de Ciara junto al mezclador. Su secreto había sido descubierto, pero ella me dijo que no se había sentido avergonzada. De hecho, se alegraba de que alguien por fin viera que era ella quien había estado detrás de la escena de la música de teclado desde el principio. De todos modos, suponía que nadie había sospechado nunca nada porque nadie escuchaba la emisora de radio ni leía su revista.

Raz la llamó zorra, pues tenía un vocabulario muy pobre para expresarse, a pesar de que durante su relación le había asegurado constantemente que tenía presentes sus emociones. No les puso un dedo encima ni a Ciara ni al teclado, solo se marchó feliz de saber que no estaba acostándose con nadie de la «escena del teclado», ya que esta en realidad no existía.

Ciara creyó que todo se había acabado, hasta que un par de semanas después recibió el primer casete que llegaba directamente a su buzón de la emisora. Se trataba de una música muy similar a sus temas de teclado: sencillas melodías infantiles que se volvían soñadoras y misteriosas a través del eco y la reverberación. Ella supo que era Raz. Supo que intentaba congraciarse con ella porque la amaba más que a su propia vida, como nunca había dejado de recordarle.

Pero continuaron llegando los casetes, dijo, y la letra de los paquetes siempre era distinta. La configuración del teclado también parecía variar drásticamente de una canción a otra, y ella había notado pequeñas diferencias en la cantidad de reverberaciones y ecos aplicados a cada una. En resumen, si Raz le estaba gastando una broma, estaba haciendo un gran trabajo. Ciara no creía que él fuera lo bastante inteligente o tuviera el suficiente talento musical como para gastarle una broma tan lograda.

Todo tuvo sentido, o menos sentido si cabe, cuando Raz murió. Se tiró a las vías del tren de carga y ahí acabó todo: ya no hubo más Raz. Sin embargo, los casetes siguieron llegando y la música parecía ser cada vez más compleja y refinada, hasta que ella empezó a creer que la gente disfrutaría escuchándola. A pesar de los intentos semanales de ponerse en contacto directamente con esos músicos, tanto por la radio como a través de las circulares que dejaba en los pubs, Ciara nunca había tenido trato con ninguno de los creadores. Sin embargo, una fuente inagotable de música atmosférica de teclado continuó llenando su buzón. Solo podía haberla producido la gente del pueblo, ya que costaba lo suyo sintonizar la frecuencia en el centro, y no digamos desde cualquier otro lugar.

Ciara seguía escribiendo reseñas en su revista, solo que ya no se inventaba los casetes; estos realmente existían. Dijo que era capaz de hallar en la música cosas que aún no estaban en su mente. Como en ninguno de los casetes ponía el nombre de los artistas ni los títulos de las canciones, su revista se había convertido en un catálogo de imágenes y descripciones de música que solo era accesible para los oyentes de su pueblo. Alguien, o muchas personas, habían escuchado sus extraños temas de teclado y habían decidido seguir sus pasos. Tenían que estar en el pueblo, dijo, pero ¿dónde?

Ciara lo había sabido todo sobre el pueblo. Conocía cada una de sus calles y cada una de sus caras. Sabía lo que sus habitantes querían y lo que hacían en su tiempo libre. Conocía sus preferencias culinarias y qué los hacía felices o les ponía tristes. El pueblo era aburrido e irritante, dijo.

Pero seguía sin saber quién le enviaba esa extraña música. ¿Era posible que hubiera otras personas por ahí intentando trascender el pueblo? ¿O que alguien le estuviera jugando una mala pasada? ¿O tal vez era famosa en la ciudad o en otro pueblo donde eran muy fuertes las señales de emisión?

Durante sus programas de radio nunca recibió llamadas telefónicas ni peticiones, pero continuaron llegando casetes nuevos todos los días. Ella dijo que era estadísticamente probable que los enviaran cientos de personas del pueblo, pero no sabía quiénes eran ni por qué lo hacían. Ni siquiera era capaz de imaginar en qué tipo de casa vivían. ¿Compraban en Woolworths o trabajaban en el McDonald's? Estadísticamente era probable que alguno lo hiciera.

Pero dudo que se desplacen en coche, dijo.

Una tarde, mientras yo me tomaba una cerveza, Jenny hizo una referencia pasajera a los que denominó «los extremistas del pueblo». Estaba llevando a cabo un análisis minucioso de la fiesta del pueblo, repitiendo todo lo que Rob había dicho sobre el instinto inocente de destruir cosas de la población. La orgía anual, dijo, no podía compararse con las actividades más turbias del pueblo, a saber, las que hacían las personas que lo aborrecían y querían verlo destruido.

Jenny parecía regodearse en el desprecio que reservaba para los extremistas del pueblo. Según ella, odiaban todo lo relacionado con el pueblo y, sin embargo, seguían viviendo en él. No mucha gente estaba al corriente de su existencia, pero ella los conocía porque trabajaba en un pub.

Jenny se había sentido lo bastante cómoda en mi compañía como para explicarme los aspectos más desabridos del pueblo –por ejemplo, los equipos de fútbol y lo que ocurría en otros pubs más populares–, pero cuando se trataba de asuntos críticos, se comportaba como si yo intentara camelarla para que se quejara.

Según ella, los extremistas del pueblo eran una pandilla de anarquistas agraviados. A pesar de que vivían en el pueblo y disfrutaban de todas las ventajas de estar en él, lo odiaban con una pasión feroz. Jenny no sabía por qué lo odiaban tanto. No eran más que punks, descontentos, imbéciles o delincuentes.

Ella creía que, más que un grupo dispar de personas descontentas, los extremistas eran una organización. Era posible que ya hubieran celebrado reuniones para planear su próximo golpe abominable, ya fuera en forma de pequeños actos como hacer pintadas o mediante orquestaciones políticas en toda regla.

No había duda de que formaban una especie de banda, afirmó. Su principal objetivo era la fiesta anual del pueblo, en la que causaban el caos, y señaló dónde había ocurrido el caos. Había visto a algunos de ellos merodeando por la zona acordonada de bebida, mirando con mala cara al pueblo y a todo lo que este había logrado. Siempre eran ellos los que llevaban las cosas demasiado lejos.

Yo estaba interesado en localizar a los extremistas del pueblo, pero no sabía dónde buscarlos. Rob no sabía nada sobre ellos, Ciara negó su existencia, y Tom, el conductor de autobús, se mostró sorprendido e insistió en que él no vivía en el pueblo sino en las afueras, y que ya no le concernían los cotilleos.

No me preguntes por detalles específicos sobre el pueblo, dijo, porque ya no vivo en él.

El bibliotecario sí había oído hablar de los extremistas del pueblo, pero estaba convencido de que no existían. La gente del pueblo sueña con resistir, dijo. Si hubiera resistencia, su existencia sería importante para otras personas, y eso es lo que el pueblo quiere por encima de todas las cosas.

Sentado en la Michel's Patisserie, frente a los Big W, el bibliotecario señaló con una mano a los transeúntes. Cuando alguien se atrevía a mencionar algo bueno sobre otro pueblo, la gente discurría una respuesta que hacía que el suyo pareciera mejor. Si la presionabas lo suficiente, salía en defensa del pueblo con violencia. Solo los jóvenes sospechaban que el pueblo no era todo lo que tenía fama de ser, pero en cuanto se daban cuenta de que iban a pasar el resto de su vida allí, reconsideraban su actitud hacia él.

Es verdad que no hay razón para que haya un pueblo aquí, me dijo. No había un fundador ni ninguna historia noble o extraña que la gente admirara. Lo primero que se recordaba del pueblo era que habían muerto muchos animales durante la sequía de la década de 1930.

Siempre que había una sequía, dijo, a la gente le gustaba señalar que no podía ser tan mala como la de los años treinta, a pesar de que las sequías cada vez eran peores. Una sequía podía rivalizar en gravedad con la de los años treinta, pero nadie se atrevía a sugerir que fuera peor. Se consideraba una falta de respeto.

En cuanto a sus habitantes, dijo, el pueblo había sido más perfecto en el pasado de lo que parecía serlo ahora, en su capacidad para hacer frente a la tragedia y ser noble. Era un consuelo que hubieran ocurrido acontecimientos por los que merecía ser recordado, aunque solo fuera por ellos, y aunque solo fuera por aquel en particular. El bibliotecario sostenía que ya no había nada noble en el pueblo. Nadie creía que pudiera haber nuevos hitos. Solo podía volverse más débil, menos carismático y más alejado de lo que, en principio, lo hacía respetable, y eso estaba fuera de su control. Quién sabía qué clase de destino le impondría el resto del mundo, dijo el bibliotecario. Sin embargo, cuanto más remoto parecía el supuesto legado del pueblo, más apasionados se mostraban sus habitantes en protegerlo y predicar sobre él.

El bibliotecario insistió en que yo nunca lo entendería porque no era de allí. En las contadas ocasiones en que habían mencionado la sequía de la década de 1930 en las noticias nacionales como un ejemplo de sequía especialmente grave, los habitantes del pueblo se habían sentido orgullosos. Cuando en algún documental político de la televisión se habían referido tangencialmente al diputado que murió de un colapso pulmonar, se sintieron aliviados de que pensara en ellos alguien que era de fuera del pueblo y que tal vez nunca lo había visitado. Demostraba que el pueblo era un pueblo, parte integrante de una región o un país, de algo más grande que él mismo. Demostraba que el pueblo existía. Demostraba que ellos formaban parte de algo que podía verse de lejos. Y sus manifestaciones de orgullo eran gritos al resto del país, o al mundo, afirmando sí, estamos aquí, y sí, somos importantes, pero que no eran de ningún modo cómplices del terror que nos esperaba a todos.

El bibliotecario se preguntaba cómo sobreviviría el pueblo sin esa noción de su importancia. ¿Cómo sobreviviría este si la verdad se conociera y aceptara? De todos modos, creía que la verdad acerca del pueblo era más desagradable de lo que podíamos imaginar, aunque nadie supiera cuál era.

Le pregunté al bibliotecario si él era un extremista del pueblo después de haberle oído hablar mal del pueblo repetidamente, pero él se limitó a fruncir el ceño. Nadie podría realmente arruinar el pueblo, dijo. Ni los extremistas ni ninguna otra persona. El pueblo siempre estaría allí. Su futuro radicaba en seguir siendo.

Al principio había contado con tomarme un café en la Michel's Patisserie todos los días. Parecía ser la clase de rutina que adoptaban los forasteros en un pueblo. Esperaba que los camareros se acordaran de lo que siempre tomaba, que me contaran anécdotas sobre su jornada y me llamaran por mi nombre. Esperaba que los lugareños iniciaran conversaciones sobre acontecimientos importantes y me invitaran a participar en sus conversaciones con otros lugareños, hasta que finalmente formara parte de un grupo de gente decente. Pero a la gente del pueblo no le interesé. Nadie quiso saber de dónde venía y nadie me preguntó por qué estaba allí. Solo era un desconocido. No conocí a nadie en la Michel's Patisserie del modo como yo esperaba. En cambio, oí quejarse del pueblo a personas que había conocido en otros lugares mientras estaban ahí sentadas.

Recuerdo en particular un día en la Michel's Patisserie porque fue la tarde anterior a la primera noche que estuve bebiendo cerveza con Ciara. Ella se acercó a donde yo estaba sentado con una bolsa de plástico llena de cintas de casete que estaba distribuyendo por lugares secretos alrededor del pueblo.

Tomó asiento, pero no pidió café. Era una tontería tomar café en la Michel's Patisserie, dijo, porque las especialidades del establecimiento eran los pasteles y las tartas, no el café. Escondió cuidadosamente un casete debajo de un montón de posavasos, colocó un azucarero encima y lo ocultó con una carta de plástico.

Le dije a Ciara que Rob estaba bebiendo con sus amigos en el Grosvenor Hotel. Yo sabía que no dejarían de beber hasta que terminara el partido, momento en el que empezarían las copas posteriores al partido. Ciara ya lo sabía y no mostró interés; hojeaba las páginas de sociedad del periódico local. El reportaje central estaba lleno de imágenes de hombres y mujeres de aspecto similar, todos sonriendo abiertamente a la cámara, vestidos de manera informal aunque claramente estudiada. Si las fotos no mentían, la gente del pueblo pasaba las noches de una manera jovial y civilizada. A veces un hombre o una mujer parecía más inclinado que los demás a bromear sobre la situación, pero la mayoría de las personas de las fotos se mostraban educadamente atentas, como si se hallaran inmersas en alguna clase de diálogo con el lector del día siguiente. No era posible imaginarlas en ningún otro lugar, y parecían creer que pertenecían a él desde el momento en que el fotógrafo había decidido que eran emblemáticos del pueblo. Sus caras se burlaban de mí sin darse cuenta. Las fotos consagraban su pertenencia al pueblo, la hacían histórica y verificable.

Me terminé el café y acepté la propuesta de Ciara de ayudarla a distribuir los casetes. Colocamos casetes en la pérgola del parque central, en el vestíbulo de los cajeros automáticos del Commonwealth, al pie de la escalera mecánica del centro comercial Coles, entre los surtidores de la gasolinera BP de abajo, junto al barreño para limpiar los parabrisas de la gasolinera Ampol del centro y entre los periódicos del pub de Parkview, donde también compramos unas cervezas en la tienda de bebidas alcohólicas. Ciara quiso tomarse una cerveza después del trabajo bien hecho, y yo quería estar con ella por si le daba por decir algo sobre mi libro.

De camino a casa de Ciara, se puso el sol y empezó a lloviznar. Aunque era un viernes a última hora de la tarde, se veía a poca gente en los pubs o restaurantes, y no había nadie más en la calle. Con el brillo de los rótulos de las tiendas y el parpadeo de los semáforos, el pueblo parecía excepcionalmente lleno de vida por la noche, aunque nadie caminara por las calles. La iluminación nocturna, por escasa que fuera, alentaba la idea de que había secretos que descubrir sobre el pueblo después del atardecer.

Ciara vivía en un segundo piso de una calle que daba a una gasolinera. Sirvió la cerveza en dos jarras y nos sentamos en el balcón, contemplando el pueblo desierto. Durante mucho rato no hablamos de nada interesante. Ciara habló de la gasolinera que había al otro lado de la calle porque eso era lo que estábamos viendo. Luego habló de la iglesia que había delante de la gasolinera, del pequeño parque que había delante, y del pub que había delante. Había visto mucho en esa pequeña vecindad en el transcurso de su vida en el pueblo.

Cuando no hubo nada más que describir en nuestro campo de visión, guardó silencio. Llenamos de nuevo las jarras y bebí un largo trago con la esperanza de armarme de valor y abordar el tema de mi libro. Ciara se repantigó en su silla y se quedó mirando un hilo suelto en su manga. No se parecía a ninguna otra persona del pueblo.

Apuesto a que Rob ya está borracho, dijo, encendiendo un cigarrillo.

Le pregunté por qué estaba enamorada de Rob, pero ella dijo que no lo estaba. Solo estaba experimentando lo que era tener novio.

Los hombres son deprimentes, me dijo, si no me importaba que lo dijera.

Me mostré de acuerdo.

Ella se proponía romper con él dentro de dos meses. Su plan era ser su novia durante seis meses exactos. Si en ese tiempo no surgía una razón convincente para seguir con él —cosa que aún no había sucedido—, se había prometido que rompería con él.

Me pareció bastante razonable.

Al cabo de un rato ella me preguntó de dónde era. Reflexioné unos instantes. Traté de seguir mentalmente las carreteras al este y oeste del pueblo, pero mi memoria titubeaba ante el resplandor. Veía los campos de colza pero no los caminos, y recordaba vagamente la tristeza en las colinas poco profundas y los prados quemados. Pensándolo bien, hallaba dentro de mí pruebas de un desdén que ya no entendía. Definitivamente salía de alguna parte, pero ¿de dónde? Esos recuerdos se encontraban a la vuelta de la esquina, casi al alcance del recuerdo completo. Recordaba las sombras pero no las formas, los sentimientos pero no los lugares.

Le dije a Ciara que no sabía de dónde era.

Le pareció bastante razonable.

Fui a comprar más cervezas porque se nos habían acabado. Al regresar a su piso, la encontré preparando noodles instantáneos en la cocina. Casi todas las paredes de su piso estaban cubiertas de estantes provisionales atornillados al yeso, llenos de casetes sin rótulo. Todas las superficies estaban llenas también de casetes, con y sin caja, algunos con las entrañas de color marrón oscuro desenrolladas. En los tramos de pared sin estantes había pósters de conciertos secretos, aunque no reconocí ninguna de las bandas ni de los locales.

Ciara admitió cuando se lo pregunté que los pósters eran falsos. Cada uno anunciaba un supuesto concierto secreto, e invitaba a la gente a llamar a la emisora para obtener más información. Arrancó uno de la pared y me lo dio.

Era un dibujo de una llanura amplia bajo un cielo tormentoso. Una gran luna manchada flotaba a la izquierda cerca de la lista de las bandas, que comprendía cuatro líneas de texto sin sentido. Ella dijo que siempre estaba dibujando llanuras cubiertas de hierba. Siempre era una llanura y siempre era de noche, con una luna a un lado. Era una visión que a veces tenía brevemente antes de dormir, aparecía durante una fracción de segundo y luego desaparecía, y, por mucho que se concentrara, no podía evocarla deliberadamente. Le ocurría al azar y desde hacía mucho tiempo.

Estudié la imagen. El dibujo era rudimentario, pero los trazos de carboncillo removieron un débil recuerdo dentro de mí.

Me pregunté en voz alta si la visión de Ciara era tal vez el emplazamiento de un pueblo desaparecido, dirigiendo delicadamente la conversación hacia mi libro. Tal vez todos lloran por los pueblos desaparecidos. Tal vez en ellos todo era exactamente como la gente cree que son las cosas ahora. Cuando piensas en un pueblo desaparecido solo puedes creerte lo que se tiene como verdadero para todos los pueblos. No puede haber verdades sórdidas, y ninguno de sus habitantes puede cuestionar la premisa de que el pueblo es bueno. Puedes depositar tu buena fe en los pueblos desaparecidos. Puedes tratarlos como una prueba de que este pueblo, como todos los demás, y tal vez incluso la ciudad, nacieron de la virtud. Y esto tiene especial importancia para ti, dije, porque tu pueblo no tiene ninguna historia que fundamente su orgullo. Por eso la cultura del pueblo es nada y todo a la vez. Puede que no sepamos exactamente qué la define hasta que desaparezca.

Apenas había terminado mi perorata cuando me arrepentí de haberla pronunciado.

Los noodles de Ciara estaban tan recocidos que se habían convertido en una sopa con mucho sabor, pero ella insistió en escurrirlos y me ofreció una ración directamente de la sartén, ya que solo tenía un bol.

Solo es una llanura, dijo finalmente.

2

EL PUEBLO QUE DESAPARECE

El pueblo había ido creciendo con los años. Se había extendido desde que la gente que vivía en él tenía memoria, prolongándose hacia el resplandor pero sin llegar a atravesarlo.

Al pueblo se podía acceder desde varias direcciones, pero solo dos contaban, y por los extremos de ambos lados se llegaba a un pueblo totalmente distinto. Las carreteras eran las mismas y la gente era la misma —era el mismo pueblo—, pero el punto de vista era lo más importante en el momento en que un viajero se formaba sus impresiones. La primera gasolinera que encontrara sería el pueblo: le enseñaría todo lo que aparentemente importaba sobre el pueblo.

Con los años las gasolineras habían cambiado. A medida que subían los precios en los letreros delanteros y los logotipos de las compañías se volvían más llamativos, uno esperaba que el pueblo siempre estuviera allí. Pero no era más que otro pueblo en la carretera hacia otro pueblo, o tal vez hacia una ciudad, en una de las direcciones. Tal vez solo era una carretera. Tal vez el pueblo situado al borde de la carretera no era sino un tejido raído de viviendas y escaparates, tachonado de gasolineras y cosido por calles, donde vivía la gente.

Con el dinero que gané en Woolworths me compré un montón de libros y cedés. Cada uno, fuera cual fuese su género o estilo, parecía increíblemente ajeno a mi entorno. Ninguno reflejaba los estados de ánimo o pensamientos que podía albergar alguien que viviera en el pueblo.

Las vidas que describían esos libros y los sentimientos que evocaba la música pertenecían a regiones cuidadosamente controladas y entendidas. Las frases y las letras trataban de circunstancias en las que uno podía imaginar que se encontraba sin querer en algún momento de su vida. La existencia de esas situaciones en los libros y en las canciones parecía hacerlas inevitables, pues los libros y las canciones tratan de la vida, pero lo cierto era que en el pueblo nunca sucedía nada tan claramente lógico o profundo.

Algunas noches, después de mi turno de noche, el pueblo estaba borracho. Estaba borracho porque era jueves, viernes o sábado por la noche, y a veces yo también deseaba estarlo. El pueblo se emborrachaba lánguidamente en esas noches sin incidentes, consciente de que todas serían olvidadas. O la noche se fundiría en un vago recuerdo de cómo era estar borracho en el pueblo durante ese período en particular de la vida.

Cuando miraba por las ventanas de los pubs de la calle mayor, me preguntaba si alguien se sentía realmente del pueblo. Cada fin de semana se creaba la atmósfera de un último adiós; todos bebían como si a la mañana siguiente partieran a destinos lejanos. Eso era lo que parecía, ¿o por qué bebían si no? Bebían como si fuera su deber. Supongo que también bebían por el hecho de estar allí.

En los libros y las canciones la gente se junta para beber por algún motivo, y sus vidas transcurren a toda velocidad hacia los momentos importantes. En esos libros y canciones, el sinsentido se representa de una manera demasiado deliberada, y a menudo se insinúa que tiene un origen o una lógica. Los habitantes del pueblo vivían como si no fueran a morir nunca, pero no eran heroicos ni tontos como en los libros y las canciones. Solo estaban allí. Parecían entender mejor que nadie que solo estaban allí.

Mi libro sobre los pueblos del Central West de Nueva Gales del Sur que estaban desapareciendo sufrió una serie de cambios radicales durante el período en que yo todavía esperaba acabarlo. Me había tomado a pecho lo poco que Ciara me había dicho sobre él. Por un tiempo estuve seguro de que podía borrar sus opiniones, considerarlas simplemente desinformadas, pero cuando finalmente estudié el asunto, me di cuenta de que era imposible escribir un libro sobre pueblos ya desaparecidos.

La opción que ofrecía menos esfuerzo era escribir un libro sobre el pueblo, porque era un tema que podía investigar de primera mano. Así que comencé a escribirlo una noche después de mi turno en Woolworths, y llamé varias noches seguidas al trabajo diciendo que estaba enfermo para sacar partido a la energía recién descubierta. Cuando escuché más tarde los dictados de todo lo que había escrito durante ese período fervoroso, me sentí elevado por una sensación que era nueva para mí. Creí que tal vez podría escribir algo sobre el pueblo que valiera la pena. Tal vez lograra concluir un libro con hechos e impresiones que no solo la gente del pueblo y yo sino otras muchas personas estarían dispuestas a aceptar como verdaderas.

Pero con el paso de las semanas, mi visión acerca del libro inevitablemente se empañó. Comencé a experimentar una sensación de terror indescriptible e inexplicable. No podía determinar el origen del temor, y solo parecía sensato examinarlo a distancia mientras colocaba los productos en los estantes del supermercado. El temor parecía un elemento importante —aunque ausente— de mi libro cuando no estaba ocupado escribiendo frases, pero con el tiempo llegué a creer que era importante buscarlo en el mismo texto. Al fin y al cabo, tal vez todos compartían mi percepción de que el pueblo iba camino del desastre. Tal vez el pueblo necesitaba revisar el concepto que tenía de sí mismo.

Apareció un agujero en el pueblo. Una noche Rob se detuvo en la puerta de la cocina mientras yo me preparaba la pasta. Al final advertí su presencia, lo que lo llevó a hablarme del agujero.

Hay un agujero en el pueblo, me dijo. Todo el mundo estaba enloqueciendo. En el parque central, cerca del ayuntamiento, donde siempre se celebraba la fiesta del pueblo, había un gran agujero redondeado de unos dos metros cuadrados de diámetro. No parecía moverse de allí.

La policía ya había acudido a examinarlo. Lo habían acordonado con cinta amarilla y no permitían que nadie se acercara a él. Pero era fácil verlo a cierta distancia, porque no era un simple agujero de los que se cavan con una pala. Más bien era un vacío en el césped, un vacío que parecía tener profundidad en todas las direcciones posibles. Era más una ausencia que un agujero, y no era negro ni oscuro ni de algún otro color o tono. Una parte del mundo parecía haber desaparecido sin más.

Jenny estaba molesta con el agujero. Creía que una o varias personas estaban cavando agujeros con mala intención. ¿Para qué querría alguien cavar un agujero en el parque?, se preguntaba. Los niños y los borrachos podían caer en él y romperse el cuello.

Cuando le expliqué que no era el típico agujero, ella no cedió. Por extraño que fuera ese agujero, alguien lo había cavado, y si lo habían cavado era porque odiaban el pueblo. Debe de ser cosa de los extremistas, murmuró.

El agujero se convirtió en tema de conversación, y gran parte de lo que se decía se hacía eco de la opinión de Jenny: que no era un simple agujero sino algo más malicioso. Una pequeña minoría, en la que se encontraba Rob, sostenía que era algo sobrenatural.

Rob me dijo, como si se tratara del peor de todos los delitos, que había hablado con un par de personas que habían metido los brazos y las piernas en el agujero. Habían informado que no era un agujero convencional, pues todo lo que traspasaba el umbral se desmaterializaba. Alguien se había preguntado si era posible sumergirse en él y alejarse a nado del punto de entrada, y no volver nunca a la superficie.

No era un agujero sino un portal, apostó Rob. Lo que había dentro de él podía ser más grande que el mismo pueblo, tal vez incluso que el planeta.

Rob y sus amigos bebían demasiada cerveza como para que me tomara en serio sus palabras, así que volví a visitar el agujero yo solo un jueves por la noche después de mi turno. La policía no estaba lo suficientemente preocupada por él para patrullarlo día y noche; al fin y al cabo, solo era un agujero. Pero cuando llegué, había muchos adolescentes del aparcamiento del McDonald's lanzando objetos desde detrás de la cinta amarilla: botellas de cerveza, mecheros, restos de comida rápida y, en un momento dado, una radio arrancada de una furgoneta cercana. Reinaba un extraño silencio mientras lanzaban los objetos. No aterrizaban.

Cuando los adolescentes advirtieron mi presencia se quedaron callados. Señalé el agujero, y ellos retrocedieron para permitirme estar un momento a solas con él. Había llevado una barra de cortina para comprobar la profundidad del agujero. De la periferia del grupo se alzó una voz burlona seguida de varias risitas incómodas, y luego hubo silencio.

Bajo las tenues luces del parque, envueltas en un entramado de ramas de roble, era difícil determinar el color del agujero. Definitivamente no era negro intenso. Más bien recordaba al color que se ve detrás de los párpados cerrados. La boca del agujero parecía más un estanque que una entrada, por el modo en que se fusionaba con el terreno circundante, y cuando introduje la barra en el agujero, el tramo sumergido pareció desaparecer por completo. Yo no estaba mirando un agujero; no miraba nada en absoluto. Recuperé la barra y la hundí de nuevo, más profundamente, y al no tocar fondo casi me caigo dentro. Los adolescentes aplaudieron mientras recuperaba el equilibrio.

No es el típico agujero, advirtió uno de los chicos. Otros murmuraron dándole la razón. Me tumbé en el borde del supuesto agujero, introduje la barra de cortina en él y luego la levanté hacia el cielo, pero no se elevó más de lo que permitía el perímetro. Quizá el agujero era una entrada a algo más grande, un gran abismo subterráneo cuyas dimensiones eran imposibles de calcular. O tal vez no era nada en absoluto.

Los adolescentes parecían aliviados de que un forastero idiota como yo se hubiera atrevido a romper la cinta amarilla para acercarse al agujero. Una chica se abrió paso a través de ellos y me tiró una cuerda enrollada. Prueba con esto, dijo. Agarré un extremo y dejé caer el fardo en el agujero. No se oyó ningún ruido sordo; la cuerda se tensó al desenrollarse del todo.

Entonces es que se prolonga indefinidamente, dijo la adolescente.

Tardé un minuto entero en enrollar la cuerda de nuevo. No estaba sucia ni mostraba signos de haber tocado algún tipo de superficie. Cuando compartí esa observación con el grupo de adolescentes, ninguno pareció impresionado o sorprendido. No es el típico agujero, volvió a decir uno.

Esa semana Rob sacaría el tema del agujero a cada rato. Mi experiencia no lo conmovió, y actuó como si mis descubrimientos fueran un hecho establecido hacía mucho. Parecía decidido a no averiguar nunca la verdad sobre el agujero; solo buscaba confirmación de que no era el agujero típico. La cuestión de qué podría haberlo causado nunca fue discutida con profundidad.

No he visto nada igual en toda mi vida, decía. Luego nos quedábamos unos minutos en la cocina, haciendo los mismos comentarios y repitiendo los mismos testimonios de los testigos oculares con la esperanza de que uno de los dos pudiera recordar de pronto algún detalle nuevo sobre el agujero.

Es probable que sea un desastre ecológico, concluía él, y siempre parecía aliviado.

La policía se ocupó del agujero con apatía, cambiando de vez en cuando la cinta amarilla y, con menor frecuencia, patrullando el parque en sus furgones. Parecía que la mayoría de los habitantes del pueblo se contentaba con describirlo como un agujero típico, aunque extrañamente profundo. Solo los adolescentes, los borrachos y los inclinados a los prodigios disfrutaban hablando de él. Los adolescentes continuaron reuniéndose en masa en el parque, mientras los borrachos de los pubs frecuentados por viejos lanzaban hipótesis sobre quién lo había cavado, y por lo general llegaban a la conclusión de que era alguien que despreciaba el pueblo.

Incluso Ciara se mostró reacia a creer que el agujero tuviera algo de misterioso, hasta que un día lo visitamos juntos, después de pasar varias horas distribuyendo casetes.

Está claro que no es el típico agujero, dijo. Era media tarde y no había adolescentes alrededor. Solo un anciano se había detenido junto a la cinta amarilla con su perro.

El agujero no era un agujero, le dije a Ciara. No era nada. No habían cavado la tierra y se la habían llevado a otra parte: simplemente había desaparecido. Le dije que tal vez estábamos asistiendo a la primera parte de una desaparición, porque probablemente no sería la última.

Advertí irritación en su cara. Debía de haberse cansado de que hablara sin cesar de mi libro. Tal vez pensó que intentaba utilizar el agujero en mi provecho, que quería demostrar con él la tesis de mi libro.

Es lógico, le dije. El pueblo había aparecido sin ninguna razón aparente ni registrada, y desaparecería sin ninguna razón aparente ni anticipada. Aun así, en algún punto del camino había establecido una noción de sí mismo y esta persistía sin resistencia. Por eso el pueblo es un pueblo. Pero no es suficiente estar en un lugar sin motivo, dije. Tiene que haber un motivo, y si tiene que haberlo, que sea bueno. Era de una lógica tan infalible que, tras un análisis más minucioso, no me sorprendió que el pueblo hubiera empezado a desaparecer.

Esa es una forma muy artística de decirlo, dijo Ciara, y arrojó un casete al agujero.

Ciara me dijo que había otros agujeros en el pueblo, pero sus orígenes eran conocidos. Durante muchos años un grupo de adolescentes se había pasado prácticamente todas las tardes de entre semana cavando en un solar baldío situado entre una discoteca abandonada y una de las gasolineras de la carretera. Unas tablas cubiertas de pintadas impedían ver desde la calle ese terreno fangoso que recordaba a una explotación minera en ciernes. Algunos de los montículos de tierra eran tan altos que sí se veían desde la acera, y tenían suficientes años para que hubiera brotado hierba en su cima. Una tarde Ciara me condujo por un hueco en la cerca trasera al corazón de la explotación minera, donde media docena de chicos y chicas en los primeros años de la adolescencia echaban tierra sobre sus propias colinas.

Hacía algún tiempo, cuando ella tenía la misma edad que los cavadores, se había pasado un par de meses ayudando en la explotación. Para los adolescentes de ciertas convicciones, ese era el lugar donde les correspondía estar. Si uno no estaba satisfecho con el pueblo pero no sabía identificar qué era lo insatisfactorio, acababa cavando agujeros.

Los adolescentes no nos prestaron mucha atención cuando nos vieron deambular por los senderos que comunicaban sus excavaciones. Al lado de cada agujero había un cubo y todos los cubos estaban vacíos menos el de una chica que había desenterrado una pluma estilográfica cerca de la discoteca.

Cavan en busca de artefactos, dijo Ciara. Están buscando pruebas de algo. Es un impulso natural entre los jóvenes. Antes de conocer a los fanáticos del metal y de empezar a publicar su revista, ella misma había pasado sus tardes en las excavaciones del solar vacío. Era algo interesante que hacer, porque nadie sabía qué clase de tesoro le esperaba debajo de la tierra, y seguramente había alguno.

Según Ciara, los ancianos del pueblo siempre decían que ya nada era como antes o mencionaban aspectos buenos del pueblo que ya no parecían existir. Mirando ceñudamente uno de los agujeros del solar vacío, Ciara insistió en que ella nunca había buscado pruebas de ninguna clase. Tal vez lo que había querido probar era que nada de eso era verdad, y que las cosas no habían empeorado después de todo.

Se arrodilló y cogió un trozo de cemento. A menudo se preguntaba para qué cavaban. ¿Era posible que todo lo bueno del pueblo fuera cosa del pasado? Ciara visitó las excavaciones por primera vez cuando tenía doce años, y había esperado que el objetivo de estas fuera descubrir los secretos del pueblo, pero la verdad era otra: no parecía haber ninguna razón entre los adolescentes, quienes simplemente cavaban porque otros habían cavado antes que ellos. El sentido de las excavaciones se había perdido con el tiempo, y Ciara sospechaba que podría haber carecido de él desde el principio. Además, apenas importaba —e hizo un gesto hacia los cavadores contemporáneos—, porque de ello se obtenía satisfacción.

Ciara creía que todo lo relacionado con el pueblo dependía de las creencias, pero ¿en las creencias de quién podían confiar ellos? No en las de alguien mayor que nosotros, dijo. A los cavadores aún no les importaba el día de las Fuerzas Armadas, ni el día nacional de Australia, ni la fiesta del pueblo. Aunque algún día les importaría y por eso dejarían de cavar. Una vez hubieran adquirido un gusto por las cosas menos importantes, se convertirían en parte del pueblo.

La chica de la pluma estilográfica desenterrada dejó de cavar y se quedó mirándola con humildad mientras Ciara la cogía. Esperó a que calculara su valor, sacudiéndose la tierra de las manos en los muslos.

La pluma tenía grabado el nombre de «Cadia» junto con un número de teléfono y una pequeña imagen de una pepita reluciente. Ciara supuso que había habido una mina de oro en el pueblo, en esa porción de tierra baldía.

La chica pareció decepcionada. Era evidente que allí había habido tiendas y oficinas en el pasado. ¿Qué otra cosa podría haber habido entre la antigua discoteca y una gasolinera?, preguntó. No le pareció una conclusión muy emocionante, pero a Ciara sí, o al menos eso fingió. Era una pequeña pista para resolver el misterio de la mina. Aunque seguramente no había necesidad de dejar de cavar, porque podría haber algo más que encontrar.

Solo es una pluma, replicó la chica. Sacó del bolsillo un documento arrugado que enumeraba una docena o más de nombres comerciales que habían encontrado en plumas estilográficas. Algunos iban acompañados de logotipos y mascotas. Solo un grupo de empresas: agencias inmobiliarias, bufetes de abogados, contables.

En sus tiempos de cavadora Ciara solo había hecho un descubrimiento interesante. Había cavado todas las tardes alrededor de la gasolinera. Su hallazgo, envuelto en una bolsa de plástico, había sido una revista profesionalmente impresa llamada *Foreseen*. Estaba llena de imágenes de horizontes, probablemente de la región. Eran extensiones relativamente llanas, a veces con una suave pendiente.

La revista no tenía texto, pero se le había quedado grabada una ilustración. Era la única imagen que había de un árbol. Al principio había supuesto que eran dibujos o cuadros, porque los espacios vacíos tenían una calidad extraña. Pero esa imagen del árbol —un árbol de caucho pelado que se alzaba a lo lejos, ligeramente a la derecha— era escalofriante porque confirmaba que las demás no eran ilustraciones sino fotografías. Eran fotografías de llanuras que parecían demasiado estáticas y anodinas para ser reales. ¿Cómo había accedido el fotógrafo a esos parajes? ¿Y dónde estaban?

¿Y por qué querría alguien hacer una revista solo con fotografías de paisajes, y monótonamente llanos además? No parecía una revista artística. No se atribuía a nadie, y las fotos no parecían llenas de significados o motivos complejos. Parecía un producto del suelo, como si la tierra se conmemorara a sí misma evocando antiguos ejemplos de su continuidad.

Con el tiempo, Ciara se había enterado de algunos de esos misterios del pueblo, como *Sonidos del viernes noche* y la revista *Foreseen*, pero pertenecían al pasado y no había forma de recuperarlos. Pregunta a cualquiera, dijo, y te dirá que todo era mejor en un período indeterminado del pasado. Y aunque nunca habían podido verificarse sus afirmaciones, era difícil refutarlas. Cualquier esfuerzo por mejorar de nuevo las cosas parecía inútil. De modo que ella se preguntó: ¿de qué servía hacer algo? Si tuviera hijos, probablemente vivirían una vida más horrible que la suya. Si escribiera un libro, grabara un álbum o hiciera una película, no servirían para explicar el período en que había vivido, porque pronto estarían todos muertos. E incluso antes de que eso sucediera, todos la odiarían de todos modos, odiarían el pueblo, odiarían todo lo que ella y ellos habían defendido o dejado de defender. Ella era un blanco obvio de ese odio, porque había leído artículos que advertían que las cosas estaban empeorando, mientras que otras personas podían no haber leído nada de eso.

Tal vez por eso cavaban, porque la mecha casi se había consumido y el futuro parecía horrible. Eso era lo que ella creía, basándose en lo que veía en las noticias y en lo que sucedió cuando empezó a indagar sobre *Foreseen*. Tiró el pedazo de cemento lejos.

Cuando le enseñó la revista a su padre, este le dio vueltas entre las manos y la hojeó antes de concluir que era una forma de propaganda. Se había mostrado de acuerdo con ella en que no era arte, aunque también creía que debía de haberlo sido. ¿Qué podía ser si no? Dijo que estaba llena de mensajes subliminales, y cuando ella le preguntó qué mensajes subliminales podía haber en unos horizontes cubiertos de hierba, él respondió que no podía saberlo porque eran subliminales. Lo más probable era que los dos ya estuvieran condicionados, y por mucho que se opusieran con todas sus fuerzas a la revista, eso no cambiaba el hecho de que habían absorbido algo potencialmente nocivo. Era demasiado tarde. Ya les estaba comiendo el coco. Él le había confiscado la revista.

Cuando ella la recuperó se la llevó a la biblioteca, donde el bibliotecario le dijo que solo era arte. Puede que no sea arte, replicó. No podían saber lo que se proponía la persona que había hecho la revista. Cuando le preguntó cómo estaba tan seguro de que era arte, él pareció desconcertado.

Había dicho que era arte porque no tenía un significado claro. Había supuesto que tenía algún significado, pero basándose en la incapacidad de Ciara para hallarlo, no había duda de si era arte o no: estaba claro que lo era. El bibliotecario se negó a especular sobre el significado de ese supuesto arte. Tenía que reflexionar sobre ello. Le dijo a Ciara que uno tenía que reflexionar sobre el arte, a veces durante muchos días consecutivos. Ciara ya había reflexionado sobre la revista y, basándose en lo que había logrado entender después de muchas horas de estudio, había decidido que esta no pretendía ser arte de forma deliberada.

Cuando pasamos por delante de la tienda de bebidas alcohólicas, Ciara se detuvo fuera, dando a entender que me tocaba a mí comprar las cervezas. Compré cuatro Sheaf Stout y nos dirigimos a su piso.

El bibliotecario le había dicho a Ciara que no importaba si *Foreseen* era deliberadamente arte o no. Con el tiempo todo se convertía en arte, afirmó. Todo el pasado se convierte en arte, aunque no suele ser muy interesante. Creía que era un derecho de la persona determinar qué era arte y qué no. Se mostró apasionado con el tema, además de un tanto prepotente, y aun así no fue capaz de explicar cómo había llegado a creerlo ni por qué ella debería pensar del mismo modo.

Ciara no logró encontrar a nadie que pudiera explicarle qué era la revista *Foreseen*. Todas las personas a las que había preguntado habían llegado a la conclusión de que era arte, como si eso pusiera punto final a la discusión. Pocos estaban contentos con que fuera arte, pero todos estaban seguros de que lo era. Ciara tenía la sensación de que eso le había impedido acceder a la verdad de lo que *Foreseen* podía haber sido. Había deseado que no fuera arte. Había querido que existiera algo extraño que no fuera simplemente arte.

Nos servimos la oscura cerveza en dos jarras y nos sentamos en su balcón.

Ciara había perdido la revista *Foreseen*. Juró que la había dejado encima de la cama una mañana. Puso la habitación patas arriba buscándola.

Adopté la rutina de seguir a Ciara mientras esta dejaba casetes en lugares escondidos del pueblo. Durante las primeras horas de la tarde, antes de que a las tres la escuela terminara, el pueblo pertenecía a los ancianos y a los mensajeros, que no nos prestaban atención. Por los centros comerciales también deambulaban madres, pero estaban demasiado distraídas con sus hijos pequeños. Nadie se fijaba en nosotros cuando introducíamos a escondidas los casetes en los buzones para depositar papeletas de lotería del centro comercial, entre las Páginas Amarillas de las cabinas, y en los folletos de Westpac y National Bank. A veces Ciara se alejaba del centro para internarse en las calles de casas antiguas y mansiones coloniales cuyos precios hoy día estaban por las nubes, y luego seguía por las modestas manzanas de casas de madera y ladrillo en dirección a las carreteras tentaculares. Creía saber la distribución de cada una de esas casas con solo mirarlas. Decía conocer todos sus olores, a tostada y café, a lejía y, a veces, a polvo. Los colores de las casas por dentro, la disposición del mobiliario, los sofás estampados de flores orientados hacia el televisor, las mesas de centro con los mandos a distancia y las revistas de la aseguradora NRMA ..., todo era inevitable. Mirando la fachada de las calles secundarias del pueblo, era fácil adivinar qué tipo de familias vivían en ellas. Demasiado fácil, creía Ciara.

Puede que sea cierto que los extremistas del pueblo son hombres y mujeres que viven en casas como estas, dije. Tal vez se esconden. Puede que hasta conozcamos a alguno. Rob podría ser un extremista, bromeé. O el alcalde, en secreto.

Ciara habría estado encantada de contarse entre los extremistas del pueblo. Sin duda eran personas que estaban hartas, dijo, pero ¿quién podía estar tan enfadado como para sabotearlo? Ella sospechaba que si alguna vez habían existido los extremistas, había sido en el pasado, en una época en la que parecía haber habido más en juego. Seguramente habían existido un puñado de razones para ser un extremista del pueblo entonces. Aquello contra lo que ellos se habían rebelado había vencido. ¿Qué podía ser el pueblo aparte de lo que era en ese preciso momento?

Tal vez *Foreseen* era un texto de los extremistas, dijo Ciara. Nunca había pensado mucho en ellos. Creía que era así como los viejos llamaban a la juventud, a los que bebían vino de barril en la calle por la noche, los que robaban señales de tráfico y prendían fuego a los contenedores con ruedas, haciendo que los precios de las propiedades cayeran en picado. Eran los únicos extremistas que ella podía señalar. Mitch y Debbie, que ahora trabajaban en White's Real Estate, podrían haberlo sido en otro tiempo, dijo Ciara, señalando la agencia inmobiliaria. Mientras caminábamos por una calle tranquila, ella arrojó un casete a un techo y luego al patio trasero de una casa cercana. Cuando nos detuvimos para oír cómo caía, apareció algo en la alcantarilla más cercana, junto a la rueda delantera de un Mazda. Una oscura ausencia. Ciara se agachó y hundió el brazo en el agujero, y lo mantuvo allí unos instantes antes de sacarlo de nuevo.

No es el típico agujero, dijo.

Ciara y yo deambulamos hacia los arrabales del sur del pueblo, como a veces hacíamos, donde ninguno de los caminos tentaculares estaba pavimentado. Al otro lado de las vías del tren, pasada la fábrica de gas y el barrio pobre, el pueblo parecía reacio a rendirse al campo que había más allá. Detrás de un prado cubierto de viejos vagones de carga oxidados y chapas de zinc amontonadas, las ruinas de las obras interrumpidas llegaban hasta los grandes almacenes Bunnings, que se alzaban achaparrados sobre el horizonte por la carretera del este.

¿Cómo sabemos que hemos dejado el pueblo?, le pregunté a Ciara. ¿Dónde está el límite oficial? ¿Es visiblemente reconocible o es una simple línea arbitraria en un mapa del gobierno? ¿Podría ser cierto que todos somos parte de la misma ciudad, la ciudad costera, y que esto solo es parte de un barrio remoto y olvidado de la periferia? Pero ella conocía un límite oficial. Estaba a muchos cientos de kilómetros al oeste, en un largo y profundo tramo de montaña que servía para recalcar la diferencia entre la ciudad y todo lo que se extendía mucho más allá.

Mientras contemplábamos Bunnings, Ciara admitió que nunca había estado en la ciudad. Sabía que la vida era más dura en ella, que era más caro vivir. Sabía que allí uno tenía que ser rico, inteligente e implacable, casi despiadado. Más ahora que en cualquier momento del pasado, dijo. Eso es lo que le habían advertido sus padres, y aunque ellos no estaban de acuerdo con las creencias apocalípticas de Ciara, parecían creer que las cosas estaban empeorando.

Nos quedamos un rato allí fumando y viendo pasar los coches por la carretera lejana, poco transitada a esa hora del día. Luego caminamos de regreso al pueblo, en silencio porque hacía demasiado calor para hacer el esfuerzo. Esa noche nos tomamos cuatro cervezas en su balcón, mirando la gasolinera, mientras ella me exponía sus pronósticos alarmantes. De un walkman antiguo conectado a los altavoces de un viejo ordenador llegaba el delicado sonido de su música sobre la intersección vacía.

Más tarde nos adentramos en el lugar de excavación de los adolescentes. Ciara cavó pequeños agujeros dentro de los más grandes, dejó caer varios casetes y los cubrió de tierra. También dejó copias de un pequeño folleto que había hecho especialmente para los adolescentes cavadores, pero no me dejó leerlo.

Al final Rob me preguntó por qué pasaba tanto tiempo con Ciara. Respondí con el tono más natural posible que estaba interesada en mi libro sobre los pueblos que desaparecían. No pareció convencerlo. Me preguntó sin rodeos si estaba enamorado de ella, a lo que respondí que no, y que me ofendía que lo insinuara siquiera. Hacerme el dolido no funcionó con él, pues continuó presionándome aunque de la forma más sutil que pudo. Me preguntó qué decía Ciara sobre él, y yo le dije que no hablaba mucho de su relación, ya que nuestras conversaciones giraban en gran medida alrededor del contenido de mi libro.

A Ciara no le interesan los libros, dijo.

Ya lo creo que le interesan, respondí. Su libro favorito se titula *Foreseen*. Era algo que él debería saber, insinué, aunque si no le gustaban los libros, era natural que ella no se lo hubiera mencionado, añadí con delicadeza.

Rob dijo que solo llevaba cinco meses saliendo con Ciara, por lo que era injusto esperar que lo supiera todo sobre ella. Pero que sabía más que yo. Sabía lo suficiente como para comprender que necesitaba que la cuidaran. Yo no conocía su situación y era peligroso que no la conociera. Sin embargo, no me dijo cuál era esa situación, porque creía que era algo entre Ciara y él. Cuando le dije que conocía su situación, él insistió en que no podía conocerla, de lo contrario sabría que no era prudente hablarle de cosas estúpidas como mi libro.

Le pregunté a Ciara cuál era su situación, tras caer en la cuenta de que nunca se lo había preguntado antes, y ella respondió que no tenía ninguna. Se había marchado de la casa de sus padres hacía un año, y desde entonces okupaba ilegalmente el piso del balcón. A cambio de un paquete de cigarrillos, un viejo conocido de la escuela que trabajaba de aprendiz de electricista había conectado el piso con la red de suministro, por lo que necesitaba poco dinero para vivir. Todas las noches robaba pan desechado de la zona de carga y descarga del Bakers Delight y esa era su dieta.

Ella no le veía sentido a involucrarse en el trabajo. Tal vez lo tendría si viviera en la ciudad, donde era posible conseguir algún empleo interesante. En el pueblo la gente heredaba el trabajo de sus parientes, o bien ponía gasolina, reabastecía los estantes o atendía las cajas registradoras de los supermercados. O cavaba agujeros a lo largo de la carretera para el ayuntamiento. ¿Cuál era el propósito de todo ello? Ella no había querido ir a la universidad —e hizo un ademán hacia el este— porque ya no había nada que aprender que fuera oficialmente cierto.

Rob no era realmente consciente de la situación de Ciara. Cuando le repetí lo que ella me había dicho, pareció perturbado.

Así que es básicamente una persona sin hogar, dijo.

Respondí que, estrictamente hablando, Ciara no tenía hogar, estaba desempleada y, por si eso fuera poco, hurgaba en los contenedores de basura.

Rob me acusó de mentir. La mantenían sus padres. Ellos, al parecer, vivían en una mansión, y señaló con la mano hacia donde creía que estaban los caminos tentaculares.

Todo el mundo vive en mansiones en este pueblo, dije. Aunque no son mansiones muy caras.

Rob dijo que ella no parecía una vagabunda. Se le iba un poco la olla, como a cualquier artista. Señaló una cesta llena de casetes que había en una esquina de su habitación. Se los encontraba en todas partes, pero no tenía forma de escucharlos. De todos modos, a él no le importaba que a ella le gustaran todas esas cosas. Él creía que podía ayudarla, cuidarla y todo eso. Podría estar saliendo con una chica normal, pero en lugar de eso había escogido a Ciara. La vida que él llevaba era un ejemplo para ella. Con el tiempo ella se contagiaría y le vería sentido a simplemente seguir adelante. Él estaba tratando de ayudarla, mientras que yo —y me señaló— solo quería dar alas a su faceta infantil. Mírate, un hombre de tu edad trabajando como reponedor en un supermercado y escribiendo un libro. Ni siquiera sabes de qué trata tu libro, y te pasas la mitad del tiempo hablando de él con Ciara en lugar de escribirlo.

Me dijo que estaba malgastando mi vida, que era una persona huraña que escribía un libro estúpido. Nadie lo leería, y ni siquiera tendría una esposa o un hijo que pudiera fingir que le gustaba. Además, ¿y si no lo terminaba? ¿Y si nunca terminaba nada? Dijo que probablemente no lo haría porque era imposible acabar el libro a menos que inventara cosas. Ya nadie compra libros, nadie está interesado en pueblos que no existen y a nadie le importa lo que yo, en particular, tenga que decir sobre ellos. Solo era un estilo de vida. Yo era demasiado cobarde para vivir como todos los demás porque en algún momento alguien debía de haberme dicho que era mejor que ellos. Mi sitio estaba en la ciudad con todos los que aspiraban a tener éxito, no en un pueblo. En el pueblo simplemente seguimos adelante.

Me preguntó si había sido mi madre quien me había animado a escribir un libro. ¿O fue tu profesor de literatura del instituto? Que se vayan a la mierda, dijo, y antes de salir de la habitación añadió: Consigue un empleo de verdad y deja en paz a mi novia.

No le pregunté a Ciara si la interpretación de Rob de su situación era cierta. No me hizo falta porque la creía a ella. También sabía que ella no quería casarse con Rob, ya que solo estaba experimentando lo que era tener un novio.

La tarde siguiente Ciara y yo pasamos por una de las tres gasolineras que había al norte del pueblo. Incluso en las horas más tranquilas del día se formaban colas de al menos dos vehículos. En cada coche sonaba la emisora comercial regional, con sus alegres anunciantes ofreciendo vales del Subway y para gasolina.

Le pregunté a Ciara por qué se molestaba en experimentar lo que era tener novio. Ella temía haber pasado por alto algún descubrimiento que llegaba a todos los demás de forma natural, que tal vez había una transformación que todo el mundo conocía y que se daba en todos los demás, un punto de inflexión tan evidente que no valía la pena describirlo. Tal vez por eso todos en el pueblo parecían estar tan inexplicablemente satisfechos, dijo. Tal vez la rutina de emparejarse con alguien hacía que el futuro se viera desde una perspectiva más favorable. Aplastó su cigarrillo en la franja de césped de la acera. Ella había tenido en cuenta esa posibilidad, de ahí su experimento, pero, por lo que veía, ya no había ninguna razón para encarcelarnos a nosotros mismos.

De todos modos, si ella le contara a Rob cómo se sentía exactamente con respecto al mundo y, por extensión, cómo se sentía con respecto a él, se quedaría horrorizado. De entrada intentaría cambiarla, y, cuando se diera cuenta de que era imposible, la dejaría, pero solo cuando a él le conviniera. Rob no tenía agallas para estar solo, dijo Ciara. Era un hombre patético que se asustaba en los momentos en que estaba despierto y se encontraba solo. Se preguntó qué haría cuando descubriera que el mundo pasaba de él. Todavía es lo bastante joven para seguir creyendo que siempre habrá alguien que lo ayude. Se cree que es invulnerable. Se cree que la vida se reduce simplemente a seguir adelante. Cree que es un buen tipo porque es un australiano normal al que le gusta tomarse una o dos cervezas todas las noches frente al televisor. Pero esa sensación reconfortante no durará, dijo Ciara, y él lo sabe, como todos los demás lo saben en secreto, sobre todo durante esos instantes en los que dejan accidentalmente que su mente se centre en el asunto y se ven forzados a examinar las pruebas. ¿Quién cuidará de él cuando se caldeen un poco los ánimos? El gobierno solo quiere librarse de sus responsabilidades, y todos los demás estarán demasiado ocupados sobreviviendo, sobre todo los ancianos, nuestros padres. A los ancianos no les importa que él sea feliz. Solo quieren que los deje en paz ahora que es adulto. Mientras no los moleste estarán encantados de olvidarlo. Pero él aún no se ha percatado de que es adulto. No ha comprendido que, en tan solo tres o cuatro años, su consumo de alcohol será visto como un problema y no como un signo de juventud. Pronto se dará cuenta de que, si sigue trabajando en la gasolinera, se sentirá inadecuado e inútil cuando se rodee de personas con empleos mucho mejores. No se da cuenta de que su optimismo pueril pronto se agotará.

Ciara sabía que si le decía a Rob que no quería tener hijos, él pensaría que solo se hacía la rebelde. Pensaría que acabaría cambiando de idea. Pero ella creía que a partir de ahora los niños ya no tendrían una vida de adulto como la suya o la de sus padres. No podrían irse a vivir a la ciudad, porque ahí era donde las cosas empeoraban más rápido. Tal vez harían bien en esconderse en poblaciones más pequeñas. Estas seguramente no acabarían tan destrozadas cuando se elevara el nivel del mar. Quizá, cuando todo se volviera desesperado, estarían por fin a la altura de las buenas cualidades que todos creían tener y se ayudarían los unos a los otros. Tal vez se organizarían meriendas en el pueblo durante el apocalipsis mientras la gente de la ciudad se despedazaba.

Pero Ciara lo dudaba. A todos los del pueblo les gustaba una buena pelea.

Nadie se preocupó mucho por los agujeros hasta la siguiente discoteca del pueblo. Se celebraba el primer fin de semana de cada estación y era el evento social más importante del pueblo. Según Jenny, los jóvenes se ponían nerviosos cada vez que se acercaba porque era una discoteca peligrosa: cualquier agravio que se hubiera forjado en el transcurso de la estación anterior inevitablemente culminaba en la discoteca, y durante muchas semanas corrían bulos sobre quién recibiría una paliza y por qué, y si se la merecía. Los jóvenes iban a ligar y a pelearse, dijo Jenny. Todos lo sabían. Así había sido también cuando ella era joven.

La discoteca se montaba en la sala del ayuntamiento, junto a una de las cuatro gasolineras céntricas. Semanas antes había carteles fotocopiados en los postes de las calles del pueblo, pero no eran anuncios sino más bien advertencias para evitar que se bebiera más de la cuenta y estallaran peleas.

Discoteca del pueblo. Primer viernes de invierno. Cinco dólares la entrada. No se tolerarán las peleas ni el consumo excesivo de alcohol, rezaban los carteles adornados con dibujos de globos, confeti y musicales claves de sol.

Aunque yo estaba ocupado escribiendo mi libro, y pasaba la mayor parte del tiempo solo en el pueblo, era imposible no enterarse de los rumores y conjeturas que rodeaban la discoteca. No se hablaba de otra cosa en Woolworths, por ejemplo, donde todos los empleados estaban entusiasmados con un posible enfrentamiento especialmente crispado entre Teresa Mayweather y Stacey Kemp. Era imposible deducir de las conversaciones lo que había provocado el conflicto, ya que las explicaciones estaban llenas de referencias a muchos conflictos anteriores entre personas totalmente distintas y por razones aparentemente no relacionadas. Además, todos tenían su propia versión de los hechos. Los únicos cabos que pude atar eran estos: que Teresa Mayweather se la tenía jurada a Stacey Kemp, y que Stacey Kemp no entendía a qué se debía tanto revuelo, pero que se defendería hasta la muerte, al igual que sus amigos y los amigos de sus amigos, etcétera. La opinión del pueblo estaba dividida sobre si Stacey Kemp realmente sabía de qué iba el revuelo o no; algunos creían que fingía no saberlo. Cada detalle del conflicto era objeto de análisis. Se estaba convirtiendo en una de las peleas más importantes de los orgullosos anales del pueblo, según Jeff de Woolworths.

Ciara dijo que Rob no iría a la discoteca porque solo habría gente de fuera. Le había dicho que tanto la música como la sala del ayuntamiento y todas las personas que acudían le parecían cutres. La discoteca del pueblo era cutre.

Ciara me invitó a ir con ella en lugar de Rob. Accedí porque quería ver la pelea.

Mientras caminábamos por la calle mayor, más llena que de costumbre, me explicó que Teresa Mayweather y Stacey Kemp habían sido la comidilla del pueblo durante meses, incluso antes de que yo llegara. El conflicto entre ellas había ido gestándose a lo largo de varias discotecas, pero la pelea principal, que se remontaba a años atrás, tenía que ver con una disputa entre los muchachos de Brewster y Ken Travis. La situación de Teresa Mayweather y Stacey Kemp estaba relacionada con esa disputa, pero Ciara no sabía muy bien cómo. Nadie lo sabía excepto tal vez las mismas adversarias, aunque sospechaba que ellas también habían perdido la pista.

Una cosa era segura: siempre había un altercado importante en la discoteca del pueblo. Podía haber otros, pero en ellos estaban involucradas personas menos importantes que no interesaban a nadie. Había habido intentos por parte de personas no relacionadas con los Brewster, los Travis, los Mayweather, los Kemp y todos sus asociados de agravar sus propios conflictos y poder así ser la atracción principal de la discoteca de ese año, pero ninguno había tenido éxito. Después de todo, la pelea principal llevaba muchos años fraguándose, quizá desde que existía el pueblo, y nadie sabía cómo se había iniciado, solo que continuaba y que las razones parecían cambiar de una temporada a otra.

Cuando llegamos a la sala, había adolescentes y adultos jóvenes pululando por el sendero de delante, encaramados en los coches, fumando cigarrillos. La mayoría me sonrieron burlones porque yo no era de allí. Esos adolescentes irradiaban su pertenencia al pueblo por todos los poros de su piel, pero yendo con Ciara no se meterían conmigo. Y tal vez ella me ayudara a integrarme. Me dijo que a la gente de la discoteca ella les parecía aburrida.

Nos abrimos paso por el vestíbulo atestado hasta la sala poco iluminada. Sobre la entrada de la cantina colgaba un retrato descolorido de la reina Isabel, y en la pared de la barra se leía una lista de los veteranos de guerra. Como todos los edificios antiguos del pueblo, la sala olía ligeramente a polvo y a humo de cigarrillo, y era fácil sentirse transportado a cualquier época que el pueblo prefiriera en ese momento. Los jóvenes se juntaban en grupos y gritaban para hacerse oír por encima de la música, pero Ciara se quedó deliberadamente apartada de todos, en un rincón solitario junto a los aseos. Estaba lo más lejos posible del bar y justo delante del DJ, un hombre calvo de pie detrás de una torre de reproductores de cedé. Aunque estaba prohibido el consumo de bebidas alcohólicas en la discoteca, por lo general se aceptaba que la gente las introdujera a escondidas, junto con sustancias ilícitas. En la cantina solo se vendían patatas fritas, caramelos y latas de Coca-Cola, esta última a un precio mayor porque solo se bebía mezclada con ron.

Ciara me gritó al oído que las peleas solían estallar en mitad de la pista de baile. Por lo general había unos cuantos altercados preliminares en la zona para fumadores, pero si salíamos a verlos perderíamos nuestra posición estratégica y nos quedaríamos sin ver la pelea principal.

Era irritante tener que gritar por encima de la música alta, así que nos quedamos con los brazos cruzados mirando a la pista. Las luces brillaban intermitentes, rojas, verdes y azules, iluminando de vez en cuando una cara entre las personas congregadas, y reflejándose a menudo en las petacas de contrabando. Los jóvenes estaban agrupados en la periferia de la pista de baile, casi sin moverse. Algunos fingían hablar, mientras que otros se contentaban con mirar a los demás. Desde mi lugar estratégico, y en esa sala en particular, el pueblo parecía estar en el centro del mundo, o al menos a una distancia imposible con respecto a cualquier otro lugar. Los motivos implícitos en cada uno de los rostros parecían provocados por deseos y secretos que llevaría toda una vida analizar. La discoteca del pueblo parecía fundamental y todos buscaban algo en ella. ¿Cómo era posible que el resto del mundo no la conociera, y qué podía obtenerse allí?

La música de la discoteca del pueblo era la típica de la radio comercial del momento, y, por lo que vi, no tenía ningún secreto. Era la misma música que emanaba de fondo en todas las gasolineras y entradas de las tiendas en los centros comerciales y salía a todo volumen de las tiendas de comida rápida que había a lo largo de la carretera hacia la ciudad. Ya fueran agresivas, sentimentales o sexuales, las canciones no parecían responder a la verdadera condición del pueblo, aunque no habría sabido decir cuáles eran mejores. Supuse que los álbumes de música country de la biblioteca, llenos de temas sobre trabajar duro y vivir de la tierra, trataban aparentemente sobre el pueblo.

Las posturas de los hombres y las mujeres que estaban en la discoteca del pueblo parecían esculpidas por esa música universal. No bailaban, pero volvían su cuerpo en actitud receptiva hacia la parte delantera de la sala, permitiendo que la música los moldeara de un modo sutil. Era, sobre todo, pop estadounidense, extravagante e impetuoso: didáctico, obsceno y colorido. La realidad que describía la música era remota —océanos totalmente inimaginables—, pero parecía cumplir una función: ser un marco de su experiencia. Para los habitantes del pueblo, la música no existía para reflejarlos; eran ellos quienes la reflejaban. O al menos parecían intentar estar a su altura sin darse cuenta, con el cuerpo hacia los altavoces y el rostro ajeno al peculiar ambiente. Parecían intentarlo impulsados por la verdad no reconocida de que ninguna de las canciones que escuchaban trataba realmente sobre el pueblo, sobre ellos o sobre las vastas extensiones de terreno que los resguardaban de cualquier lugar y de los demás.

O tal vez no lo intentaban en absoluto y no intentarlo era el consuelo. Podrían haberse resignado a que los fenómenos siempre les pasaran por encima. La impetuosa música estadounidense tal vez había tratado sobre el mundo, pero ¿cómo un pedazo de mundo tan pequeño como el pueblo puede ser parte de todo eso? Era un milagro que la música hubiera llegado tan lejos sin perder nada de su brillo o sin renunciar del todo a su forma.

Ciara y yo nos turnamos para ir a la zona de fumadores. En el oscuro callejón envuelto en humo, las pandillas bebían abiertamente de sus petacas mirando de reojo a las demás pandillas. El ambiente estaba cargado de intrigas tácitas y todos tenían sus gestos característicos: unos sumisos, otros resueltos a tomarse ciertas libertades. Algunos se deshacían en disculpas cuando ponían un pie en el área abarrotada, mientras que otros se limitaban a gruñir. Los fumadores parecían aún más del pueblo que los que estaban dentro de la sala, con su acento especialmente marcado, su rostro más rojo, sus gestos y su lenguaje corporal más agobiados. Yo sabía que me vigilaban. En los momentos en que pude distinguir algo a través del humo, vi ojos que me observaban con una curiosidad fría, sus cuerpos listos para obtener una posición privilegiada desde la que ver cualquier espectáculo que yo pudiera protagonizar.

Cuando llegué a la entrada del espacio despejado, me dijeron que no podía quedarme allí. Una mujer me empujó con fuerza y señaló hacia abajo mientras todos los fumadores miraban. Yo estaba de pie en el borde de un agujero. Todos tiraban la ceniza de sus cigarrillos en él con toda naturalidad, como si fuera una instalación recién montada. La mujer me advirtió que no dijera nada a nadie del agujero, porque si las autoridades se enteraban de su existencia evacuarían la zona para fumadores y nadie podría fumar.

Al volver a la sala le hablé a Ciara del agujero. Es probable que alguien se caiga en él esta noche, dije, porque la zona para fumadores estaba tan abarrotada que la gente se tambaleaba traicioneramente en los bordes. Pero a ella realmente no le importó. Donde sea que ese agujero desemboque, debe de llevar de vuelta al punto de partida. Además, dijo, tenemos cosas más importantes en las que pensar. Señaló a una figura que ahora fumaba más allá de la puerta, en la zona de fumadores. Ese es Steve Sanders.

Era difícil verle la cara a través de la cortina de humo, pero daba la sensación de que había adelgazado, y de pie parecía más alto de lo que había calculado en el Railway Hotel. Vestía de forma similar, pero en lugar de una camiseta de fútbol con el cuello levantado, llevaba una camisa de vestir con el cuello levantado. Todos esos meses yo había estado atento por si veía a un hombre más bajo y robusto.

Steve Sanders ya sabía que yo estaba allí, porque Ciara lo había sorprendido mirándome. Ella creía que lo más sensato era dejar que ocurriera la paliza y acabar así de una vez. Pero no en la discoteca, no era buena idea que sucediera ahí dentro, porque desencadenaría inevitablemente nuevas peleas. Si yo recibía una paliza en la discoteca, corría el riesgo de convertirme en la comidilla del pueblo, y una vez lo fuera me vería condenado a revivir eternamente la situación.

Antes de que tuviera la oportunidad de sopesar mis opciones, se oyó por encima de la música el estridente comienzo de una pelea. La multitud que estaba afuera se arremolinó en dirección a ella, sacando a Steve Sanders de mi campo de visión. Ciara me agarró por la muñeca para evitar que me uniera a la multitud, aunque yo no había considerado abandonar nuestro lugar estratégico por temor a que me golpearan.

Están en los preliminares de la disputa, gritó Ciara en medio del estruendo. Durante diez minutos no habría más que insultos y amenazas. Entonces un contendiente abandonaría furioso la pista de baile, fingiendo estar por encima de una pelea, y el otro saldría tras él y lo golpearía por detrás. Siempre golpeaban o atacaban a alguien por detrás, dijo Ciara. Así era como siempre empezaba. Era algo rutinario.

Al poco rato una chica que parecía hecha polvo apareció en la sala en dirección al vestíbulo. Otra corrió tras ella y la tiró al suelo. Todos los presentes, entre ellos nosotros, nos apiñamos alrededor, aunque enseguida se hizo evidente que solo unos pocos privilegiados verían la pelea golpe a golpe. Estallaron peleas secundarias mientras nos abríamos paso a la fuerza hacia el conflicto principal, y muchos aprovecharon para agitar las extremidades de forma anónima. Los que no estaban enzarzados en ninguna pelea en concreto parecían extasiados, con los ojos desorbitados, y en la boca muy abierta la sonrisa del mirón, maliciosa frente a la audacia de todo aquello. Ciara no se quedó al margen. Se fundió con la multitud, presionando con los antebrazos los cuerpos que tenía delante, y vi que también ella se burlaba.

Tres hombres entrados en años, con sus polos metidos por dentro de los pantalones, acechaban la periferia de la multitud, sacando a rastras a chicos y chicas al azar y empujándolos hacia el vestíbulo. Se encendieron las luces, tiñendo las caras enrojecidas de un blanco crudo, y cesó la música. Del centro de la pelea se alzaban gritos amortiguados mientras los hombres que habían entre el público murmuraban palabras de aliento. Me dieron una patada en la cara, pero no tuve ningún interés en descubrir al responsable de lo concentrado que estaba en seguir empujando, con la esperanza de que ya volvería a suceder. El pueblo había despertado de su letargo y nadie quería perderse la oportunidad.

Alguien gritó que una de las chicas estaba mordiendo a la otra y los empujones se intensificaron.

Yo no estaba teniendo suerte con lo de conseguir un buen sitio para ver, y Ciara había ido alejándose. Hombres y mujeres me apretaron la cara con la palma de las manos mientras reclamaban mi terreno, y cuando redoblé mis esfuerzos para obtener una posición ventajosa, noté cómo la marea de la pelea nos arrastraba lejos de la pista de baile, hacia la zona de fumadores. Tenía sangre en la mano izquierda y no sabía de quién era.

La pelea atravesó la puerta de la zona para fumadores. Agotado y eufórico, me quedé atrás y observé cómo la gente del pueblo intentaba traspasar el embudo. Para los que estaban dentro, la transformación ya había ocurrido y solo eso ya tenía que ser suficiente. Las circunstancias los habían vuelto inocentes.

Los que lograban cruzar la puerta eran los que salían victoriosos de sus propias contiendas brutales y fugaces, concebidas para determinar quién era lo bastante fuerte para quedarse con la horda. Ya no cabía nadie más de pie en la zona para fumadores. Tanto hombres como mujeres empezaron a trepar por encima de las personas más cercanas a la puerta. Había tanta adrenalina en mi cuerpo que consideré hacer lo mismo, hasta que vi a Ciara acurrucada junto a la cantina vacía.

Cuando intenté ayudarla sonrió, pero me apartó, se sacudió el polvo y me golpeó en la clavícula con el puño. La sujeté por los hombros y la zarandeé, suavemente al principio y luego mucho más fuerte. Me dio un puñetazo en el pecho y corrió hacia la zona para fumadores, por donde trepó la barrera humana y desapareció. Titubeé apenas un momento antes de seguirla.

Nadie se enfadó ni se sorprendió de que trepáramos sobre sus cabezas y hombros, y no tardamos en llegar al final de la multitud y subirnos al tejado de la sala, donde había por lo menos una docena de espectadores sentados en el borde, con las piernas colgando. En el tejado de zinc inclinado había grupos más tranquilos sentados en círculos compartiendo cigarrillos y ron, aparentemente insensibles a lo que ocurría abajo. Ni siquiera desde esa altura era fácil localizar la pelea entre Teresa Mayweather y Stacey Kemp, de tanta gente que había.

Además, el espectáculo se había vuelto más absorbente: en el rincón más alejado caían figuras al agujero. Se lo señalé a Ciara y ella se echó a reír, y gritó que alguien tendría que pescarlos más tarde. Luego se lanzó sobre la multitud de abajo, aterrizó suavemente sobre la superficie de cráneos y desapareció entre un mar de extremidades.

La policía había llegado a las puertas de la sala. Cuando miré por encima del tejado de zinc, vi a dos agentes en la entrada y a los desventurados porteros revoloteando a su alrededor, asustados. La multitud del tejado no tardó en advertir las luces azules y rojas, y saltó tal como lo había hecho Ciara, dejándonos solo a mí y a otro hombre ahí sentados. Creo que el otro hombre era Steve Sanders.

Le señalé el agujero y la gente que se estaba cayendo en él. Deberíamos actuar, le dije. Deberíamos intervenir, trabajar juntos. Desde esta posición estratégica estamos mejor equipados que nadie para planificar una intervención. El hombre al que había tomado por Steve Sanders gruñó al percatarse de que solo estábamos él y yo en el tejado, que no había nadie más para ver lo que sucedía entre nosotros, y me apartó de un empujón. Luego echó a correr y saltó hacia el humo de abajo.

Te cogeré, cabrón, gritó mientras caía, y la multitud lo vitoreó.

Me arrastré hasta el otro extremo del tejado y me tiré al patio de una casa adosada. Luego trepé por otro muro de ladrillo y aterricé sobre el asfalto de una gasolinera. A esa distancia la discoteca sonaba como una fiesta normal, con la única peculiaridad de los gritos de terror que llegaban de vez en cuando, supuestamente de los que estaban más cerca del agujero. Me arreglé la ropa y caminé lo más inocentemente posible hasta la parte delantera del edificio, donde un pequeño grupo de hombres y mujeres mayores se preguntaba por el alboroto. Ahí de pie, lejos de la acción, me sentí triste y excluido.

Una de las ancianas dijo que la joven Kemp parecía estar recibiendo lo suyo.

Los agentes de policía sacaban a la gente de la discoteca al azar, agarrándola por el cuello y poniéndola de patitas en la calle, después les dejaban huir sin más. Yo empezaba a urdir un plan para volver a entrar en la discoteca, cuando un portero enfadado arrojó a Ciara al sendero.

Lárgate, cardo, le gritó el tipo. Ella me sujetó por la muñeca y echó a correr hacia su piso tirando de mí; una manzana o dos más adelante el mundo estaba en silencio.

Todos están peleando, exclamó Ciara emocionada. Todos no, pero casi.

Le dije que estaba claro lo que iba a ocurrir. Una mujer que había estado condenada desde el principio acabaría inconsciente. Me había extrañado que nadie acudiera en su auxilio, estando tan en desventaja.

Ella se estaba llevando una buena, eso está claro, convino Ciara. Tal vez era cierto que no sabía a qué se debía el revuelo.

Todas las tiendas de las calles principales estaban cerrando. El polvo se acumulaba, los escalones de entrada de las casas estaban cubiertos de folletos y cartas, y los rótulos perdían el color bajo los toldos oxidados. Estas pérdidas pasaban desapercibidas entre la gente del pueblo, que deambulaba por los centros comerciales refrigerados, entrando y saliendo de ellos a través de escaleras mecánicas desde oscuros aparcamientos subterráneos.

Durante semanas, el consejo municipal mandó patrullar las calles y tapar todos los agujeros que encontraran. Al principio intentaron llenarlos de cemento que llevaban en grandes camiones redondos, pero nunca llegaban a cubrirlos y se preguntaron si alcanzaban el fondo siquiera. Luego vaciaron en ellos remolques y remolques de bolsas de arena, pero no fueron suficientes para llenar un solo agujero. De modo que optaron por taparlos con tablas. Pero los delgados tablones de aglomerado que usaban nunca quedaban bien alineados y parecían flotar justo por encima del nivel del suelo. Por muy firmemente que los hombres los fijaran o sujetaran con objetos pesados, se filtraba por los bordes el color de la nada. Y a la mañana siguiente las tablas siempre habían caído dentro.

El consejo municipal y el pueblo se rindieron. Tendrían que asumir los agujeros como una nueva realidad. El terreno que habían engullido y que continuaban engullendo era irrecuperable. No suponían una amenaza seria.

Luego comenzaron a devorar muebles, calles y lugares donde las personas a veces querían pararse. Ya no era posible entrar en el anticuario Fryer, cerca de la segunda gasolinera del centro, porque toda la planta baja había desaparecido. Claro que no le importó mucho a nadie, pues había dejado de ser útil: el pueblo se estaba reduciendo a los elementos esenciales que se requerían para seguir considerándose un lugar habitado.

Todas las prisas por abordar el asunto de los agujeros se desvanecieron después de semanas de intentar en vano rellenarlos, y finalmente fueron calificados de molestia. Inexplicable, sí, pero algo que la gente tendría que aceptar. Al dirigirme a Woolworths, a menudo veía a adolescentes hurgando en los huecos con palos. A veces todavía se atrevían a meter el brazo.

Jenny no quería oír hablar más de los agujeros. Ella aún no había tenido que preocuparse porque no habían llegado a su pub, aunque ya se veía titilar alguno en el sendero de afuera.

De todos modos, dijo, el mundo se volvía cada vez más tenebroso. En otros lugares sucedían cosas mucho peores, demasiado horribles para ponerlas en palabras. Dicen que en el cielo hay un agujero cada vez más grande —señaló el cielo— y que por su culpa algún día moriremos carbonizados o ahogados en los mares que suben de nivel. Señaló hacia el este. O habrá una guerra, y los habitantes de las ciudades serán bombardeados. Y había enfermedades incurables que el viento propagaba y que causaban largas muertes agonizantes a buenas personas como ella. Resumiendo, había cosas peores que unos agujeros especialmente profundos cavados por un puñado de extremistas del pueblo. Por lo que a ella respectaba, podían cavarlos donde quisieran, incluso en el aire, o en su pub…, si se atrevían. Y se golpeó el pecho con un puño.

El agujero más grande del pueblo apareció en el extremo sur de la calle mayor, en una avenida pavimentada peatonal y que estaba cerca de la salida a la carretera. A ambos lados había bancos orientados hacia escaparates abandonados, con los cristales cubiertos de anuncios clasificados de varias décadas. Durante años esa avenida había sido un refugio para los adolescentes, como demostraban las colillas incrustadas en el pavimento erosionado y los cartones de Moove que rodaban con la brisa. Ahora era un abismo titilante y los adolescentes se habían ido a otra parte, tal vez a los terrenos cubiertos de hierba que rodeaban las afueras tentaculares, donde la vista de los campos era ininterrumpida. Allí podían haber contemplado sin pensar la vastedad a la que aún tenían que enfrentarse, y a la que nunca habrían tenido que enfrentarse si no hubiera sido por los agujeros. Una tarde que pasé por la avenida, vi a un niño de pie junto al enorme agujero hundiendo la pierna en él. Sus padres no estaban a la vista y parecía perdido. Pero era imposible perderse en el pueblo.

En la primera página del periódico local se informaba de la decisión del consejo municipal de dejar de financiar la discoteca del pueblo. Había dieciocho personas desaparecidas y un muerto. Habían clausurado la sala del ayuntamiento con tablas y vendido los altavoces en una subasta.

Ciara dejó a Rob una tarde que yo estaba sentado en mi habitación escribiendo mi libro sobre el pueblo. Me llegó el murmullo de una conversación seria en la habitación de al lado, luego oí a Ciara irse y silencio.

Una hora después Rob rompió y destrozó todo lo que había en su habitación. Le oí hacer trizas sus revistas. Luego tal vez se quedó dormido o se fue de juerga con sus amigos del fútbol, porque durante todo un día no se oyó nada en casa.

Al día siguiente se despertó o regresó a la casa y de un puñetazo hizo un boquete en la placa de yeso, y luego todo quedó en silencio. Me daba miedo enfrentarme a él, ya que yo era el blanco adecuado para un interrogatorio o incluso una paliza. En lugar de prepararme la cena en la cocina, salí por la ventana y me compré una bolsa de patatas fritas en la tienda de la esquina. Luego fui a casa de Ciara y llamé a su puerta, pero nadie me abrió.

Me acostumbré a hacerlo durante varios días. Al volver de Woolworths iba a ver a Ciara a su casa, sin suerte. Luego entraba en mi habitación por la ventana y me ponía a escribir mi libro, aunque supiera que Rob no estaba en casa. Empecé a preferir entrar por la ventana, aunque sabía que acabaría llamando la atención de Rob y que eso me señalaba como culpable.

Mi principal preocupación era si volvería a ver a Ciara. Llamé a su puerta todas las mañanas y todas las tardes hasta que se me ocurrió que eso podía parecer extraño. Supuse que la única fuente de información sobre su paradero era Rob, por lo que, después de muchas deliberaciones, entré una tarde en casa por la puerta principal. Rob estaba viendo una tertulia sobre fútbol en la televisión bebiéndose una VB de tres cuartos de litro. Parecía demasiado borracho como para sospechar que yo quería a Ciara. Me preguntó si sabía dónde pillar droga, concretamente marihuana, ya que seguía intentando recuperarse de su ruptura con Ciara. Le dije que no, y que, yendo al TAFE, era más probable que él tuviera más contactos que yo.

Se burló de mis palabras. Los estudiantes de TAFE estaban demasiado concentrados en no apartarse del buen camino. Además, todos estudiaban empresariales. Le pregunté qué estudiaba él, y respondió que empresariales.

Tumbado en el salón con la botella de cerveza entre las piernas, me dijo que era muy doloroso que una persona se desenamorara de ti. Todos los días, al despertar, tardaba apenas unos segundos en recordar que sufría intensamente. Y el intenso sufrimiento no se calmaba hasta que caía inconsciente por la noche. Nunca habría podido imaginar tanto dolor. No había creído posible que todo ese dolor pudiera afectar a una persona en un momento dado. Era simplemente insoportable. ¿Por qué seguían viviendo las personas cuando era posible tanto dolor?

Rob dijo que creía que Ciara estaba saliendo con otro hombre. Había estado llamándola al número de sus padres, solo para preguntarle por qué había roto con él. Cada vez que ella se dignaba a responder —cosa que la mayoría de las veces no hacía—, él simplemente le hacía preguntas como: ¿por qué has roto conmigo? ¿Qué he hecho mal? ¿Cómo puedo solucionarlo?

Rob le decía que nunca había estado tan enamorado de nadie en toda su vida. Le advirtió que era imposible que encontrara a alguien que la quisiera tanto como él. Ella respondía que seguramente era cierto, pero que no era digna de ese amor, y, de todos modos, estaba teniendo muchos problemas emocionales, la mayoría de los cuales él nunca podría empezar a entender. Él contestó que quería entenderlos y ayudarla a superarlos, pero esa respuesta no la satisfizo.

Y, sin embargo, ella nunca le había dicho, en sentido estricto, que ya no le quería. A veces Rob le preguntaba si todavía estaba enamorada de él, pero ella no respondía. Guardaba un silencio absoluto. Entonces él le preguntaba: ¿por qué quieres apartarme de tu lado si aún me quieres? Porque tenía claro que ella lo quería, dada su reticencia a decir lo contrario. Ciara se frustraba y decía que tenía que colgar por alguna razón totalmente inverosímil.

Cuando Rob le mintió diciendo que sabía con certeza que estaba enamorada de otra persona, ella se volvió cruel.

Dejó de decirle que era demasiado bueno para ella. En lugar de eso lo atacaba, le decía que no era asunto suyo si lo estaba o no, pero que no lo estaba y que tenía que aceptarlo.

Ella le había dicho que no estaba enamorada de otra persona, pero, aunque fuera cierto, le había dado a entender que podría estarlo algún día. Y eso era lo más doloroso de todo. Ella sería la novia de otra persona algún día y hasta podría hablar de él con desdén, como si fuera un hombre patético que no podía aceptar que lo dejaran, que no la dejaba en paz y que nunca tendría una novia tan buena como ella.

Entonces Rob cambió de táctica, y en lugar de llamarla continuamente para preguntarle por qué había roto con él, o si todavía estaba enamorada de él, cada vez que lograba que contestara el teléfono le preguntaba si era verdad que salía con otro. Trataba de hacerle creer que ya sabía lo de su supuesto nuevo novio, aunque no sabía nada. «Sé que tienes novio», le decía, a lo que ella contestaba: «No, y de todos modos no es asunto tuyo». Y entonces colgaba.

Rob sabía que había arruinado cualquier posibilidad de que Ciara volviera a enamorarse de él. ¿Cómo iba a hacerlo después de todo lo que le había llorado por teléfono? Y, sin embargo, sabía que estaban hechos el uno para el otro. Imaginaba que iban juntos a la ciudad, visitaban los lugares de interés, se tomaban una copa de vino en un bar o se presentaban mutuamente a sus padres, y sabía que dos cosas eran ciertas: que era imposible que él fuera feliz a menos que ocurriera todo eso y, al mismo tiempo, que nunca ocurriría.

Derrotado, decidió que fumaría marihuana todos los días durante el resto de su vida. Quería degradarse y arruinarse el cerebro hasta que un día Ciara lo viera convertido en un hombre destrozado y se sintiera culpable. Tal vez entonces se convenciera de que no había sido una buena idea romper con él, después de todo, e intentaría repararlo volviendo a su lado, a pesar de los problemas emocionales de ella y la adicción erosiva de él.

Tú también tendrías parte de culpa, me dijo Rob arrastrando las palabras mientras arrancaba la etiqueta de su botella de cerveza. Se quedó allí sentado, murmurando. Vi que yo no le caía bien, que probablemente nunca le había caído bien. Pero no me sentí amenazado, ya que estaba claro que no tenía intención de hacerme ningún daño físico.

Me quedé un rato con él, viendo la tertulia. Aunque Rob estaba de mal humor, sonreía de vez en cuando con los chistes y soltaba un gruñido burlón cuando los tertulianos opinaban sobre cómo estaba yendo la temporada. Cuando mencionaban entre bromas a un jugador en particular de su equipo preferido, él repetía el nombre con entusiasmo. Al sentirme liberado, al menos por esa noche, regresé a mi habitación y me puse a escribir sobre el pueblo.

Durante los días que siguieron a la deprimente perorata de Rob, fui muchas veces al piso de Ciara. A veces me quedaba en su puerta durante una hora más o menos, sentado con las piernas cruzadas en lo alto de los escalones, esperando a que llegara. Durante esos períodos, cuando me cansaba de esperar a Ciara, me subía al autobús en la parada de la acera de enfrente. Una vez completada la ruta de Tom, me bajaba en el parque central y volvía a llamar a la puerta de Ciara antes de regresar a casa, donde procuraba evitar a Rob.

Un día me subí al autobús y encontré a Tom comiéndose una Cuarto de libra. Parecía más desamparado que de costumbre. Al adentrarse en una calle polvorienta bordeada por muchas casas abandonadas, señaló con su hamburguesa hacia algo que había más allá del parabrisas. Era su antigua casa, o al menos eso pensaba. En realidad podría haber sido la de al lado. Apuntó la hamburguesa hacia la siguiente manzana. O podría haber estado en la siguiente. Cada vez era más difícil orientarse. Muchas de las casas del centro habían sido abandonadas. Él no sabía en qué circunstancias ni recordaba concretamente quién había vivido en ellas. Se había dado cuenta de que cada vez había más casas en mal estado por abandono.

Nunca había visto un camión de mudanzas o algún indicio de que la gente trasladara los muebles de su casa a algún otro lugar. Los edificios parecían haberse venido abajo de un día para otro. Era como si una podredumbre se extendiera por el pueblo. De la noche a la mañana el porche recién barrido aparecía cubierto de sobres y folletos publicitarios viejos, los senderos del jardín estaban obstruidos por los escombros, y las malas hierbas, enredadas en viejos envases de cerveza y catálogos de K-Mart, te llegaban hasta la rodilla.

Nos adentramos en otra calle de deprimentes casas adosadas. Tom me dijo que de vez en cuando veía entrar y salir a personas de ellas, pero por el modo en que recorrían los senderos de los jardines estaba claro que no vivían en sentido estricto en esas propiedades. Dijo que se notaba por cómo balanceaban los brazos al acercarse a la puerta principal. Esas personas no vivían en el pueblo. Estaban allí, y Tom suponía que existían, pero estaba claro que no vivían en él, sobre todo porque no había visto sus caras antes.

Mientras cruzábamos la carretera limítrofe para dirigirnos a uno de los tentáculos del pueblo, le pregunté a Tom por qué The Stern Gentlemen había dejado de tocar quince años antes de que ese tal Raymond le diera plantón en esa actuación única.

Tom se detuvo al comienzo del camino tentacular y abrió las puertas del autobús, luego las cerró, continuó doscientos metros, frenó y volvió a abrirlas. Siempre tardaba aproximadamente una hora en recorrer un solo camino tentacular. Ya no seguía a rajatabla el horario oficial, pero me pareció encomiable que todavía se detuviera en cada parada. La inútil cadencia de su autobús resultaba agradable.

Un día un forastero llamado Greg lo había telefoneado para pedirle que le ayudara a montar un concierto en el pueblo. Pocas bandas de fuera del pueblo habían mostrado interés en tocar en él; si alguna se molestaba en desplazarse, probaban suerte en la ciudad. De vez en cuando una banda de la ciudad podía prestarse a tocar fuera de ella, pero sería en un lugar mucho más agradable e interesante que el pueblo.

Tras la llamada telefónica, Tom había organizado un concierto en The Vic para un jueves por la noche. El programa constaría de tres bandas locales aparte de la de los forasteros. Estos habían acordado que no se haría negocio, pues Greg había insistido en que solo lo hacían para que nuevos oyentes escucharan su música. Aparcada la complejidad del tema económico, Tom no había visto ninguna razón para negarse a darles esa oportunidad.

Cuando Tom le había preguntado a Greg qué tipo de música tocaba su banda, para asegurarse de que las bandas que tocaran esa noche sonaban de forma similar, él le había respondido que la banda no tenía ningún sonido. En eso Tom se había identificado con Greg, pues pocas bandas querían admitir que tenían un sonido particular. De todos modos, lo había presionado para que le describiera la banda al menos en términos de género, más que nada para que él lo supiera. Le había preguntado si eran una banda de rock y Greg había dicho que sí, eran una banda de rock, pero solo para poner fin a todas las preguntas.

El concierto había quedado organizado en dos llamadas telefónicas. Una vez confirmadas la fecha y la hora, Tom no volvió a tener noticias de Greg hasta un mes después, cuando apareció en su puerta con su banda y todo el equipo.

La banda no tenía nombre. Cuando Tom se lo había preguntado a Greg en su primera llamada telefónica, él había dicho que no tenía nombre y que no era importante tenerlo. Tom tenía que referirse a ellos de algún modo, así que en el póster los anunció como los The Out of Towners, «los forasteros».

Los tres miembros de la banda fueron cordiales cuando se presentaron en la puerta de Tom, pero se negaron a dar detalles sobre el tipo de música que tocaban, o sobre por qué habían sentido la necesidad de tocar gratis en un pueblo dominado por bandas que versionaban temas de rock y country ya conocidos. Tom les ofreció una cerveza a cada uno cuando llegaron, pero todos rehusaron, y aunque estuvieron simpáticos y sonreían a menudo, a ninguno le interesó entablar una conversación. Enseguida todo se volvió un poco incómodo.

La banda estaba integrada por Greg, Richard y Ebony, y sus instrumentos eran una guitarra acústica de cuerdas de nylon, una especie de flauta dulce y una guitarra eléctrica, respectivamente. La combinación no tranquilizó a Tom, porque en el pueblo los gustos eran conservadores. Cuando le preguntó a Greg en qué tipo de locales tocaban, él le respondió que solían tocar en sus casas. Cuando Tom le preguntó de dónde era la banda, la respuesta fue aún más extraña: no lo sabía. Tom se rio, pues se lo tomó como la típica forma de hablar pretenciosa de una estrella de rock, pero Greg no sonrió, y pareció un poco ofendido por la risa. Cuando Tom les preguntó dónde vivían cada uno de ellos, ni Greg ni Richard ni Ebony pudieron señalarle un lugar. Tom lo interpretó como que eran gente de campo. Pero no se molestó en confirmarlo, porque a esas alturas ya había notado que Greg, Richard y Ebony eran en verdaderamente sensibles, y que cada intento de bromear o entablar conversación con ellos los incomodaba. Tom estaba deseando aclarar si todos vivían en una granja en el campo, o en las afueras de un pueblo o de algún lugar con un nombre, pero le pareció inapropiado y grosero preguntar más.

Los miembros de la banda no tenían el aire inocente que cabe esperar de la gente del campo que ha estado poco expuesta a la vida exterior. Tampoco habían mostrado la arrogancia propia de algunos campesinos. Ni se habían burlado de su forma de hablar o de vestir. Cuando Tom recordaba a Greg, Richard y Ebony, no pensaba en adultos infantiles, pero tampoco creía que fueran conscientes de su distanciamiento;

no parecían estar haciendo ningún esfuerzo calculado por dar una imagen determinada. Cuando fracasaron los intentos de Tom por entablar una conversación con ellos, se quedaron sentados en la sala de estar, probando sus instrumentos. Greg deslizó los dedos arriba y abajo por el diapasón de su guitarra para asegurarse de que las cuerdas estaban tensas. Richard desmontó la flauta y de vez en cuando miraba a través del cilindro hueco, y Ebony se dedicó a ajustar los controles de su pequeño amplificador. Ajustó el control de los ecos y la reverberación a su máxima potencia. Al final Tom se cansó de estar allí sentado mirándolos y salió de la habitación, los dejó solos hasta que llegó el momento de acudir al concierto. La situación había sido especialmente incómoda, porque Tom siempre había estado fumando en bong en ese momento y eso lo ponía sensible.

Los ayudó a subir los instrumentos a su furgoneta y recorrieron las tres manzanas hasta el local. Los Out of Towners se negaron a hacer prueba de sonido. Dijeron que no era necesario porque, en palabras de Greg, «ya habían comprobado cómo sonaban». Tom no insistió porque los instrumentos eran tan simples que le pareció que sería bastante fácil mezclarlos cuando comenzaran a tocar.

Tom les había dicho a todos por adelantado que los Out of Towners eran un poco raros, pero una vez a salvo en el local, rodeado de personas conocidas, se emocionó de lo extraños que parecían. Logró verlos como la novedad que eran y estaba impaciente por oír lo que hacían con esa combinación tan poco corriente de instrumentos.

Los Out of Towners iban a ser el número principal porque no eran del pueblo. Mientras los otros tres grupos teloneros actuaban —Tom tocaba la guitarra en dos de ellos—, Greg, Richard y Ebony permanecieron sentados en una mesa delante del escenario, vigilando sus instrumentos. No habían querido dejarlos en el pequeño cuarto que hacía las veces de camerino. Cuando los borrachos del pueblo intentaron hablar con ellos, y en especial con Ebony, la poca disposición de los tres a tener una conversación de peso se vio como algo siniestro. La animadversión entre los clientes de The Vic fue en aumento durante la actuación de los teloneros, y antes de que los Out of Towners salieran al escenario del pub, muchos ya se habían formado una opinión sobre ellos.

Cuando los miembros de la banda acabaron de prepararse y estuvieron listos para tocar, se quedaron de pie muy apiñados y esperaron varios minutos antes de empezar. Ni se movieron nerviosos ni se dedicaron a afinar sus instrumentos o a comprobar los niveles de sonido; miraron la moqueta a sus pies. Eso le dio al público la oportunidad de expresar lo que pensaban sobre los Out of Towners, basándose en los intentos que habían hecho de hablar con ellos durante toda la noche, y durante ese largo momento hubo muchos abucheos y risas dispersas. Pero Greg, Richard y Ebony no se amedrentaron. Solo sonrieron, pero no con sonrisas nerviosas ni confiadas. Con sonrisas sencillas.

Tom arrugó el envoltorio de su Cuarto de libra y lo dejó caer entre sus piernas. No sabía cómo describirme la música de los Out of Towners. Muchos dirían que no había sido música en absoluto. Era sin duda un tipo de música muy experimental, pero ese término no le hacía justicia, porque no había en ella nada cerebral. Cuando la banda se había puesto por fin a tocar, Richard había reproducido en la grabadora solo dos notas, una y otra vez. Fueron unos minutos incómodos porque muchos empezaron a temer que esa fuera toda la actuación de los Out of Towners. Esas dos notas juntas sonaban extraordinariamente tristes, dijo Tom, pero solo después del prolongado período de repetición. Después de que Richard tocara esas notas durante varios minutos, la estancia se sumió en un ambiente realmente sombrío.

Ebony, a su vez, se arrodilló frente al amplificador con su guitarra eléctrica y, aprovechando el fenómeno de la retroalimentación acústica, produjo una serie de tranquilas notas sostenidas. Este sonido pareció desentonar con las que reproducía la flauta de Richard, pero minutos después se vio claramente que, de una manera indirecta, armonizaban. Sus dos sonidos parecían evadirse del uno al otro, pero dentro de cada circuito de dos notas de Richard, los dos instrumentos se fundían durante apenas una fracción de segundo. Richard y Ebony continuaron así durante otros diez minutos, y parecía un milagro que nadie en el público se hubiera inquietado. Todos parecían reverentes y concentrados.

La música había sonado extraña y remota, no se parecía a nada que el público hubiera escuchado antes. Más que un simple sonido, había llegado a parecer un portal, un punto de acceso a una región desconocida. Ebony y Richard ya no parecían ser responsables del sonido; el sonido se había desligado del conjunto, se había convertido en su propio fenómeno triste y fantasmal.

Ambos músicos habían interpretado su parte sin esfuerzo aparente. Nadie entre el público había pensado siquiera en darle un sorbo a su bebida durante esa media hora larga durante la que se repitió el sonido. Tom, desde luego, no lo había hecho. Había olvidado incluso que tenía una cerveza en la mano, o que estaba viendo a los The Out of Towners, fueran quienes fuesen. El misterio ya no era importante y su música había dejado de ser una simple mezcla de sonidos; había heredado una complejidad ilusoria. A veces se habían emitido melodías débiles de esa repetición, débiles melodías fantasmales que quizá no estaban realmente allí.

Greg intervino al final con un simple acorde de guitarra, que tocó una y otra vez. La rasgueó libremente, pulsando suavemente cada cuerda, y fue en ese momento cuando las cosas dieron un giro peculiar. Tom se sorprendió llorando, y vio cómo John, en la mesa de mezclas, también se echaba a llorar. El viejo Warren, de pie detrás de la barra, sorbió por la nariz y se volvió de espaldas, y de pronto todas las personas que estaban apoyadas en las paredes a ambos lados de la sala tenían pequeñas manchas en las mejillas, el reflejo de las luces naranjas del escenario en cada lágrima.

Luego Tom se dio cuenta de que temblaba, y de que no podía dejar de hacerlo. En la sala sonaba el sonido más triste que había escuchado en toda su vida. Era el sonido de todo aquello que nunca había podido controlar. Era el sonido de su total falta de dominio, y el sonido parecía retroceder en el tiempo, zozobrando brevemente a su paso por cada recuerdo espectral. Daba vida a sensaciones que habían sido olvidadas. A medida que Greg tocaba su sencillo acorde de guitarra acompañando el extraño sonido que Ebony y Richard habían ido creando, Tom sentía que controlaba menos su cuerpo.

Los Out of Towners tocaron varias noches y días seguidos. Todo el público lloró durante varias noches y días mientras los Out of Towners interpretaban aquella música suya tan simple y hermosa. Nadie salió del pub y los Out of Towners no dieron muestras de cansancio en ningún momento. La tristeza no era un fenómeno que cansara. Esa tristeza, y su manera de revelar a cada persona de la sala los límites de su control sobre el paso del tiempo, no era una sensación que esas mismas personas estuvieran dispuestas a dejar ir. La tristeza las había liberado, volviéndolas inocentes. No había nada que pudieran hacer y, de alguna manera vaga, todos habían sido víctimas de algo que estaba mucho más allá de su capacidad para resistirse. Les había hecho desear vivir más, y eso a Tom ahora le parecía algo muy ingenuo.

Los transeúntes atisbaron en el interior de The Vic y se preguntaron qué pasaba dentro, pero ninguno intentó entrar por miedo a lo desconocido. Con el tiempo acudieron los medios de comunicación, pero no descubrieron la forma de entrar. Solo cuando la policía irrumpió por la fuerza y desconectó la electricidad los Out of Towners pusieron fin a su actuación.

Tom no sabía adónde habían ido los tres miembros de la banda. Desaparecieron en medio de la confusión que supuso la irrupción de la policía en el local, y nadie volvió a verlos. Tampoco habían querido, añadió Tom, dirigiendo el autobús de vuelta al pueblo propiamente dicho. En cuanto se sacudieron de encima el estupor de aquellos días y noches en el pub, todos se habían sentido profundamente avergonzados.

Bajé del autobús en la terminal y recorrí la corta distancia hasta el piso de Ciara. No estaba, pero encontré un casete en los escalones. No tenía forma de escucharlo, así que lo dejé allí y de camino a casa compré dos botellas grandes de cerveza negra.

Unas semanas después me encontré a Ciara en un aparcamiento cubierto. Estaba ocupada encajando casetes debajo de los limpiaparabrisas, tirándolos a la zona trasera de carga de las furgonetas y colocándolos debajo de los neumáticos delanteros. Era una tarde de domingo, y había menos de media docena de vehículos aparcados en el complejo subterráneo.

Ciara titubeó mientras me acercaba y luego nos saludamos. Me preguntó cómo estaba Rob. Le dije que quería hacerse drogadicto. Es capaz, dijo ella.

Por primera vez me fijé en que tenía arrugas debajo de los ojos. No se había molestado en cepillarse el pelo ni en atarse los cordones de los zapatos, y se movía con desgana, encorvándose al ir de un lugar a otro. Se apoyó en el capó de una furgoneta Holden y encendió un cigarrillo.

Me dijo que ya no sabía por qué se molestaba en distribuir casetes. Nadie le escribía. Nunca llamaba nadie a la emisora. No había nadie en el pueblo, aparte de ella.

Le dije que eso no era cierto. Yo estaba allí. Su ruptura con Rob no era motivo para que dejáramos de ser amigos, porque Rob era un idiota de todos modos. Me sorprendía que ella se hubiera molestado en estar con él, le dije, pero que habría sido inapropiado que se lo dijera antes. Ahora eres libre para buscarte a alguien mejor, o para no buscar a nadie, y mientras tanto yo podría ser alguien con quien pasar el rato. Incluso podría ayudarte a ponerte en contacto con los misteriosos músicos de teclado; si aunamos esfuerzos, seguro que los encontramos. En todas partes hay gente misteriosa, dije, que probablemente en este momento estará haciendo esa extraña música de teclado en su casa. No lo creía, pero debía de ser cierto. El caótico piso de Ciara lo había confirmado.

Ella me dijo que era imposible que los casetes fueran de alguien del pueblo. Al fin y al cabo, ella sabía todo sobre el pueblo. Incluso sabía de quién eran todos los vehículos en el aparcamiento en el que estábamos. Este es de Denise, dijo, tocando el capó del Holden. Trabaja en el Subway.

Colocó tres casetes apilados en una pulcra torre encima de la furgoneta de Denise y siguió avanzando pesadamente.

También podría dejar estar los casetes y su programa de radio, dijo. Sería mucho más sensato casarse con Rob y tener unos cuantos hijos. Si hiciera eso, estaría tan ocupada que ya no esperaría encontrar secretos en el pueblo. Tal vez entonces el hecho de conocerlo tan bien le proporcionaría consuelo en lugar de volverla loca. El pueblo estaba allí y eso era todo. Era un grupo de personas que vivían en casas y se las arreglaban. Yo debería arreglármelas, dijo.

Ciara solo repetía lo que me habían intentado hacer creer muchos meses atrás: que no había nada especial en el pueblo. Nunca había sucedido nada en él que justificara la atención de alguien de fuera. Si se examinaba con detenimiento, no resultaba lógicamente posible sentirse orgulloso o molesto con él.

Si detrás de los envíos de la extraña música de teclado —producida seguramente en masa en un sospechoso almacén en las afueras de una ciudad lejana— hubiera alguna agencia clandestina y cruel, esta sin duda sería el comienzo de algo interesante en relación con el pueblo. Sin embargo, Ciara creía que solo podía crear ilusiones de misterio. Nadie se despertaría un día y creería que era un pueblo interesante porque ella había inventado cosas. Si lo hicieran, se estarían engañando a sí mismos, dijo, bajándose del capó. O ella los estaría engañando.

Comenzó a alejarse de un modo que daba a entender que no le importaba si la seguía.

Me dijo que había intentado contentarse con las fábulas que había creado. Tal vez había personas capaces de disfrutar de sus propias fantasías sin reservas y para siempre, pero no era su caso. Incluso cuando estas traspasaban el umbral de su mente y parecían hacerse realidad (sacudió la bolsa de casetes), seguían siendo increíblemente esquivas. Alguien le estaba jugando una mala pasada.

El pueblo estaba desierto. Cuando dejamos el aparcamiento y salimos a la tarde anaranjada no había coches aparcados a los lados de la calle. Mitre 10 y Pizza Hut ya habían cerrado y no se oía más sonido que el de las cigarras. Mantuvimos la vista clavada en el suelo, atentos a cualquier nuevo agujero que hubiera podido aparecer. Algunos de los antiguos seguían acordonados con cinta amarilla. Todos eran de apenas el ancho de la cintura de un niño. La gente del pueblo había dejado de estar indignada con ellos.

El año anterior, Ciara había intentado ponerse en contacto con el columnista musical del principal periódico nacional de Australia. Le había enviado cinco casetes con una nota en la que le preguntaba si había escuchado algo parecido antes, y, de no ser así, si podía identificar el modelo de teclado con el que podría haberse compuesto. Había escrito cinco páginas explicando su situación. Le decía que se consideraba pionera de esa extraña música de teclado, y que las primeras emisiones de su programa habían llevado a muchas otras personas, varios cientos, quizá miles, a seguir su ejemplo. También le había dicho que los casetes se habían amontonado a gran velocidad en su buzón, pero que no había podido averiguar su procedencia. Si no podía ayudarla, al menos podría tener suficiente curiosidad como para escribir un artículo al respecto en el periódico.

Él no había respondido a su primera carta, por lo que ella le había enviado una carta más breve y apremiante con aún más casetes. Luego envió una tercera carta, y una cuarta, hasta que finalmente dejó de hacerlo. Pero había seguido enviándole casetes a diario, en parte por despecho, pero también porque necesitaba deshacerse de algunos.

Al final recibió una respuesta, no del columnista musical sino de otra persona del periódico. La instaban a dejar de enviar casetes porque el periódico solo revisaba el material que había sido grabado y distribuido profesionalmente. Ciara se sintió feliz de haber captado la atención de alguien, por lo que respondió explicando que buscaba información, no publicidad.

No volvió a tener noticias. En su lugar, recibió una caja gigante con todos los casetes que había enviado a lo largo de varios meses. Desinflada y furiosa, gastó casi cincuenta dólares en enviar al periódico una caja aún más grande de extraña música de teclado. De hecho, envió dos.

El columnista musical a veces escribía cosas muy negativas sobre la música, dijo Ciara. A veces la culpaba de todo lo malo que ocurría en el mundo. Era un escritor capaz de dejar a los lectores aterrados en nombre de los artistas que destrozaba. En realidad ella lo leía por esa razón, para ver qué música creía que estaba arruinando el mundo. Cuando vio que él nunca respondía, quiso que se enfadara tanto que se cargara toda la extraña música de teclado. Tal vez si ella lo inundaba con cientos de kilos de casetes, se enfadaría tanto que se sentiría obligado a escribir algo al respecto.

Al final había recibido una carta escueta escrita por el propio columnista musical. En ella le decía que si no dejaba de enviarle los casetes, llamaría a la policía. Lo que estaba haciendo podía calificarse de acoso, afirmaba.

Giramos por la carretera y nos dirigimos hacia el McDonald's. Naturalmente, Ciara le había contestado repitiendo todo lo que había escrito en su primera carta. También había añadido que nadie iba a la cárcel por enviar casetes a un periódico. Sus artículos eran una mierda, de todos modos, le había dicho; debería intentar crear algo propio que quisiera que perdurara en lugar de cargarse sin más los esfuerzos de los demás. Junto con su respuesta le enviaba varios números de su revista casera sobre la extraña música de teclado, con la esperanza de hacerle comprender la urgencia de sus consultas.

Nunca había vuelto a saber de él. Eso le hizo pensar que las ciudades no eran tan especiales después de todo. Pero cómo iba a saberlo, agregó, sin haber estado nunca en una.

En el aparcamiento del McDonald's había un grupo de adolescentes. Fumaban cigarrillos mientras miraban hacia la carretera, esperando que sucediera algo. Le hablé a Ciara de Tom, el conductor del autobús, de que había visto una actuación musical de unos forasteros que lo había disuadido de seguir su carrera como músico. Ciara no se sorprendió en absoluto. Las personas mayores siempre exageran un montón, dijo. Siempre logran que parezca muy importante lo que sucedió en el pasado.

Entramos en el McDonald's y pedimos un menú McValue para cada uno. Comimos en un silencio solemne; yo no quería quitarle importancia a la frustración de Ciara. Después de tirar los envoltorios y bebernos el resto de nuestras Coca-Colas, ella me llevó a una calleja de las afueras del pueblo. Al anochecer, las casas de esas calles remotas parecían más viejas de lo que eran. De las ventanas emanaban las luces de color indefinido de las cambiantes pantallas de televisión, y nos llegaba el olor a carne y verdura hervida. Después de caminar unas cuantas manzanas por esa calleja salimos a un claro cubierto de hierba exuberante donde se alzaba una torre de alta tensión a la luz del atardecer. Una profunda zanja recorría el claro por el centro y continuaba en dirección al pueblo, pasando por debajo de un puente desvencijado hacia el que Ciara deambulaba.

El pasadizo que había bajo el puente conducía a un estrecho túnel descubierto que acababa en una alcantarilla. Ciara no caminaba con un rumbo fijo, pero yo sabía que me estaba llevando a un lugar importante.

Nos adentramos en la boca del túnel y caminamos pegados al lado izquierdo del pasadizo de hormigón. La luz se fue quedando atrás hasta que estuvo completamente oscuro. Seguimos andando durante varios minutos, dejándonos guiar por el ruido, hasta que Ciara se detuvo, me tomó la mano y me metió por un pequeño conducto que apenas se veía. Había que avanzar por él en ángulo; si hubiera llovido, nos habríamos ahogado. Al cabo de un rato, el conducto dio paso a un espacio que se notaba que era mucho más grande, y Ciara encendió una linterna que debía de saber que estaba allí.

Estábamos en una habitación amplia, aparentemente cincelada a mano. Montones de casetes dañados por el agua cubrían las cuatro paredes hasta el techo, y había más apilados en el centro. El suelo estaba cubierto de pósters empapados, todos pintados a mano por Ciara, y vi que muchos representaban su llanura anodina. Incluso cuando solo había una línea recta en una parte del póster, supe que era una llanura. Este es el único secreto del pueblo, dijo Ciara.

Traté de parecer impresionado por la habitación secreta de Ciara. Lo estaba, pero era difícil aparentar una sensación en concreto, porque en parte lo hacía por ella.

Ella llevaba años tratando de atraer a la gente allí. Al principio había dejado sutiles rastros (botellas de cerveza vacías que conducían a la boca del túnel, jeroglíficos a rotulador en las paredes), pero nadie había roto nunca la frágil cuerda que ella había atado de un lado a otro de la entrada de la habitación. A nadie del pueblo se le había ocurrido nunca explorar las alcantarillas, y ella supuso que no había una buena razón para hacerlo.

Luego comenzó a escribir artículos en su revista sobre la existencia de una habitación secreta por debajo del pueblo.

Había puesto mucho énfasis en lo increíble que era que hubiera una habitación secreta debajo del pueblo. Había que verla para creerlo, había escrito, era la única parte del pueblo que quedaba por descubrir. Había tratado de presentar la habitación secreta situada debajo del pueblo como un destino satisfactorio en el que había encerrados otros secretos. Sabía que lo primero que habría hecho, si hubiera leído algo sobre una habitación secreta en algún lugar por debajo del pueblo, habría sido intentar verificar si estaba realmente allí, aunque sospechara que era mentira. Y si hubiera resultado ser mentira, el mero hecho de que existiera el rumor habría sido su propia recompensa.

Pero nadie había tropezado con su cuerda. No era de extrañar; su revista solo estaba impresa con una fotocopiadora y no estaba segura de que nadie la leyera. Había millones de libros impresos que eran oficialmente más interesantes que su revista de aficionada, dijo, aunque ninguno de ellos trataba del pueblo. Durante un tiempo pensó que el hecho de que su revista pusiera el foco de atención en fenómenos específicos del pueblo animaría a la gente a leerla, pero se había equivocado. Nadie quería averiguar cosas nuevas sobre el pueblo. Y tampoco cosas del pasado. Suponía que la gente solo quería leer sobre por qué el pueblo era tan estupendo ahora o por qué no era tan estupendo como antes.

Guardamos silencio durante un rato. Yo quería establecer paralelismos entre mi libro y los esfuerzos de Ciara por llevar a la gente a la habitación secreta, pero no sabía cómo formular las frases de una manera que sugiriera camaradería. De modo que recurrí al consejo. Tal vez deberías dedicar un número de la revista a los agujeros, le dije. Escribir sobre su origen. Puedes inventártelo; si está impreso en papel y es la única fuente de información, podrías acabar impulsando todo el programa, ya que nadie más lo ha hecho. Tal vez podrías afirmar que la habitación secreta fue esculpida por un agujero. O que los casetes que contenían la misteriosa música del teclado se habían extraído de los agujeros. En todo caso, no vendrá mal alertar sobre la peculiaridad de los agujeros.

Ciara no se sintió reconfortada. Encendió un cigarrillo y nos quedamos ahí de pie en silencio. Era imposible saber qué hacer. De pronto le dio una patada a una de las paredes de casetes, y cogió un puñado y lo arrojó a un lado, y siguió dando patadas, y cogiendo y tirando casetes hasta que se abrió paso por donde había habido la pared de casetes. La habitación se prolongaba mucho más de lo que me había fijado en esa dirección y estaba abarrotada de casetes.

La ayudé a abrir un túnel a través de los casetes. Nuestro túnel se extendía muy por debajo del pueblo, de sus casas y sus calles, curvándose un poco a veces. Cavábamos sin hablar, obstruyendo nuestro punto de entrada con plástico y cintas desenrolladas. Era como si estuviéramos construyendo nuestro propio nido. Los casetes crujían con nuestros esfuerzos, y el eco sonaba tan fuerte que el túnel podría habernos conducido más allá del resplandor del pueblo. Tal vez terminaba en un acantilado junto al océano. O en un agujero al borde de un acantilado, cerca de la ciudad costera, donde la gente tiraba todos sus casetes sin ser consciente de lo profundo que era, creyendo que se había desecho de ellos para siempre. Tal vez no importaba de dónde habían salido las cintas: bastaba con que existieran, como una costa resguardada llena de botellas con mensaje y con las tapas fuertemente enroscadas.

Llegamos a una cueva al otro lado de las cintas, donde una escalera de mano apoyada en la pared del fondo conducía a una trampilla. Ciara subió la escalera y empujó la pesada portezuela hasta abrirla, y la sostuvo abierta por mí. Yo tenía, como ella, las piernas y los brazos enredados en cinta marrón brillante.

Estábamos en un cobertizo, con las paredes llenas de rastrillos, escobas y latas de pintura. Mientras me arrancaba las cintas de las extremidades, Ciara abrió la puerta y el aire nocturno dispersó el olor a humedad. Estábamos en el cobertizo que había detrás de su piso.

Aunque hacía muchas semanas que no veía a Rob, al final consideré prudente que me fuera de la casa. Después de pasarme una tarde entera inspeccionando las casas abandonadas que Tom me había señalado, me decanté por la que había sufrido menos destrozos, situada en una calle que llevaba al parque central, frente a una gasolinera de BP. Tenía cuatro dormitorios y todos daban a un pasillo ancho de techo alto en la parte delantera de la casa. Más allá de este, un salón cavernoso conducía a una cocina, el lavadero y el cuarto de baño. Barrí los suelos de madera y quité las telarañas, pero no pude hacer gran cosa con las pintadas que habían dejado los adolescentes y los drogadictos. No había electricidad, así que me hice con bolígrafo y papel para continuar escribiendo mi libro.

Ciara se quedó impresionada, tal vez incluso un poco celosa, de que hubiera encontrado una casa tan bonita. Me dijo que también podría almacenar casetes en ella, y estuve de acuerdo. Al día siguiente arrastró media docena de bolsas de basura por el parque central y las vació en un montón debajo de la ventana del dormitorio principal. Se ofreció para pedirle a su amigo aprendiz que pinchara la electricidad, pero no tuve el coraje suficiente para violar hasta ese punto la ley.

Busqué en el periódico pisos de alquiler legales en el pueblo, pero no había ninguno disponible. No podía haber mucha demanda, y, sin embargo, ya no había oferta. En cuestión de semanas me acostumbré a mis circunstancias. Me duchaba en el aseo del personal de Woolworths antes de mi turno, y cavé un agujero en el gran patio trasero cubierto de maleza para tirar en él los residuos. Al cabo de un mes, ya no le veía sentido a pagar un alquiler en el pueblo.

Un día Ciara me ayudó a arrastrar un colchón hasta mi casa. Lo dejamos en el dormitorio principal cerca de los montones de casetes, al lado de la chimenea. Construí un escritorio con bloques de hormigón y una pieza de aglomerado que encontré en el cobertizo trasero, y compré una silla de camping barata en Kmart. Con la adquisición de la silla hice oficial mi intención de vivir en la casa abandonada en un futuro inmediato. No necesitaba velas ni nada por el estilo porque por la noche las luces de la gasolinera inundaban la habitación de un blanco crudo de quirófano.

Ciara sugirió que algún día podríamos comunicar mi piso con las alcantarillas a través de un túnel. Tal vez entonces no haría falta caminar por la superficie, simplemente empalmaríamos desde un túnel al otro, hasta donde necesitáramos ir.

Estaba feliz de que yo ya no estuviera viviendo con Rob, pero también de que alguien más viviera de okupa en las casas abandonadas del pueblo, siguiendo su ejemplo. Casi todas las noches nos tomábamos unas cervezas juntos, en mi patio trasero cubierto de maleza o en su balcón. Compartíamos unas patatas fritas y a veces algo de pollo frito o una hamburguesa si estábamos especialmente hambrientos. Ciara me hablaba de sus pronósticos mundiales y yo trataba de llevar la conversación hacia mi libro. Esos temas parecían más pertinentes en un pueblo tan silencioso. A veces los jueves, los viernes y los sábados por la noche se oía discutir a los borrachos en los senderos, pero por lo demás el pueblo dormía en silencio en cuanto se ponía el sol.

Parecíamos opinar igual sobre la mayoría de las cosas, aunque yo nunca me atreví a pensar en la misma escala que Ciara. Nunca se me ocurrió preocuparme por ella. Tenía una actitud pesimista, pero no parecía deprimida, ni se mostraba impaciente por hacer algo que pudiera llevar al cambio. Sabía que no estaba en sus manos. Había nacido demasiado tarde para que ella pudiera cambiar algo. Ya está todo decidido por nosotros, decía, y cuando le pregunté quién tomaba exactamente las decisiones y cuáles eran esas decisiones, señaló al pueblo y luego dijo que debía escuchar más casetes. El estado anímico del mundo está en esa música, dijo. La gente no la escucha porque nadie quiere ser un extremista del pueblo; escuchar casetes que se encuentran debajo de los dispensadores de jabón del aseo de mujeres del centro comercial o sepultadas bajo los sobrecitos de azúcar del McDonald's no era algo propio del pueblo. Suponía un gran riesgo. ¿Quién sabía qué tipo de horror podía contener una cinta?

Ciara me dijo que si escuchaba la música con atención, oiría un eco del mundo exterior. Luego señaló con un gesto la maraña de zarzas y chapas de zinc desechadas que había en el fondo de mi patio trasero. Ella había escuchado esa extraña música de teclado tantas veces que era capaz de reconocer melodías populares en las partes corruptas. Era como espiar el mundo desde una gran distancia, o como escuchar los recuerdos mal registrados de un mundo que en otro tiempo había sido vibrante y esperanzador. Dijo que cuando la perspectiva de encontrar a los creadores de la extraña música de teclado parecía aún más remota que de costumbre, le gustaba imaginar que era la música de unos extraterrestres que nos observaban desde lejos y nos ofrecían sus cordiales elegías.

Después de tres semanas viviendo en la casa abandonada, pasé un día por delante de la de Rob. La vegetación había crecido mucho –siempre estaba muy crecida, pero ahora se entremezclaba con panfletos y reveladores avisos de facturas– y ya no había cortinas, lo cual dejaba ver las habitaciones vacías de su interior. Atisbando por las ventanas no vi indicios de una mudanza repentina. La distribución de las habitaciones, con las puertas abiertas a la oscuridad de los pasillos estrechos, parecía diferente de la de la casa que había habitado yo. Había sido misteriosamente desalojada, tal como había descrito Tom. Supongo que fue una suerte que me marchara cuando lo hice, aunque tal vez había dejado escapar una oportunidad importante para ir a donde iban todos.

Una tarde, antes de que empezara mi turno en Woolworths, saqué a Rick del pasillo de los cereales y le invité a un café. Desde nuestra conversación inicial, él siempre me había saludado con la cabeza mientras yo reponía los alimentos enlatados, pero nunca se había atrevido a detenerse por miedo a que repercutiera en mis objetivos como reponedor. No interrumpiré a los empleados en el supermercado, decía siempre. Era una falta de respeto para con el supermercado.

Yo nunca me había molestado en estudiar detenidamente el rostro de Rick, pero lo hice mientras tomaba el café con él, y se me ocurrió que ya no vivía realmente en el pueblo. Era cierto que él seguía allí, y cabía suponer que también lo hacía su casa, pero hacía mucho que había traspuesto el resplandor. Y no era una revelación lo que había puesto en marcha su salida: el mismo pueblo lo había expulsado. Lo que quedaba de él solo era un cuerpo.

Durante un tiempo supuse que Rick tendría un papel importante en mi libro sobre la desaparición del pueblo. Sin pensar en las repercusiones, pensé que la historia se resolvería en esa dirección. Cuando hojeaba sus páginas en mi imaginación, el nombre de Rick aparecía con regularidad. Pero en la práctica no estaba teniendo suerte incluyéndolo a él, o una versión de él, en mi libro sobre el pueblo. Había algo demasiado concluyente sobre Rick en el supermercado. Temí que pudiera probar algo que yo no quería probar.

En el transcurso de nuestros cafés me contó que en la Michel's Patisserie había pasado algunos de los días más felices de su vida, incluso cuando era adolescente. Él y sus amigos a menudo quedaban allí para abalanzarse sobre cualquier persona con más de dieciocho años que estuviera dispuesta a invitarles a una cerveza. En cuanto alguien accedía, se reunían con él en el aparcamiento subterráneo para realizar la transacción. Luego Rick y sus amigos se emborrachaban en privado el fin de semana, detrás de las gradas del campo de fútbol.

Cuando iba al centro comercial a la salida del instituto, era imposible no encontrar a alguien con quien pasar el rato. Igual de imposible era no verse involucrado en alguna discusión, y disfrutaba presenciando cómo se desarrollaba. Era especialmente divertido estar en el centro de las discusiones, dijo Rick. En general, giraban en torno a un interés amoroso y la cuestión de si era correspondido o no. En el fondo todos habían querido siempre a alguien; cada momento había estado cargado de importancia. Había sido una época de grandes desengaños, pero también de hablar con chicas e incluso de tener relaciones sexuales con ellas sin tener realmente relaciones sexuales con ellas.

A veces Rick y sus amigos se sentaban en el área de comida del centro comercial a comer patatas fritas con salsa. Allí hablaban largo y tendido y todo lo que decían era interesante. Me dijo que todos esperaban que la conversación girara sobre un tema de especial interés para ellos, por ejemplo, si su amor era o no correspondido.

Ahora que lo mencionaba, admitió que lo que los movía a él y a sus amigos era buscarse una amante. A eso se había reducido todo, aunque emborracharse el fin de semana había sido una segunda prioridad. Todos los viernes y sábados por la noche, Rick y sus amigos se emborrachaban de lo lindo detrás de las gradas del campo de fútbol. En el centro comercial habían trazado sus planes, tanto abiertamente como en secreto, pero era en el campo de fútbol donde estos se ejecutaban.

Emborracharse en la adolescencia había sido para Rick una fuente de alegría fácil. Todos se volvían más receptivos, más sentimentales y afectuosos. Los lunes y los martes los dedicaban a examinar cada momento de la hilarante borrachera del fin de semana, así como cada signo de amor floreciente. Luego los miércoles y los jueves se iban en planificar y anticipar el siguiente fin de semana: organizar el consumo de alcohol y cigarrillos, y determinar quiénes asistirían a las reuniones de detrás de las gradas.

La vida se había presentado como un drama en capítulos, un drama que no podía tener un final deprimente porque era imposible imaginar que la vida se volviera deprimente. Por supuesto, había habido dificultades, pero Rick entonces creía que nadie merecía sufrir. Nadie merecía ser desgraciado. Al final todos acabarían el instituto, conseguirían un empleo y se casarían, como habían hecho sus padres con facilidad, y seguirían emborrachándose juntos, pero en pubs en lugar de en parques. Esos planes no podían torcerse, porque era lo que aparentemente había hecho todo el mundo antes que ellos, y si todos lo hacían, entonces no podía ser tan difícil.

La vida había resultado ser muy difícil para él, me dijo Rick. No sabía por qué, pero era así. Había avanzado hasta el umbral de transformación, pero le habían denegado el paso. Cuando todos los demás habían empezado a trabajar en puestos de baja categoría, que con el tiempo se convertirían en cargos directivos y quizá en algo aún más importante y lucrativo, él todavía deambulaba por el centro comercial, buscando una forma de introducirse. Incluso cuando más desesperadas habían parecido sus perspectivas laborales, hacia el final de la vida de Ruth y Giselle, él había seguido deambulando por el centro comercial, currículum en mano, con la esperanza de encontrarse con alguno de sus amigos de instituto. Pero en las raras ocasiones que se había cruzado con uno, este había estado desempeñando algún cometido relacionado con su empleo y apenas había podido detenerse a saludar.

De todos modos, ya no había nada de que hablar, dijo Rick, desde que se había casado.

Yo tomaba notas mientras él describía su suplicio. No me sentía como un entrometido o un voyerista porque él hablaba con un tono alegremente profético, como si examinara su vida desde una gran distancia impersonal.

Dijo que ahora le resultaba imposible entrar en el centro comercial sin recordar esos años entrañables; y, sin embargo, no se sentía impulsado a contrastarlos con su situación actual.

Tal vez si se hubiera ido del pueblo y hubiera regresado, le parecería un lugar triste. Pero nunca se había marchado y nunca había dejado de ir al centro comercial. Creía que la mejor forma de evitar la tristeza era convertir cualquier entorno en algo habitual, enterrarlo en la logística diaria. De ese modo podía seguir creando nuevos significados. No era un método infalible, pero era cierto que ahora sentía ambivalencia en lugar de nostalgia cada vez que pasaba por el centro comercial. Era difícil ponerse sentimental con un lugar que nunca se había vuelto desconocido.

La mejor manera de tapar los recuerdos es falsearlos mezclándolos con el presente, me dijo Rick, de la misma manera que es posible borrar el significado de una canción escuchándola una y otra vez. Por ejemplo, si Rick se comprara un pan relleno de queso en el Bakers Delight todos los días durante el resto de su vida, es probable que acabara olvidando el momento en el que compró una tarta de mermelada para una chica que había adorado. El Bakers Delight dejaría de significar algo. De igual modo, si iba a las gradas del estadio de fútbol todos los viernes y sábados por la noche, ya de adulto, y las encontraba vacías, seguramente acabaría olvidando que en otro tiempo estuvieron llenas de adolescentes que bebían. Así, Rick había ido afirmándose poco a poco frente a sus más queridos recuerdos, atenuando el contraste entre entonces y ahora. Estaba reconfigurando continuamente el pueblo. Reconvirtiéndolo.

El lugar que más se resistía a su método era su hogar. Había pasado toda su adolescencia soñando con el día en que se marcharía de casa, y sin embargo seguía allí, despertándose todos los días en esa misma habitación, con su madre en la habitación contigua y el espectro de su padre omnipresente. Era imposible en ese entorno no buscar una perspectiva más amplia, no ir a las causas de las circunstancias. Siempre había sido consciente de que debería haber pasado página. Así que salía de la casa cada día, todos los días, e iba al supermercado.

Me dijo que el supermercado le recordaba su niñez y que ese sentimiento le producía cierta satisfacción. Pero en verdad le parecía el lugar más atractivo porque carecía de singularidad. Era posible estar en cualquier Woolworths e imaginarse en un Woolworths en la ciudad, en lo más profundo del país o incluso en el extranjero. Dentro del Woolworths del pueblo no había nada que pudiera recordarle que estaba en el pueblo. Woolworths era una embajada de ninguna parte y de todas. Cuando pasaba por la caja registradora y salía por las puertas todas las tardes tras una jornada en el Woolworths del pueblo, tenía la impresión de salir a un pueblo completamente diferente.

Le encantaba que el Woolworths del pueblo cambiara sin cesar. El logo corporativo ya no era el mismo, los eslóganes promovían nuevos enfoques del sentimentalismo hogareño, y las secciones de rebajas al final de cada pasillo anunciaban nuevas ofertas semanalmente. Una semana eran las cajas extragrandes de Coco Pops a 4 dólares, la siguiente serían los Kleenex y la siguiente el Vegemite. Podía profundizar en los entresijos de la colocación de los productos, en las sutiles jerarquías y manipulaciones, y en eso había una gran diversión. Incluso los empleados cambiaban sin cesar. La rotación de personal era implacable y, sin embargo, yo —y me señaló— estaba entre las únicas constantes. Rick podía distraerse pensando en los días en que yo aún no estaba allí, y esos días parecían benditamente similares a los de ahora.

Mientras terminaba de apuntar todo lo que Rick había dicho, se hizo un silencio. Cuando levanté la vista, él tenía la insulsa expresión de un hombre inmune a la sorpresa. No parecía tener ningún interés en ver lo que yo había escrito. Me preguntó qué tal había ido con el currículum que me había dado. Le dije que Woolworths se había deshecho recientemente de varios empleados sin intención de reemplazarlos, porque el pueblo estaba desapareciendo. Además, había agujeros por todas partes; él no veía casi ninguno porque pasaba todo el tiempo en el centro comercial y ese lugar era impenetrable a los elementos. Era improbable que en esas circunstancias obtuviera un empleo en Woolworths, Coles, IGA o en cualquier otro establecimiento. Me dijo que se pensaba que ese café era una entrevista de trabajo. Tuve que decirle que era una entrevista, pero no para un empleo.

El consumo excesivo de alcohol en público no tardó en convertirse en algo normal en el pueblo. Siempre se había bebido mucho, pero solía hacerse en los pubs, y los jueves, viernes y sábados por la noche. Ahora, en todas partes y a cualquier hora del día se veía a hombres y mujeres bebiendo cerveza, vino y, a veces, incluso bebidas más fuertes, mientras se abrían paso entre los agujeros.

También había más violencia, pero el cambio más grande fue el modo en que los desconocidos iban por las calles, ebrios y desinhibidos. El pueblo parecía un deprimente festival de country en un descanso a las dos de la madrugada. La vida había adquirido una tristeza somnolienta y agresiva. Era posible escuchar a escondidas las conversaciones de los demás, pero nadie abordaba sin rodeos ningún asunto relevante; en lugar de ello, se centraban en los ejemplos más generales del declive del pueblo. Parecían tener cuidado de evitar explícitamente el tema de los agujeros como la causa de dicho declive, aferrándose en cambio a otros fenómenos más racionales: que el pueblo era demasiado grande o era demasiado pequeño hoy en día. Que estaba demasiado lejos, o tal vez demasiado cerca, de otro lugar. Que la culpa la tenían los musulmanes, aunque ni siquiera había una mezquita en el pueblo y mucho menos un grupo organizado de musulmanes practicantes. Que los niños jugaban a demasiados videojuegos. Que unos gigantescos conejos subterráneos mutantes habían causado la erosión del suelo. Que había sucedido algo malo mucho antes de que los agujeros fueran agujeros, y que ese algo desconocido estaba relacionado de alguna manera con ellos.

Ciara me dijo que la gente lloraba la pérdida del pueblo, aunque en realidad llevaba muchos años haciéndolo. A los ojos de la gente, el pueblo nunca había sido como en el pasado. Quizá el momento de su fundación había sido el mejor y desde entonces estaba en declive.

A veces nos tomábamos un café en la Michel's Patisserie, donde continuaba la vida con normalidad. Yo me tomaba un café mientras ella me miraba. Me escuchaba cuando me explayaba sobre los progresos que estaba haciendo en mi libro sin ofrecer consejos ni comentarios. A ella no le gustaba mi libro. Sospecho que lo odiaba. Incluso cuando le conté que había cambiado el enfoque de mi libro sobre los pueblos que desaparecían, que prefería centrarme en su pueblo —ya que estaba desapareciendo claramente—, ella no pareció especialmente interesada. Solo me preguntó cuántas páginas había escrito, cuál era el total de palabras, o si había pensado en las posibilidades que tenía de publicarlo. Le dije que no me había molestado en comprobar su extensión ni había pensado en publicarlo. Daba por sentado que nadie lo publicaría, ya que era un tema oscuro.

Era cierto que mi libro sobre el pueblo no se basaba en hechos, como había sido mi intención inicial. Comencé a escribir sobre el pueblo de Ciara porque me ofrecía la posibilidad de verificar afirmaciones. Cuando escribía sobre pueblos desaparecidos había tenido que arreglármelas con mis propias hipótesis, basadas en escasas fuentes de primera mano. En teoría, para escribir sobre el pueblo de Ciara no necesitaba ninguna hipótesis, ya que este estaba allí.

Pero era imposible escribir sobre el pueblo con algún detalle objetivo. En lugar de ello, me sorprendía anotando observaciones espontáneas e improvisadas que solo más tarde, mientras deambulaba por las calles laberínticas con Ciara, corroboraba en silencio. A veces me suponía un gran esfuerzo corroborar lo que había escrito, pero siempre lograba que mis afirmaciones se amoldaran a la verdad sobre el pueblo.

Por ejemplo, podía escribir en mi libro que el pueblo estaba impregnado de «una tristeza apenas perceptible», y mientras lo escribía estaba seguro de que era así. Pero para observar esa cualidad en la gente del pueblo se necesitaba un esfuerzo coordinado. Podía escribir, sentado en un lugar apartado, que la gente del pueblo no veía la carretera como «una ruta adecuada para salir del pueblo», pero para verificarlo tenía que entrevistarla. Y el resplandor sobre el horizonte parecía probar mis afirmaciones.

Las verdades que intentaba descubrir sobre el pueblo cambiaban día a día. A medida que el pueblo desaparecía, también lo hacía mi control sobre cualquier verdad particular sobre él. Cuando me atreví a explicárselo a Ciara, no pareció sorprenderle mi confesión. Ella no se mostraba activamente hostil hacia mi libro, pero tampoco era capaz de fingir entusiasmo, simplemente le traía sin cuidado que existiera. Podría haber pensado que yo no estaba capacitado para escribirlo, puesto que no me había criado dentro de la cultura del pueblo. Le pregunté si le parecía buena idea escribir un libro sobre su pueblo, pero me dijo que no lo sabía. Me dijo que yo no lo sabría hasta que lo terminara y fuera un libro.

A pesar de mis continuos esfuerzos para sonsacarle esa pregunta, Ciara nunca me preguntó sobre las verdades a las que quería llegar en mi libro. Con el tiempo empecé a hablar con ella de mi libro de un modo más agresivo. Le mencionaba que acababa de terminar una sección especialmente complicada —aunque no fuera cierto—, pero ella se limitaba a manifestar un vago orgullo. Cuando mis esfuerzos ya no podían confundirse con una charla trivial, me invitó a leer un extracto de mi libro en su programa de radio.

Al acercarse el día del programa, mientras estábamos comprando cigarrillos en la gasolinera del este, Ciara me recordó que nadie escuchaba su programa, pero que, si alguien lo hacía, podría llamar para darme su opinión sobre la dirección que estaba tomando el libro. Ella no podía opinar, me dijo, porque nunca había escrito un libro. Tampoco había leído ningún clásico que le pareciera relevante para su vida, porque los viejos clásicos eran viejos y ya no se escribían clásicos nuevos. La vida ya no era clásica.

Yo estaba entusiasmado con la perspectiva de leer un extracto de mi libro en directo por la radio, pero solo porque lo leería delante de Ciara. Tal vez eso le hiciera cambiar de opinión. Tal vez cuando me oyera leyéndolo en voz alta, haciendo un esfuerzo por alargar ciertas oraciones bien construidas de las que me sentía orgulloso, se convencería de que mi libro tenía potencial. Así que pasé muchos días eligiendo el pasaje que leería y muchos días más leyéndolo en voz alta en mi sala de estar. Pero lo que había escrito no sonaba tan evocador, ni parecía tan interesante o consecuente leído en voz alta. Al final rehíce una sección completa de mi libro, enlazando las frases más relevantes que había escrito.

Le dije a Jenny en el pub que sintonizara mi entrevista, pero ella ni siquiera sabía que había una emisora de radio comunitaria. No me creyó cuando le dije que había una. Dijo que en el pueblo solo había dos emisoras: la AM y la FM.

Cuando le conté al bibliotecario lo del programa de radio, no pareció impresionado. Me recordó que aún no había terminado mi libro. ¿Cómo podría sentirme bien leyéndolo en la radio cuando no sabía de qué trataba siquiera? Le dije que sí lo sabía, que trataba de la desaparición de un pueblo situado en el Central West de Nueva Gales del Sur; además, y que además era imposible que alguien empiece a escribir un libro sin saber de qué trata, añadí. El bibliotecario meneó la cabeza y me dijo que estaba totalmente equivocado. En su opinión, la única razón por la que una persona escribía un libro era para averiguar de qué trataba.

La emisora de radio comunitaria se encontraba en un antiguo edificio de oficinas frente a la gasolinera de Rec Street.

En el interior había una pared forrada de estanterías llenas de viejos discos de vinilo y otra de estantes más pequeños con cedés. También había tablones de anuncios decorados con fotografías de cantantes australianos, todos ellos blandiendo sus guitarras en auténticos entornos rurales. Su presencia contrastaba con la luz fluorescente, y con Ciara, que era la única persona que se encontraba en las instalaciones a esa hora los jueves por la noche. Dijo que las personas mayores se acostaban a las siete, aunque durante el día tampoco escuchaban la emisora. La frecuencia de la radio era toda suya los jueves por la noche, por lo que podía hacer lo que quisiera y reproducir la extraña música de teclado. Me comentó que tal vez cuando acabara de escribir mi libro podría leerlo entero por la radio. Podría leerlo de principio a fin, quizá con la extraña música de teclado sonando de fondo.

El buzón de Ciara estaba lleno de casetes sin marcar. En ninguna figuraban los nombres de los artistas ni los títulos de las canciones, y no había ningún diseño gráfico en las etiquetas para diferenciarlos. Me pregunté en voz alta qué podía decir Ciara sobre la música en sus presentaciones *a posteriori*, ya que no había nada de lo que informar de forma objetiva. Ella dijo que era evidente que nunca había escuchado su programa de radio.

Se metió un montón de casetes en el bolso con poco cuidado, dejando caer muchos en la alfombra. Luego entramos en el estudio: un cubo intensamente iluminado, con las paredes interiores cubiertas de hueveras de cartón para insonorizarlas y más pósters de cantantes de música country. Ciara sacó los casetes del bolso y los apiló cuidadosamente, tomó uno del montón y lo introdujo en el reproductor. Mientras se preparaba, revisé mis notas escritas a mano. Era importante que leyera bien esa noche. Leer para Ciara era como leer para todo el pueblo.

Ella me avisó de que en treinta segundos estaríamos retransmitiendo. Esperó a que terminara el tema de cierre pregrabado del programa anterior, «Ain't No Sunshine» de Bill Withers, con el dedo sobre el botón de pausa. Luego, exactamente a las once de la noche, levantó el dedo y de los altavoces del estudio emanó un siseo silencioso. Segundos después, una única nota de piano sintético resonó por toda la sala. Fue apagándose con el más leve rastro de repetición antes de que sonara una segunda nota, que confirió una triste claridad a la primera. Luego sonó una tercera nota, más brillante, antes de que el trío entrara en contacto en medio del siseo e interactuara a un ritmo elegante aunque lánguido. Los ecos hicieron que todas las notas se fundieran entre sí, antes incluso de que se unieran más notas a la refriega.

Nos quedamos sentados en silencio. Ciara estuvo unos minutos recolocando sus casetes en posibles órdenes para reproducirlos, pero al final ya no pudo seguir fingiendo que estaba absorta. Me miró brevemente y luego levantó la vista hacia el revestimiento de insonorización que yo tenía detrás. Me quedé mirando el póster de Chad Morgan que había a su espalda. La música parecía haber erigido una barrera entre nosotros. Mientras yo pensaba en algo alegre que decir, ella parecía avergonzada.

Debería haber sido fácil decir algo elogioso sobre la música, pero era imposible hacerlo mientras sonaba. Las notas del piano sintético despojaban al habla de su banalidad fundamental. La idea de que hubiera algo más aparte de la música y de Ciara hacía que me sintiera pequeño, pero la música y ella me hacían sentir aún más pequeño. La música no evocaba imágenes sino un color indefinido y difuso. Sus componentes conocidos no culminaban en atributos conocidos. Era triste, pero no por razones tangibles. Se percibía como una ausencia, aunque cálida y deseable. No significaba nada en absoluto.

Ojalá pudiera componer música sobre el pueblo en lugar de escribir sobre él. Entonces podría pasar por alto las afirmaciones explícitas a las que daba vueltas, esos escollos efímeros que me impedían hacer progresos significativos.

Cuando terminó la canción, Ciara dejó que el silencio se prolongara unos minutos antes de hablar.

Estás escuchando *Sonidos del jueves noche*, dijo hacia el micrófono. Moduló la voz, puliendo los trazos sueltos de su acento rural. Si estás escuchando, dijo ella, por favor, llama. No hay nada de que avergonzarse y a mí me encantaría que lo hicieras. Recitó el número de teléfono y dijo que estaría allí toda la noche. Luego puso el siguiente casete.

Esa música no era muy distinta de la primera composición de notas prolongadas, la única diferencia era que un instrumento de viento sintético las llevaba más lejos. Las notas se apelotonaban de una forma más deliberada y el eco sonaba más fuerte, propagando la sencilla melodía en unos círculos fracturados que se desvanecían. Los colores que evocaba la música no se veían en el pueblo, no se veían en todo el mundo físico. Esos colores extraños, serenos y tristes tan solo infundían una claridad sofocante a nuestro alrededor. Era doloroso no poder habitar ese sonido, y al mismo tiempo parecía imposible no poder hacerlo.

Después de docenas de repeticiones invariables de la canción, Ciara me dijo que sabía que había oyentes ahí fuera. ¿Por qué no llamaban? Le dije que tal vez no tenían nada que decir sobre la música. Era una música que provocaba una profunda desesperanza, que revelaba un fallo crítico en el lenguaje. Podría haber contenido su propia existencia pues tenía sus complejidades. No era posible hablar de ella como era debido durante una llamada telefónica, como tampoco podía establecerse un vínculo en torno a ella. Las palabras solo podían fracasar en su afán de compensarlo. ¿Qué podía decirse?, le dije a Ciara. Ella dijo que solo tenían que decir que estaban escuchándola. No era necesario que se hicieran responsables ni que hablaran sobre la música. Solo sería agradable saber que alguien más la escuchaba. Parecía importante.

Al oírla decir eso pensé en mi libro y en que no tenía ninguna importancia. La música parecía contener todo lo que era importante transmitir, mientras que mi libro era un batiburrillo de observaciones torpes e improvisadas que a menudo se contradecían entre sí y que nunca llegaban a ninguna verdad, real o imaginaria. La música parecía estar en armonía con el sinsentido, mientras que mi libro se esforzaba por hallar sentido donde no lo había. O, al menos, buscaba a tientas un sentido que a mí se me resistía. Estaba escribiendo mi libro porque no se había escrito, y más allá de eso no había motivos para escribirlo. Estaba escribiendo mi libro para darme consistencia a mí mismo y a todas las personas espectrales a las que pensé que podía pertenecer en potencia.

Estás escuchando *Sonidos del jueves noche*, susurró Ciara de nuevo hacia el micrófono. Mi invitado de esta noche está escribiendo un libro y necesita tu ayuda para acabarlo. Hubo un largo silencio. Solo te llevará un momento bajar el volumen de la radio y llamarme a este número. Y dio el número. Pide un tema, por favor. Da tu opinión, cuenta una historia, todo será bien recibido. Te animo a que llames ahora mismo a este número. Todo lo que tengas que aportar nos interesa. Podemos hablar de lo que quieras. Puedo intentar ayudarte, si lo que necesitas es ayuda. O puedes contar un chiste. Ciara guardó silencio un momento y añadió: Lo siento, pero yo no me sé ninguno.

Hubo otro silencio. Esperaré un momento tu llamada, dijo. Interrumpiré la música durante dos minutos, así no te perderás nada mientras te levantas de la silla o de la cama para acercarte al teléfono. Podemos hablar en directo o no, lo que prefieras. De nuevo el silencio. Queda un minuto, dijo hacia el micrófono.

Me atreví a mirarla y vi que tenía los ojos clavados en la luz del teléfono. Por un momento me envalentoné y dejé que mi mirada se encontrara con la suya, pero ella la desvió al moverse para poner la siguiente canción. Luego se recostó en la silla y miró el techo. Una melodía fúnebre en tono mayor empezó a desarrollarse sobre una nota sostenida grave que apenas se oía. Por un momento paré de preguntarme por el estado anímico de Ciara y dejé que la música me absorbiera. Pero enseguida tuve que retroceder y tomar aire, antes de que las corrientes subterráneas me arrastraran consigo para siempre. Clavé la mirada en el reproductor de casetes, ansioso por racionalizar la música, por reducirla a una composición que se había grabado deliberadamente en una cinta. Pero el miedo era insuperable, y su fuente no podía desentrañarse hasta el punto de explicar los sentimientos que provocaba. Quería salir de la habitación, pero me sentí paralizado por el deseo más fuerte de lograr que Ciara se olvidara de que yo estaba allí. La música volvía todos mis esfuerzos patéticos, y nada de lo que hiciera estaría a la altura.

La composición terminó tan abruptamente como había empezado, con un fundido discordante al que le siguió el silencio.

Creo que al final no leeré un pasaje de mi libro, dije. Hacerlo no parecía estar en armonía con el espíritu de su programa. Lo que quieras, dijo ella. Suponía que un programa como el suyo no podía estar en armonía con cualquier cosa. Y no lo está, dije aliviado. No lo está en absoluto. Y me reí.

Fui al aseo y tiré el pasaje al inodoro, y salí por la ventana del vestíbulo al tejado para fumarme uno de los cigarrillos de Ciara. Las luces del pueblo parecían más estáticas de lo habitual, como si el mundo se hubiera detenido a contemplar la música. El tramo negro de campo de la periferia parecía más premonitorio e incognoscible que antes. Si alguien escuchaba el programa de radio de Ciara, probablemente vivía allí afuera.

Cuando volví a entrar en la emisora, encontré a Ciara fregando el suelo del vestíbulo. Yo quería decir algo íntimo, pero me sentí menos capacitado que nunca para hablar.

Ella hizo un gesto hacia la fregona y me dijo que a veces necesitaba descansar de la música. Le dije que lo entendía. Sonrió. Gracias por escuchar mi programa de radio, dijo.

La dejé allí sola. En el sendero de afuera había un puñado de hombres y mujeres discutiendo, borrachos y frustrados. Ninguno era capaz de comunicar lo que tenía que decir. Todos se esforzaban por hacerse oír. No entendí de qué discutían, y me pregunté si en algún momento podían toparse con una revelación que resultara demasiado sentimental para mi forma de pensar. Pero yo también me sentía sentimental esa noche, y sus argumentos, aunque ebrios, parecían venir de síntomas más críticos. El pueblo estaba llegando a su fin, eso no podía ser ignorado, ni siquiera por ellos. Más difícil era saber qué clase de fin sería. Tomé un largo trago de Sheaf Stout y me fui a la cama entre las sombras proyectadas por las luces de la gasolinera, que seguía abierta a pesar de todo.

La estación de trenes del pueblo era exactamente como Jenny la había descrito: un supuesto museo dentro de una estación de trenes que pretendía ser un homenaje a una parada clausurada, pero que en realidad era una tienda de muñecas artesanales, vajillas y cuadros de paisajes.

Llegué un poco antes de las cinco de la tarde y le expliqué al hombre del mostrador que había venido para ver el tren de carga. Mentí diciéndole que me proponía subirme a él solo para ver su reacción. Dijo que no era posible subirse al tren de carga, que no se detenía en la estación, que no sabía adónde iba y que, además, era un tren de carga.

Me compré una galleta de avena y coco y tomé asiento en el andén. Conservaba todas las características que uno espera ver en una estación con historia: plantas exuberantes en macetas, letreros de madera pintorescos y bancos metálicos ornamentados. A las 16.59 vi cómo el tren de carga se acercaba a la estación. A las cinco en punto, la máquina entró por el lado este precediendo a la sucesión de contenedores de metal oxidado que arrastraba tras de sí, sin revelar nada de su contenido al dirigirse hacia el oeste.

Ahí lo tienes, dijo el encargado del museo. Se había detenido a mi lado sin que me diera cuenta, y desprendía un olor a café y a humo de cigarrillo. Me dijo que ahora que había visto el tren de carga, podía hacerme una idea cómo había sido la estación cuando funcionaba a su máxima capacidad. Tal vez incluso podía imaginarme lo que era subir o bajar del tren, dijo, con una voz que pretendía evocar un prodigio. Él pensaba en ello todo el tiempo.

Tal como Jenny me había advertido, el encargado del museo no sabía cuándo se había construido la estación ni cuándo se había clausurado. Él y su esposa habían abierto la tienda hacía muchos años con el beneplácito del ayuntamiento, y era posible que la estación hubiera estado operativa en el transcurso de su vida, pero ¿cómo iban a saber más detalles cuando ellos mismos nunca habían albergado el deseo de subirse a un tren? Si quería más información sobre la historia de la estación de tren, el encargado del museo me aconsejó que preguntara a las personas mayores del pueblo, aunque dudaba que averiguara la respuesta a una pregunta tan recóndita.

El destino del tren de carga también era información recóndita, según él. No mencionó al hombre que había subido de un salto al tren, posiblemente para evitar difundir mala publicidad sobre su negocio.

Oh, el tren se dirige a alguna parte, dijo, recuperando su tono evocador. Seguramente transporta productos alimenticios de la ciudad al campo. Sugerí que los productos alimenticios normalmente viajaban del campo a la ciudad, y que tal vez el tren de carga regresaba a la ciudad en un viaje de ida y vuelta. El encargado del museo lo negó. El tren de carga solo viaja de este a oeste, dijo. Eso significa que en algún lugar al oeste hay un pueblo o una estación con trenes de carga en desuso, especulé en voz alta. Es posible que haya muchas hectáreas, cientos de kilómetros cuadrados incluso, de trenes de carga en desuso que no tienen adónde ir. El encargado del museo respondió que probablemente era cierto, pero no le correspondía a él supervisar las infraestructuras del estado, ya que era una tarea más complicada de lo que él o yo podíamos imaginar. Se alejó.

En cuanto el encargado del museo abandonó el andén, salté a las vías y eché a andar en dirección oeste. A unos quinientos metros de la estación las vías describían una curva y serpenteaban entre las vallas traseras de las casas antes de recorrer un kilómetro en línea recta en lo que me pareció que era dirección suroeste. En el lado de las vías de las vallas combadas, la hierba estaba cubierta de escombros y plantas invasoras. Las casas parecían tristes y decrépitas desde esa perspectiva, pero aún no podía haber llegado al barrio pobre del pueblo; no veía la fachada de la fábrica de gas, y, además, la zona pobre quedaba al este de la estación de tren.

Me desorienté totalmente cuando las vías del tren por las que caminaba pasaron por debajo de un puente que nunca había visto. A la izquierda de las vías se veía el letrero de un almacén de neumáticos de la calle de arriba, Mick's Motors and Tire Warehouse, que probablemente formaba parte de un pequeño barrio industrial en el que yo nunca había estado. Ni mis frecuentes recorridos exploratorios por el pueblo ni la ruta exhaustiva del autobús me habían llevado allí.

Más allá del puente, las hileras de viviendas eran reemplazadas por la parte trasera de unos edificios de cemento de dos y tres pisos, visiblemente envejecidos y grises. Desde allí era imposible distinguir con más detalle el trazado del pueblo, pero estaba seguro de no haber visto nunca la fachada de esos edificios altos, ni ningún otro edificio alto, en realidad. A ambos lados aparecieron unas crestas de tierra que fueron elevándose hasta que me vi cercado por viejas rocas. El cielo parecía ahora mucho más lejano, más remoto en ese valle parecido a un túnel. Nunca me había sentido tan constreñido por el pueblo.

Aunque caía la tarde, no tenía prisa por dar la vuelta. Empezaba a sospechar que me había adentrado en otro pueblo totalmente distinto, o en un barrio secreto del mismo pero que era inaccesible en coche o a pie. Era cierto que se había desvanecido la extenuante atmósfera de excesiva familiaridad, pero solo me di cuenta retrospectivamente, una vez disipada. Deambulando por las vías del tren cubiertas, me sentí como un explorador que traspasa por primera vez un umbral impenetrable.

Al cabo de un rato había dejado atrás los altos edificios de cemento, pero las vías seguían hundiéndose en la tierra. Las crestas rocosas a ambos lados eran demasiado empinadas e inestables para escalarlas. El ruido del tráfico había disminuido, pero se oía a las cigarras estridular. Más adelante, las crestas desaparecían poco a poco en un lúgubre campo verde oscuro. Cuando finalmente salí, las vías se prolongaban en línea recta hacia el horizonte, cruzando media docena de prados potreros y ascendiendo una colina. No había otros elementos a la vista, aparte de la silueta de los árboles lejanos y el brillo vespertino de un embalse turbio. A la luz del atardecer era imposible saber a qué distancia estaba la colina sobre el horizonte, pero no había necesidad de averiguarlo, pues era evidente que el destino de las vías quedaba demasiado lejos. En esos campos la tierra irradiaba soledad.

Aun así, me sentía obligado a seguir las vías. No tenía nada que perder, y hacía mucho que no veía una extensión ininterrumpida de terreno, y mucho menos cruzaba una. El sol se había fusionado con las colinas lejanas, bañando el azul oscuro en un resplandor naranja. Ignorando las vías, era posible imaginar que nadie había puesto un pie en esas llanuras.

No había indicios de casas de campo o granjas improvisadas, cultivos, fogatas o pueblos desaparecidos. Caminé durante casi media hora antes de darme cuenta de que el sol, lejos de avanzar en su descenso, se había asentado de forma permanente en la cúspide del horizonte, y las vías estaban tan débilmente iluminadas como cuando me había marchado del valle ferroviario improvisado.

Mientras tanto, el cielo a mis espaldas —el cielo que se extendía por encima de donde debería haber estado el pueblo— estaba totalmente oscuro. No había contaminación lumínica, ni señales de vida a lo lejos, ni indicios de la fábrica de gas. Una de dos, o el pueblo había desaparecido o había desaparecido yo.

A esa distancia, el pueblo solo existía como un recuerdo, y no muy nítido. No conseguía recordar con claridad el trazado específico de sus calles. Solo acudían a mi mente, completamente al azar, las fachadas de algunos edificios, y cuando pensé en Ciara no pude imaginarla. Era un nombre y una serie de hechos prácticamente inconexos entre sí, y nada de todo ello era congruente. Resultaba difícil mantener la cordura bajo la fuerte impresión de que yo nunca había estado en el pueblo. Mis recuerdos eran como los de los lugares de los libros, que nacen del impulso de la imaginación y no de una descripción minuciosa del autor. Aunque las estrellas que tachonaban el cielo eran más gruesas que las que se veían desde el pueblo, y había casi luna llena, la superficie de la tierra que pisaba estaba envuelta en oscuridad y tenía que avanzar con cuidado.

En ese momento parecía impresionante que el pueblo existiera siquiera. En un mundo de monumentos famosos y ciudades importantes, de fenómenos que se percibían como globales y de pronósticos apocalípticos, era un milagro que el pueblo estuviera allí, aunque ahora fuera invisible a mis ojos.

Yo caminaba por el tipo de terreno que a menudo se describe como «agreste» e «impasible». Aunque estaba cerca de un pueblo bien establecido, el instinto me decía que no era terreno conocido. Era como una tablilla de barro en la que podría inscribirse algo que tuviera cierta lógica y significado, y parecía inevitable que algún día alguien lo intentara. Pero ese terreno no era tan agreste ni impasible como yo esperaba. Al fin y al cabo, se encontraba en las afueras de un pueblo, y justo encima de la colina más cercana podría haber estado la carretera, rugiendo con su propia indiferencia a través de la configuración del terreno. El pueblo era agreste e impasible, y yo también, pero en ese momento suspendido en las afueras el terreno parecía todo menos eso. Desde el pueblo era imposible ver cómo esta se extendía exuberante. El pueblo lo rechazaba, lo reconvertía, lo resguardaba con las urbanizaciones acabadas, los lejanos almacenes de la periferia y los desechos que se acumulaban a un lado de la interminable carretera del oeste.

Para la gente como yo, solo era posible estar dentro del pueblo, en las afueras o a una gran distancia, en otro lugar específico. En la cima de la colina lejana, los últimos vestigios de sol iluminaban lo que al principio parecía no ser nada. Cuando mis ojos se acostumbraron, me di cuenta de que estaba de pie sobre la última colina. El único horizonte que quedaba era el que conducía a más horizontes idénticos, y supuse que allí fuera, tal vez a cientos de kilómetros de distancia, estaba el desierto.

Hacia el oeste de esa panorámica se encontraban la inconfundible silueta de la fábrica de gas y el brillo de las luces del pueblo que la rodeaba. No cuestioné la lógica de las vías del tren por las que había caminado. No tenía sentido pensar en los trenes de carga perdidos. La fábrica de gas y las luces del pueblo sobre el horizonte me hacían señas.

Cuando volví al pueblo le conté a Jenny lo que había descubierto. Meneó la cabeza, y dijo que ahí fuera todo era hostil y peligroso. Solo Dios sabía cómo personas como ella vivían al borde de esa hostilidad y ese peligro, pero ella lo hacía, todos lo hacían, y supuso que eso los hacía ser del pueblo.

Le dije a Jenny que el pueblo no debería creerse tan valiente solo por estar donde estaba. Era arrogante tachar de agrestes e impasibles las tierras situadas fuera del pueblo. Si esa es la tierra a la que todos afirmamos pertenecer, seguramente merece una visión más caritativa. Ella se limitó a reír cuando dije eso. Ella no pertenecía a la tierra, dijo. Parte de ella era suya, pues era propietaria de un pedazo, pero ella no pertenecía a la tierra. Se vio más claro que nunca que ella se consideraba una mujer de la frontera que se enfrentaba a un suelo despiadado. En realidad, todo lo que hacía era vivir en un edificio protegido por otros edificios, protegido por las barreras que, inadvertida o deliberadamente, había puesto el pueblo.

Las tierras que había fuera del pueblo eran hermosas, dijo, pero de una hermosura fea. Los brumosos campos verdes de Inglaterra, eso es hermoso. O las playas de Bali. Las tierras de las afueras son un secarral –e hizo un ademán hacia allí–, pero de una hermosura fea. Era como la gente del pueblo, en realidad.

No era para nada como nosotros, pensé yo, aunque no me atreví a llevarle la contraria. Había nobleza en la fealdad. El pueblo, en comparación, era un lúgubre simulacro de otro lugar, un lugar que no pertenecía a allí.

Si las predicciones de Ciara son correctas, el final de todo se nos viene encima mientras escribo, muchos meses después de que nos separáramos. El apocalipsis de Ciara está más cerca ahora que entonces. Tengo razones para creer que tiene razón, al igual que otras muchas personas. Van saliendo pruebas. Los periódicos y los expertos ya no pueden eludirlas.

Pero para algunos el final de todo ocurre a diario. Sé que los desplazados pasaron por su propia crisis terminal no hace mucho. Algunos viven las consecuencias. Ahora sé que no debería haber intentado escribir un libro. Sé que los libros que valen la pena ya existen en algún lugar, enterrados en las salas más inaccesibles de las laberínticas bibliotecas nacionales. Yo no soy quién para escribir un libro. Al menos, uno que hable de esto.

Durante las semanas en las que aún no había perdido toda la esperanza de escribir un libro sobre el pueblo, me esforcé por descubrir su esencia. Es cierto que nunca había entendido muy bien qué era una esencia, y no estaba seguro de que un pueblo siempre tuviera una.

Por un tiempo pregunté a la gente que conocía, con deliberada franqueza, cuál era la esencia del pueblo. Jenny en el pub dijo que su esencia era ser un pueblo. Ciara dijo que no era un atributo que ella estuviera capacitada para describir. Tom ya había dicho que la esencia del pueblo era que nada estaba completo, que siempre le faltaba una porción, y que quizá esa porción que le faltaba era su esencia.

Las calles estaban cambiando. El parque central del pueblo estaba abandonado, había envoltorios desperdigados por el césped; uno no entraba por miedo a las serpientes y a los agujeros bien camuflados. Las tiendas de la calle mayor abrían en horarios extraños. Era como si una mano gigante hubiera levantado y sacudido el pueblo, dispersando su lógica, cortando todos sus hilos. Durante días la tienda de ropa permanecía cerrada, y, de repente, hacia las doce de una noche de mal tiempo, la puerta resultaba estar abierta y el mostrador atendido, pero solo por una sombra. Había en ello una nueva esencia, y yo esperaba captarla algún día, pero era demasiado tarde para diagnosticar la esencia que había desaparecido. Tal vez nunca la hubo, y ese era el castigo del pueblo por no haber aceptado nunca una.

Caminé sin rumbo en busca de la antigua esencia, suponiendo que un ángulo perfecto en un entorno específico podría iluminarla. Me figuré que la esencia podía estar en el lenguaje de los habitantes del pueblo: no en qué decían, sino en cómo lo decían. Es cierto que existía una actitud y cierta postura, pero yo no sabía en qué creían, ni por qué, ni el origen de ello. Solo tenía mis sospechas.

Mi libro seguía la misma trayectoria que el del bibliotecario. No parecía posible escribir sobre el pueblo que estaba desapareciendo, ni sobre los pueblos ya desaparecidos, porque no había en ellos nada verdadero que observar. El pueblo es un mosaico de ficciones extrañas, le dije al bibliotecario, aunque esa observación tampoco era del todo cierta. ¿Quién la entendería? Supongo que pocos se molestarían en verificarla, y aún menos en leerla. Yo había olvidado por qué quería escribir el libro. ¿Qué había estado buscando?

Es valiente de tu parte admitirlo, me dijo el bibliotecario, sentado durante la hora del almuerzo en la Michel's Patisserie, frente a los Big W.

Después de su intento fallido de ser escritor, el bibliotecario había aspirado a ser una persona excepcionalmente buena. Un día, comiéndose su almuerzo sentado en el parque del centro del pueblo, estuvo dándole vueltas a cómo lo haría. Había perdido toda esperanza de revelar la profundidad de su carácter en forma de libro, por lo que tendría que demostrarla de alguna otra manera.

Ninguna de las opciones que tenía a su alcance le había satisfecho: no había querido ni podido hacer una donación extraordinaria a alguna organización benéfica, y se había negado a ayudar a los ancianos a cruzar las calles y a acoger perros callejeros. Estrategias como esas no prometían alegría ni satisfacción, y él había querido que su bondad fuera ampliamente reconocida, porque no había pruebas de que la bondad del pueblo le hiciera automáticamente bueno. Me dijo que eso era lo que todos los demás pensaban: que todos y cada uno de ellos son buenos porque el pueblo es bueno o, al menos, creen que no son malos. Los que en realidad son malos, dijo, están supuestamente poseídos por alguna fuerza atípica del pueblo, tal vez por contagio extranjero.

El bibliotecario había creído que, para declararse públicamente como una buena persona, tenía que hacerlo en circunstancias que no dependieran de la benevolencia memorística. Tenía que ser algo repentino y nacido aparentemente de un instinto brillante. Había decidido que necesitaba salvar la vida de alguien.

El bibliotecario nunca había formulado un plan sobre cómo sucedería. Solo había deambulado por las calles después de sus turnos de trabajo, atento a algún giro de los acontecimientos en apariencia peligroso. Había frecuentado los bares con la esperanza de involucrarse en peleas, y se había quedado en el parque central por la noche para interrumpir cualquier atraco. De vez en cuando se había detenido un par de minutos cerca del cruce más transitado del pueblo, contemplando la remota posibilidad de que hubiera un choque. Ningún coche chocó nunca, al menos mientras él estuvo allí.

Su plan nunca dio resultado. Seguía sin tener ni idea de cuáles eran las cualidades que las personas más respetadas del pueblo tenían y él no. Suponía que todos eran empresarios de éxito, pero él nunca podría tener un negocio, porque no se le daban bien las matemáticas, ni hablar con la gente, ni aceptar que no era un escritor de libros. Al parecer era malo en todo, sobre todo porque era del pueblo, dijo, de modo que no tenía mucho sentido preguntarle a él sobre la supuesta esencia del pueblo.

El bibliotecario consultó su reloj. Debía volver al trabajo, donde clasificaría y archivaría libros que otras personas habían escrito. Le dije que no pasaría mucho tiempo antes de que cambiara todo drásticamente en el pueblo. Los agujeros se extendían rápidamente, duplicándose de la noche a la mañana, y nadie se sorprendería si empezaban a aparecer también dentro de la gente. Esa posibilidad nunca se me había ocurrido hasta que la verbalicé. De pronto me pregunté si llevaban años apareciendo dentro de la gente. ¿Y si el bibliotecario tenía un agujero en su interior? ¿Y si lo tenía yo?

El pueblo no desaparecerá, me dijo el bibliotecario. Pero si lo hiciera, eso le permitiría crear algo más preciso en su lugar. Escribiría con minucioso detalle sobre ese nuevo comienzo, para que en un futuro lejano las personas pudieran rastrear la trayectoria del pueblo de principio a fin. En un pueblo completamente nuevo, el bibliotecario incluso podría ayudar a establecer cómo había sido el pueblo desde sus inicios. Podría asegurarse de que no había errores en los hechos.

Los ancianos del pueblo —y señaló al pueblo actual— no tendrían nada que decir. Habían olvidado selectivamente todo lo relacionado con el pueblo y él nunca los perdonaría por ello. En su crónica, los ancianos serían individuos prehistóricos e inescrutables, tan alejados de la verdad del nuevo pueblo que nadie comprendería hasta qué punto habían vivido. Desde esa distancia, dijo, la crónica tal vez diera por hecho que nunca habían vivido.

Pero nunca había pensado detenidamente en un nuevo pueblo, dijo, porque el pueblo actual seguro que no desaparecía. Y se encogió de hombros y se marchó de la Michel's Patisserie sin despedirse.

A la mañana siguiente habían desaparecido tres manzanas de la calle mayor. La ausencia era tan grande que no solo era insondable, también estaba desprovista de color. Se había convertido en un espejo reluciente que se elevaba hacia el cielo, tan alto y ancho como los edificios desaparecidos. Visto desde cualquier ángulo, el espejo —ya no podía llamarse agujero— reflejaba la tierra en esos mismos ángulos. Al menos, daba esa impresión. Nadie se atrevió a probarlo. La gente vio con sus propios ojos, en medio del mundo delicadamente trazado en su interior, el reflejo de una región en la que ya no vivía.

Los madrugadores se entretuvieron en las calles que había en su borde, contemplando el reflejo del paisaje deshabitado en el que se encontraban. Esa desaparición no podía contenerse con madera prensada o cualquier otro material. Alguien llamó a la policía y esta acudió, pero solo se sumó a los testigos. A las nueve en punto, cientos de espectadores miraban desde las calles adyacentes, con cuidado de no pisar las piezas de madera con cinta amarilla que habían engullido hacía mucho tiempo los senderos.

Oí a alguien preguntar en voz alta: ¿Qué podría haberlo causado? Mucha gente formulaba preguntas parecidas, al principio con tono suave y distante, y a medida que pasaban las horas con un dejo de impaciencia. Nadie tenía respuestas, pero la creencia más común era que se trataba de un desastre ecológico. Al mediodía esa era la opinión generalizada y se respiraba una atmósfera de alivio, pues sin duda acudiría en su auxilio alguna persona poderosa. Alguien del pueblo debía de haber pedido ayuda, seguramente la policía, el alcalde o algún entrometido.

El lugar llegó a parecer un carnaval improvisado. Una multitud se aglomeró en la cuarta manzana de lo que quedaba de la calle mayor, cerca de las entradas del aire acondicionado de los dos centros comerciales, comiendo bolsas de patatas fritas e incluso bebiendo cerveza mientras miraban fijamente el espejo. Los policías acordonaron la zona periférica, lo cual solo infundió valor a los mirones para que deambularan más cerca. Era un espejo, pero reflejaba de forma imperfecta. En su reflejo faltaban algunas partes. Ninguno de los testigos se veía a sí mismo. Si había alguna preocupación sobre quién podía haberse perdido ya en el interior del espejo, al menos yo no oí a nadie expresarla en voz alta. De todos modos, hacía mucho que habían cerrado las tiendas, y la zona comercial había dejado de ser útil. Ahora era una avenida para los coches que, a pesar del peligro aparente, seguían dando grandes rodeos alrededor del fenómeno.

El piso de Ciara se encontraba en una de las manzanas desaparecidas. Pero la localicé enseguida entre los mirones.

Estaba fuera de la cadena de ropa Rivers, con una mano en la cadera, comiéndose uno de los panes rellenos de queso desechados del Bakers Delight. Dijo que se había quedado dormida en su habitación secreta, y que cuando había intentado subir al cobertizo, se había asomado a la cámara y había visto una escalera de mano que no se acababa nunca. Se elevaba hacia el techo de una habitación de dimensiones imposibles.

Al salir esa mañana de mi casa abandonada, la gasolinera del otro lado de la carretera seguía allí. Pero no se veía a los encargados en ninguna parte y no había coches en las calles. El aire era diferente. Cuando me adentré en el pueblo para dirigirme al piso de Ciara, no había calle ni parque. En su lugar vi la alta superficie reflectante, y al principio pensé que era una ilusión óptica. Pero al aproximarme al vacío de los espectrales campos dorados de su interior, no aparecieron edificios ni carreteras.

Ciara había seguido su túnel hasta la entrada de la alcantarilla. Una vez allí había sorteado los agujeros, entre casas infestadas y solares vacíos, hasta que llegó a la carretera. Hizo un ademán hacia ella. Allí había el movimiento de costumbre. Los coches circulaban con normalidad, hacia la ciudad o hacia el campo, y las gasolineras estaban tan llenas como siempre. Al principio pensó que era una alucinación matinal, pero detectó una sombra extraña que oscurecía el centro del pueblo, y señaló el cielo. En cuanto hubo recorrido la calle mayor para ir a mi encuentro, se topó con el paso cortado por la desaparición.

A primera hora de la tarde, los habitantes del pueblo parecían más felices por el hecho de estar todavía vivos. Todos estuvieron de acuerdo en que era poco probable morir a causa del agujero-espejo, pero el problema ya era lo suficientemente grave como para justificar que se pidiera ayuda a algún representante del gobierno o incluso al ejército. Dichos funcionarios se encargarían de encontrar lo que se había perdido y de reconstruir lo que había quedado destruido. Mientras tanto, lo prudente era sacar el máximo provecho de ese fenómeno mientras durara. Todos querían ser parte de él porque seguramente pasaría a la historia. Por fin algo relacionado con el pueblo lo haría.

Estallaron peleas, una consecuencia natural de juntar a muchas personas en un solo lugar. Salían largas filas del Domino's Pizza y del Subway, y una cola más pequeña del Red Rooster. En la calle mayor estaba prohibido el consumo de bebidas alcohólicas, pero las circunstancias impidieron que la policía abordara esas preocupaciones menores. En lugar de ello, los agentes se quedaron alegremente en las barreras improvisadas frente al espejo, posando en fotos y bromeando con los niños.

El ambiente festivo se volvió volátil cuando alguien atravesó el espejo. Un niño más bajo que la barrera de la cinta policial, de apenas cinco o seis años, vestido con pantalones cortos, camiseta azul de fútbol y zapatos beige, y con el pelo rubio muy corto, cruzó corriendo la ciénaga y desapareció dentro. A los fuertes gritos de reacción les siguió el alarido de su madre, que extrañamente tardó en llegar. Ella hizo ademán de ir tras él, pero un agente la detuvo. Varios hombres y mujeres corrieron a lo largo de la cinta policial, fingiendo estar impacientes por seguir al chico. Cayeron al espejo botellas y otros objetos inservibles que desaparecieron al instante. Los agentes, al darse cuenta de que estaban perdiendo el control, pidieron calma y silencio, e incluso hicieron experimentos con el espejo, hundiendo los brazos y metiendo los pies por el borde, sin poder ocultar su miedo cuando estos desaparecían momentáneamente.

Ciara y yo nos quedamos solos a cierta distancia, junto a la entrada de la tienda de ropa. Todos los demás se apretujaron más cerca del gigantesco agujero-espejo, exigiendo cosas irracionales de él y los unos de los otros, y esforzándose por competir con la madre. Esta derribó a dos agentes y se precipitó por el interior del espejo, incitando a otros cinco a salir tras ella. Todos desaparecieron. Muchas personas se sintieron estimuladas por su impulso y los siguieron.

Desde nuestro lugar estratégico, todo ese momento parecía irreal. Nuestro punto de vista no era lo bastante perfecto para darle a la desbandada la gravedad que merecía, y la escena no tenía el brillo de una emisión de la televisión ni nadie que la comentara. Docenas de personas, tal vez un centenar, fueron tragadas por el espejo, pero no parecía ser lo más grave que habíamos visto en nuestra vida.

Estallaron peleas entre el resto de la multitud, con resultados inevitables. Ciara y yo nos subimos a la marquesina de la tienda de ropa Rivers y observamos cómo un sinfín de hombres y mujeres caían o eran empujados o simplemente se dirigían con paso firme hacia el fenómeno. Ciara me dijo que no creía que se estuvieran muriendo. Creía que solo desaparecían. Le dije que probablemente tenía razón, pues si cientos de personas estuvieran yendo al encuentro de la muerte, la calle habría adoptado un aire más ceremonioso. Se habría vivido como un momento histórico. En cambio, todo parecía ridículo.

Los empleados de Woolworths y Coles se enteraron por fin de lo que ocurría. Los vimos con sus uniformes casi idénticos, saliendo en fila a la acera por las puertas automáticas de cristal, con una mano en la frente y señalando con la otra. Le pregunté a Ciara si había reconocido a alguna de las personas que habían desaparecido en el fenómeno, y me respondió que por supuesto que sí. Había reconocido a cada una de ellas. Señaló a la multitud y dijo que, de todos modos, era poco probable que se reconocieran mutuamente.

El sol del mediodía no tardó en pegar demasiado fuerte sobre la marquesina de hierro corrugado a la que nos habíamos subido, así que nos bajamos y entramos en uno de los grandes centros comerciales. Todo estaba silencioso bajo las luces fluorescentes, solo se oía el lejano sonido metálico de las cajas registradoras y los lectores de códigos de barras de Woolworths. Compré una cerveza para ella y otra para mí en los BWS de al lado y salimos de nuevo a la calle.

Fuera, la situación se había apaciguado. La gente ya no peleaba ni avanzaba hacia el agujero. Todos volvían a contemplarlo con una nueva y extraña calma. En realidad, el enfoque había cambiado. Entre ellos parecía haber un resentimiento cada vez mayor hacia la multitud congregada al otro lado del vacío, cerca de la gasolinera más al norte. Quizá lo que les molestaba era que hubiera otras personas involucradas, observando desde un ángulo completamente diferente. Tal vez la versión que esas otras personas tenían de los sucesos resultara ser la definitiva. Y no parecía haber ninguna manera de llegar a esas otras personas, ya que, a causa de los agujeros, ahora era imposible circular por todas las carreteras del pueblo (aunque las calles anchas que rodeaban el centro estaban intactas), y la única otra opción era la salida de incendios del centro comercial que hacía esquina con Coles. Pero nadie la utilizaba porque se rumoreaba que estaba prohibido.

A pesar del resentimiento, o quizá por él, las personas que se encontraban a ese lado estaban ansiosas por crear un ambiente de solidaridad entre ellas. Canturreaban el nombre del pueblo mientras algún que otro rufián arrojaba botellas y otros desperdicios al espejo. Algunos gritaban el nombre del país al tirar los escombros, como si el espejo fuera una potencia extranjera invasora o algo hostil, pero no de forma activa sino natural. El número de rufianes entre la multitud parecía aumentar: sin camisa y con la cara roja, borrachos desde la mañana y henchidos de gestos. Esos hombres, generalmente dominados por las reglas que se daban por sentado en el pueblo, solo querían golpear a alguien en medio de la nueva anarquía. Deambulaban entre la multitud en grupos, enfocándose en los pocos que no parecían ser del pueblo. Tenían un instinto especial para detectar a los forasteros, y poco después cuatro hombres se dirigían ya con paso resuelto hacia el Pizza Haven cerrado delante del cual Ciara y yo estábamos parados.

Ciara me susurró al oído el nombre de Steve Sanders.

Bebí un largo sorbo de cerveza y le pregunté cuál de ellos era.

Todos, dijo ella.

Mi instinto fue huir y así lo hice. Me metí corriendo en el centro comercial y recorrí el pasillo que llevaba a la salida de incendios del otro lado del agujero-espejo gigante, pero alguien había cerrado la puerta. Los cuatro Steve Sanders me siguieron, moviéndose con una calma insoportable. Uno de ellos me preguntó para qué corría. Los otros se rieron. Defendí mi total inocencia con aire inofensivo y patético, pero en ese momento no parecí inocente ni siquiera a mis propios ojos.

Solo queríamos saludarte, dijo Steve. Nunca saludas. ¿Por qué no saludas nunca?

Le dije que era demasiado tímido y que había oído rumores de que Steve Sanders quería darme una paliza.

Todos los Steve gimieron con fingida compasión. Uno me dijo que querían darme una paliza porque nunca los saludaba. Otro dijo que en ese pueblo todos se saludan.

Les dije que no lo sabía.

Bueno, pues es cierto, dijo uno. Estás escribiendo un libro sobre el pueblo y ni siquiera saludas.

Mi libro no trata de este pueblo, les dije.

No parecieron creerme. ¿Por qué querría alguien escribir un libro sobre nuestro pueblo?, dijo un Steve Sanders. No hay nada que decir sobre él.

Estuve de acuerdo en que no había ninguna razón para escribir un libro sobre el pueblo, que no había nada que decir sobre él.

Entonces nuestro pueblo no merece que le dediques tiempo, ¿eh?, dijo otro Steve Sanders. ¿Qué otro pueblo hay mejor para escribir sobre él?

No hay mejor pueblo que este, dijo con el rancio olor a cerveza en la boca. ¿Qué problema tienes con este pueblo?

No es lo suficientemente bueno para él, dijo otro.

Qué coño, añadió otro.

Llegas a nuestro pueblo, nos quitas nuestro empleo y ni siquiera lo respetas como el mejor pueblo de Australia, dijo un Steve Sanders. ¿Acaso ves que nosotros vayamos a tu pueblo, escribamos libros sobre él y lo tratemos con condescendencia?

Otro me dijo que reflexionara detenidamente antes de contestar. Pero no me pareció buena idea hacerles esperar. Les dije que no, porque yo no tenía pueblo.

Tonterías, dijo uno.

Vi a Ciara detrás de ellos, haciéndome señas desde la entrada del pasillo. Se señalaba la boca y meneaba la cabeza, y hacía gestos con el puño.

El Sanders más delgado dio un paso hacia adelante y me encogí. ¿Te das cuenta de que no le caes bien a nadie del pueblo?, dijo. Todo el mundo cree que eres un mierda. ¿Por qué te quedas?

Protesté. Les dije que en realidad me encantaba el pueblo, que me parecía tan pacífico e idílico que no me sentía lo suficientemente digno para vivir en él, de ahí que no saludara. Los gestos de Ciara se volvieron más apremiantes.

Me estás tomando el pelo, dijo uno.

Eso lo dices por decir, dijo otro, haciéndose el dolido.

No hay ningún libro que trate solo de lo grande que es un pueblo, dijo el Sanders más elocuente. Los libros sobre los pueblos siempre tratan de lo horribles que son y de las cosas malas que han sucedido en ellos. Pero ¿qué ha pasado en este pueblo que sea tan malo? Nada, porque no hay ningún libro que lo cuente.

No hay libros, dijo el último Sanders, y nos gustaría seguir así. Me dijo que no había razón para que los hubiera. Que si yo escribiera uno, esperaban que tratara de cómo me habían dejado inconsciente de un puñetazo. Luego hicieron como si fueran a atacarme, como los amagos que hacen los futbolistas, que no se lían a puñetazos porque no quieren meterse en problemas.

Les dije que mi libro no trataba de cosas malas ocultas sino del estado actual del pueblo. Les dije, entrando en materia, que en realidad nadie entiende por qué los pueblos del Central West de Nueva Gales del Sur se encuentran en su estado actual. Nadie ha captado su esencia en un libro de historia o incluso de ficción. ¿No sería bueno que la gente supiera lo excelentes que son las cosas en él? ¿Por qué se os niega una razón para estar aquí?, les pregunté, creyéndome en ese momento un manipulador astuto. Mi libro no refutaba ninguna historia ni pretendía inventarse una. Era un simple reconocimiento, por si el pueblo desaparecía. Y está desapareciendo, dije, señalando el gigantesco agujero-espejo. Les dije a los múltiples Steve Sanders que algún día podrían arrepentirse de haberse puesto en contra de la única persona que estaba dispuesta a escribir un libro sobre su pueblo y, de todos modos, que en ese momento podía decirse que había problemas más importantes que yo y mi libro.

Así que es cierto que estás escribiendo un libro sobre el pueblo, dijo un Steve Sanders. Entonces nos has estado mintiendo.

No estoy escribiendo sobre este pueblo en concreto, dije, sino sobre los pueblos del Central West. Y supuse en voz alta, de una manera que pensé que era humilde, que este pueblo podía tener en común ciertas características con todos los pueblos sobre los que sinceramente quería escribir.

Así que crees que nuestro pueblo es como cualquier otro pueblo, dijo un Steve Sanders.

No se me ocurrió una respuesta adecuada a esa pregunta, y por adecuada me refiero a una que los mantuviera a raya. La similitud con otro pueblo podría haberles atraído, pero también podría haberles sentado mal. Respondí que no había llegado a ninguna conclusión, que todavía estaba estudiando los otros pueblos, pero no este en concreto. Para mí tenía sentido quedarme en este pueblo, dada su proximidad con los otros pueblos desaparecidos o en proceso de desaparecer. Lo utilizaba como base, como punto de acceso a mis verdaderas fuentes.

Así que nuestro pueblo solo es una base para ti, dijo uno de los Steve Sanders.

Sí, dije agotado. Es una base. Pero una base muy agradable. Y bonita, con su propia cultura local.

Para nosotros es una forma de vida, dijo otro Steve Sanders. Y ya no está pasando nada malo. Aquí ya no pasa nada. Es posible que pasaran cosas en el pasado, pero hoy día las cosas que pasan no tienen nada de históricas. Se atrevió a encender un cigarrillo en el centro comercial y continuó: ¿todo lo que pasa tiene que convertirse en un libro? No, dijo, no lo creo. Nada de lo que está pasando ahora aquí es histórico. La historia pertenece al pasado. Señaló el suelo y añadió: hacia esto trabajaba la historia. Este es el resultado. Para esto trabajaba la gente. Los agricultores, los constructores, los soldados, todos. Así es como serán las cosas a partir de ahora. Así es como se van a quedar. La historia puede terminar, ¿sabes? No es necesario que continúe. Ya está todo en su sitio, por lo que no hace falta que pase nada más. No siempre tienen que estar pasando cosas históricas interesantes. Es mejor cuando no pasan.

Sí, dijo otro de los hombres de Sanders, así que, aunque estuvieras escribiendo un libro sobre el pueblo, no sería muy interesante.

A nadie le importaría tu libro.

Solo admite que eres un imbécil, tío, dijo otro.

Se disparó la alarma contra incendios y nos quedamos allí parados, confundidos. A los pocos segundos, todos los empleados de Coles llegaron a la entrada del pasillo, arrastrando consigo a Ciara en su estado de pánico. El Steve Sanders que fumaba apagó el cigarrillo, se volvió y les dijo a los empleados de Coles que usaran la entrada principal porque la salida de incendios estaba cerrada. El gerente de la tienda hizo tintinear una cadena con muchas llaves en una demostración de autoridad, y los Steve Sanders no pudieron resistirse y se hicieron a un lado. En medio del alboroto, Ciara me agarró del brazo y me llevó de nuevo al interior del centro comercial. Corrimos, y los Sanders corrieron detrás de nosotros. Cuando doblamos la esquina hacia las puertas automáticas que daban a la calle, uno me derribó por detrás.

No escaparás de nosotros, gritó un Steve Sanders mientras me inmovilizaba contra el suelo. Si lo haces, siempre habrá otros ahí fuera listos para abalanzarse sobre ti. Me dio un puñetazo en la clavícula y luego se levantó y me presionó el pecho con un pie. Yo esperaba que los Steve Sanders ya no quisieran golpearme, que bastara con un simple vendaje, pero empezaron a patearme con más fuerza. Ciara salió y encendió un cigarrillo.

Al cabo de un rato le gritó a la multitud que la rodeaba que había una pelea dentro. Docenas de personas se apresuraron a entrar para presenciar el espectáculo: una buena pelea. No puedo recordar cuántas eran porque enseguida perdí el conocimiento, probablemente más por terror que por dolor.

Cuando al día siguiente Ciara llegó a mi casa, me encontró sentado en el salón polvoriento escribiendo mi libro. Aunque había decidido que nunca lo acabaría, no conocía otra manera de pasar el tiempo. Además, tenía la impresión de que al dejar de escribirlo toda mi existencia se volvería inútil.

Me sorprendió verla, ya que parecía haberme abandonado el día anterior. Antes de que yo pudiera decir algo, me preguntó qué podía escribir en esas circunstancias.

Le dije que estaba en mitad de un capítulo que nunca había pensado incluir en mi libro. Era un capítulo importante y requería un enfoque completamente nuevo. Después de todo, tendría que escribir un segundo borrador, dije, porque creía saber por qué el pueblo, su pueblo, estaba desapareciendo delante de nuestros mismos ojos.

La evidencia ha estado allí todo el tiempo, dije. Había reflexionado detenidamente sobre ello: si analizas algo durante más de un minuto, nada es realmente completo. A todo le falta al menos un componente, a veces algo insignificante, otras veces algo crucial. Todas estas ausencias, las cavidades, son los espacios vacíos donde normalmente habría elementos estructurales importantes para fundamentar la verdad permanente de cualquier cosa. Lo mismo sucede con un pueblo.

Desde arriba, dije, el pueblo puede parecer una isla, pero si se examina más de cerca solo es una acumulación de desechos que flotan de aquí para allá, y me sorprende que alguien haya logrado poner un pie en ella, y menos aún andar con paso firme sobre ella. Y es extraordinario que muchos realmente crean que es una isla: un lugar, y especialmente un lugar con una finalidad.

Es una forma muy poética de decirlo, dijo Ciara. Se tumbó en mi cama y cerró los ojos. Supongo que llevaba muchos días sin dormir, teniendo en cuenta las circunstancias. Pero interrumpí sus esfuerzos porque quería saber si le parecía que mi opinión sobre el pueblo encerraba alguna verdad. Ella se sentó y dijo que no lo sabía. Lo único que sabía era que al día siguiente iba a atravesar lo que quedaba del resplandor. No podía quedarse en el pueblo una vez que hubiera desaparecido del todo, porque estaba segura de que, si se quedaba, ella también desaparecería.

Le dije que me parecía prudente, además de cierto.

Ella dijo que deberíamos irnos a mi pueblo. Tal vez podríamos vivir en él con mis padres hasta que ella se montara una nueva vida. Se haría pasar por mi pareja si era necesario. Se afincaría en el pueblo y conseguiría un empleo, y haría amigos, y algún día se sentiría parte de él. Tal vez llegaría a comprender la cultura de mi pueblo, y algún día la tomarían por una lugareña. Se adaptaría hasta tal punto a la cultura de mi pueblo que tomaría la costumbre de ir a una Michel's Patisserie todas las mañanas, y los parroquianos levantarían la vista de sus cafés y periódicos para saludarla con afecto. Y ella chismorrearía con el camarero mientras se tomaba un café. Luego tendría hijos, que nacerían en el pueblo y serían tan inequívocamente del pueblo que probarían a los lugareños, más allá de toda duda, que ella también pertenecía oficialmente a él. Quizá entonces olvidaran que en realidad no era del pueblo.

Su plan era imposible, pero no se lo dije ni intenté explicarle por qué.

Ella dijo que lo sensato era irse a otro pueblo y buscar a personas con las que se sintiera cómoda. Siempre se lo había planteado, tenía que admitirlo. Pero tal cosa era inconcebible, dijo. Tal vez podría convencer a la gente de que ella era del pueblo, pero ella siempre sabría que pertenecía a otro lugar. Y aunque lo olvidara y nadie más lo supiera, la verdad seguiría siendo que ella era de otro lugar.

O aún peor: como su pueblo estaba desapareciendo, dentro de nada ella no sería de ningún lugar. Se estaba convirtiendo en alguien que no venía de ninguna parte, y eso era impensable. ¿Cómo lo toleraría la gente? Ninguna cultura de pueblo lo permitiría, estaba segura. Recelarían de ella. Sería la mujer de ninguna parte. Ella se lo imaginaba así: llegaría a un pueblo, incluso a mi supuesto pueblo natal, y se quedaría en casa de mis supuestos padres, y fingiríamos ser pareja, y ella iría a un pub conmigo y conocería a mis supuestos viejos amigos, y todos la colmarían de saludos efusivos y felicitaciones porque estarían encantados de verme enamorado, pero enseguida le preguntarían de dónde era y ella no podría decir simplemente «No lo sé» o «No me acuerdo»: tendría que decir que no era de ninguna parte, porque no tendría más remedio que decir la verdad, y en esas circunstancias yo tendría que romper con ella debido a la presión de la cultura de mi pueblo, y ella acabaría viviendo en las alcantarillas o en los edificios abandonados de mi pueblo, y tendría que matar insectos para subsistir, y sería objeto de burlas y escupitajos por parte de hombres y mujeres que se sentían a gusto en el seno de la cultura de su pueblo, y ella acabaría cayendo en la drogadicción.

Eso es lo que ocurriría en el mejor y el peor de los casos, me dijo Ciara. Pero sabía que lo más probable era que ella echara de menos la cultura de su pueblo, a pesar de que apenas la tuviera. Y así, poco a poco demostraría demasiada reverencia por la cultura de su pueblo desaparecido delante de la gente de mi pueblo, y la detestarían por tener aparentemente una cultura diferente. Intentarían comparar las culturas de los dos pueblos y les preocuparía que el de ella amenazara con ser mejor.

Ciara se tumbó de nuevo en mi cama. Añadió que nada de eso tenía sentido, porque sospechaba que todos los pueblos del país eran iguales.

Yo no sabía con certeza si todos los pueblos del país eran iguales o no, aunque podía imaginar que lo eran. La ciudad probablemente es diferente, dije. Seguramente encerraba grandes misterios. Y era casi seguro que en ella podríamos descubrir secretos sobre su pueblo, ya que es en la ciudad donde se guarda el conocimiento. En ella están las bibliotecas importantes, llenas de libros escritos en su nombre. Estos libros, le dije a Ciara, solo se escribieron para que alguien se asegurara de que existía. Solo existían para verificar que ciertos acontecimientos y fenómenos existieron. No se escribieron por el placer de la lectura.

Además, dije, no podemos irnos a mi pueblo. No tengo pueblo.

Entonces a la ciudad, dijo ella.

3
LA CIUDAD QUE DECEPCIONA

Durante los últimos días que viví en la casa abandonada, el pueblo solo era un recuerdo. Prácticamente había desaparecido, y lo que quedaba no podría haberse confundido con un pueblo.

No era fácil tomar la decisión de abandonar lo que quedaba del pueblo. Cuando los motivos para marcharme me parecían evidentes y lógicos, no tardaban en acudir a mi mente los motivos para quedarme. Este es el lugar al que pertenezco, me decía. Pertenezco a aquí, a algo que nunca ha sido nada. Los otros pueblos, la ciudad, o incluso las llanuras somnolientas que había más allá de la brecha, tal vez solo servían para demostrar que Ciara, yo y todos los demás habitantes del pueblo no éramos reales. Estábamos allí, pero ninguno de nosotros era real.

En la gran ciudad costera podrían preguntarnos quiénes somos y nosotros tal vez no tendríamos una respuesta que dar. Allí todos se sentirían cómodos con sus propias razones para existir. Tendrían rituales y costumbres que podrían explicar a través de la historia, y que servirían para asegurarles que eran reales.

Puede que ellos nunca necesitaran nuevos puntos de vista para saber que había algo más en el mundo. Puede que les bastara con cruzar la calle, o tomar un metro desde su casa y recorrer tres paradas. Su ciudad tal vez los mantendría siempre ocupados, y aunque fueran apenas tan reales como nosotros, nunca tendrían motivos ni tiempo para preguntarse por qué apenas estaban allí. Tal vez nunca tendrían que preguntarse sobre su ligazón con el suelo, ya que casi nunca habrían estado sobre un suelo propiamente dicho y apenas lo habrían visto realmente.

Durante mis últimos días en el pueblo me sentí frustrado al ver a los lugareños en los centros comerciales. Nada de lo que habían perdido era real. Nada podía ser documentado. Nadie era capaz de definir con exactitud la esencia de su pueblo las contadas ocasiones en que estaban lo bastante lúcidos para intentarlo. La verdad acerca de la cultura de su pueblo se reducía a que ellos estaban allí. La cultura del pueblo era la creencia de que estaban destinados a estar allí.

Rick vivía en una pequeña casa de fibrocemento en las afueras del pueblo. Lo que quedaba del asfalto de la carretera estaba desgastado y lleno de parches. Podría haber sido la parte más antigua del pueblo, a juzgar por el óxido de los camiones de juguete enredados entre la maleza y la fábrica de gas rodeada de alambre de púas que se alzaba en su centro. Hacía mucho que la mayoría de la gente del pueblo recomendaba no visitar esos bloques de casas en particular.

Llamé varios minutos a la puerta antes de que Rick acudiera a abrir. La casa olía a pasta cocida, humo de tabaco y polvo. Tardó un momento en ubicarme. Luego dejó caer los brazos resignadamente y echó a andar por el pasillo. Lo seguí.

Por el televisor del salón, una anciana hablaba de unas bandejas de acero inoxidable. El salón estaba a oscuras salvo por la tenue luz amarilla de una lámpara en la esquina, un cigarrillo encendido en el cenicero y el indicador verde fluorescente de un aire acondicionado giratorio. Había un colchón apoyado contra una pared y cojines colocados a modo de respaldo de un sofá improvisado. Cuatro bolsas de plástico se agitaban con el chorro del aire del acondicionado. En una mesita de centro provisional había recibos amontonados.

Mamá duerme, susurró.

Me hizo pasar a la cocina. No había electrodomésticos ni más aparatos eléctricos que una tostadora. Rick estaba untando tostadas con Vegemite y me ofreció una. Rehusé, ya que tenía prisa. Ya he desayunado, dije. Él me dijo que no podía desayunar a primera hora. Necesitaba tener hambre para comer algo. Especialmente por las mañanas, y señaló la pantalla del televisor. Sabía que no era muy normal esperar tanto para desayunar. Su madre tenía apetito en cuanto se despertaba.

Se ocupó en prepararse el desayuno. Le llevó varios minutos. Luego se volvió hacia mí y le hincó los dientes a la tostada. Estaba listo para escuchar lo que tuviera que decir.

Le dije que me disponía a ir en coche a la ciudad y que tenía previsto quedarme allí de forma permanente, y que debería venirse conmigo y emprender una nueva vida. En la ciudad habría cientos de supermercados, dije, y podría incluso encontrar trabajo en alguno. Aunque, una vez en ella, tal vez se le quitaran las ganas de volver a poner un pie en un supermercado. Ya no tendría que readaptarse a su pueblo, pues ya no viviría en él. El pueblo nunca había movido un solo dedo para hacerle un sitio, por lo que el curso de acción más natural para alguien en su situación era irse a la ciudad.

Woolworths todavía está aquí, le dije, señalando hacia el centro del pueblo, pero ahora haría falta una gran cantidad de esfuerzo y suerte para llegar a él. Ya no puedes ir al supermercado sin más. Tienes que conocer la ruta exacta.

Rick me dijo que conocía bien la ruta, pues ya la había descubierto. Había partes —y señaló hacia la calle— que nunca desaparecerían del todo. Si seguías las calles correctas, era poco probable que desaparecieras.

Además, dijo, seguro que Woolworths no desaparece. Todavía estaban con los descuentos de ese trimestre. Estaba previsto que el precio de una marca particular de barritas de muesli cayera en picado la próxima semana. Me dijo que lo sabía porque el supermercado siempre dejaba pistas veladas sobre los futuros descuentos: regueros de migas de pan para el esforzado cazador de gangas. Si los mandamases de Woolworths sospecharan algo tan siniestro como la desaparición total, observó Rick, no se molestarían en planificar unas rebajas importantes.

Yo sabía con certeza que en quince días Woolworths planeaba lanzar una oferta de dos paquetes de barritas de muesli Sanitarium por tres dólares, por lo que tal vez tenía razón al decir que era poco probable que desaparecieran las instalaciones. Pero le dije a Rick que no me había entendido; lo que quería decir era que lo que sucedía en el supermercado no era importante. No le gustó mi tono.

Dijo que sabía que era idiota, que era una idiotez ser adicto a los supermercados y no ser capaz de ver la vida más allá de ellos. Dijo que podía detectar en el tono de mi voz que creía estar hablando con alguien mucho más estúpido que yo. Debía de pensarme que actuaba con nobleza, me dijo, al tratar de salvar a alguien mucho menos capaz. Dijo que era muy consciente de que él era todo lo estúpido que podía llegar a ser un adulto. Ya había demostrado que no era capaz de vivir como un adulto y, sin embargo, no había buscado la evasión ni la gratificación como hacían tantos adultos más sabios. Él era estúpido de una manera que yo nunca podría entender. Supuso que me subiría por las paredes al verlo perder la oportunidad de escapar de la estupidez. Ojalá viera lo simple que es esta situación, debía de haberme dicho. Había formas mejores de llevar una vida estúpida, por no hablar de todas las formas en que uno podía dejar de vivir una vida estúpida.

Rick me dijo que creía que él llevaba la vida más estúpida que se podía llevar. Hasta los borrachos de la pensión que no podían controlar la vejiga parecían tener una vida menos estúpida que la suya. Hasta los bebés incapaces de hablar o de mantenerse erguidos o de expresarse más que con lloros tenían una vida claramente menos estúpida que la suya. Bebés y borrachos…, sus vidas no estaban determinadas a cada paso por la estupidez. Pero la suya sí. Todos los que alguna vez lo habían mirado, habían pensado que era demasiado estúpido. No es que hubiera hecho estupideces, simplemente había vivido una vida estúpida, aunque en realidad solo había intentado hacer lo que sus padres o amigos habían hecho antes que él. Señaló la habitación de su madre.

Rick insistió en que no pretendía suscitar compasión. ¿Por qué iba a molestarse, cuando sabía que lo primero que sentí yo al verlo fue compasión? Debía de haber sabido que vivía una vida estúpida antes de que pronunciara siquiera una palabra.

Siempre había habido muchas opciones a su alcance para dejar de vivir una vida tan estúpida. Si una secuencia de acontecimientos estúpidos se aseguraba de que él no pudiera llevar una vida satisfactoria a la medida del pueblo, ¿por qué no vivir entonces una existencia estúpida en toda regla? ¿Por qué no ser irracional? ¿Por qué no vivir una mala vida? Él no tenía familia. Podía deambular hacia el horizonte, encontrar una casa y hacer que ardiera hasta los cimientos, o ir en autoestop a otro pueblo y seducir a cada mujer que se encontrara por el camino. ¿De qué le valía actuar de otro modo? No estaba recibiendo lo que se le había prometido. Era libre de hacerlo.

Sería satisfactorio hacer ambas cosas y, si las hiciera, no habría mucho en juego. Pero solo podía pensarlo. Cuando consideraba desviarse de la ruta establecida, se le agarrotaban los músculos. No era capaz de convencer a sus extremidades para que hicieran algo que no quería su mente, y lo mismo ocurría al revés: la mente bloqueaba las extremidades. Había un gran abismo entre ellas. Tanto la mente como las extremidades estaban asustadas en los extremos opuestos del abismo. Discutían sin cesar en busca de una solución.

Dijo que suponía que eso simplemente lo hacía normal. Pero era una persona normal en una vida estúpida. No había nada más estúpido que su despertar por la mañana. Estaba tranquilo un par de minutos y luego recordaba: esta es la existencia más estúpida posible. Casi parecía un deber, dijo Rick, dejar que la vida continuara arrojando estupidez sobre su cabeza. Yo tenía suerte —me señaló–, pues solo había conocido a personas con vidas estúpidas, pero no vivía una. ¿Qué clase de vida vivía yo?

Le dije que no lo sabía. Que no había un estado de ánimo específico en mi vida. Que no me despertaba y me descubría inmerso en la estupidez, pero tampoco me encontraba con algo satisfactorio o sereno. Que simplemente me despertaba y el primer pensamiento que acudía a mi mente definía mi día. Le dije eso en un impulso, aunque no era del todo cierto.

Rick me dijo que si el pueblo estaba desapareciendo, él también. Después de todo, había sido feliz y desgraciado allí, y no se podía pedir más, y menos un idiota. No llegó a decidir en qué proporción, y yo tampoco. Pero él sabía una cosa: no quería volver a poner en marcha el proceso. Era posible que hubiera felicidad en otra parte, pero también habría desgracia. La proporción no variaría.

Me estaba cansando de oírlo filosofar sobre su vida. Le dije que el pueblo estaba desapareciendo, y que cuando hubiese acabado su perorata, tal vez fuera imposible salir por las carreteras convencionales.

¿Por qué querría irme ahora?, me preguntó. Era posible que las cosas estuvieran cambiando para mejor, porque dentro de nada no quedarían más que los centros comerciales. Y los supermercados. Y se preguntó: ¿por qué no debería quedarse para ver cómo sus recuerdos adoptaban sus formas más puras? En esa gran ausencia que invadía el centro del pueblo —e hizo un gesto hacia la ausencia— había alivio, porque todo lo que siempre había deseado ahora ya no estaba al alcance de todos.

No quería verme arrastrado a un nuevo discurso de Rick, así que acepté su decisión de quedarse y salí de su casa por la puerta trasera. Mientras lo hacía, me indicó que trepara por los patios traseros durante dos manzanas, me colgara del dosel de la calle Rozelle y caminara a lo largo de un muro bajo de ladrillo, y llegaría al centro comercial.

La línea de autobús de Tom había dejado de existir. La terminal de autobuses principal se había perdido en el espejo.

En el sendero de delante del pub desaparecido le hablé a Jenny de la ruta del autobús de Tom, a fin de demostrar que no era solo su medio de subsistencia lo que había destruido los agujeros. Ella no estaba de acuerdo.

¿Qué esperas?, dijo. ¿Quién querría subirse a un autobús ahora, de todos modos? Nadie lo haría en estas circunstancias, aunque pudieran. En cambio, siempre se necesita beber algo.

Los agujeros eran un inconveniente serio para ella. Estaba esperando que alguien interviniera o tal vez que ella misma desapareciera. Había vivido toda su vida en el terreno de la lógica, defendiéndola. En el sendero de su pub desaparecido, bien podría haber estado preguntándose cómo iba a restaurar una entidad o un individuo el valor nominal del pueblo. No creo que ella lo supiera siquiera: su terquedad bloqueaba cualquier conclusión a la que podría haber llegado.

Le pedí que se viniera conmigo a la ciudad, pero ella se negó. Eso apenas era Australia, dijo.

Me pasé seis horas buscando a Tom. Busqué en el McDonald's, que todavía estaba lleno de viajeros y lugareños desmemoriados, y en el estadio. Tal vez había sido engullido en la terminal de autobuses y se había perdido dentro del espejo. O había conducido el autobús directamente hacia él al no advertir ninguna diferencia en el reflejo vacío.

Al final encontré su autobús en las afueras del pueblo, junto al monolítico Bunnings. Estaba aparcado en el borde de un barranco desmalezado, con las puertas abiertas y las luces de emergencia puestas. Siempre se ponen las luces de emergencia cuando el autobús está parado, me había dicho Tom una vez solemnemente. Incluso fuera de la carretera. Por motivos de seguridad.

Tom estaba dentro del autobús. Llevaba días sentado ahí en las afueras del pueblo, con el depósito de gasolina vacío y una vista del horizonte resplandeciente justo sobre la cima de una colina cercana. Dijo que había considerado regresar al pueblo andando, pero que ya había hecho en privado la promesa de que nunca regresaría. O al menos no por un asunto práctico. Creía que en realidad debía dirigirse al siguiente pueblo —y señaló hacia el horizonte—, pero yendo a pie tardaría días, probablemente semanas, si es que había otro pueblo.

Me adentré de nuevo en el pueblo y regresé con un bidón de gasolina. Pero Tom ya no quería ir a otro pueblo con el autobús. La nueva posibilidad arrojó dudas sobre el proyecto. En lugar de ello quería reanudar la ruta circular que rodeaba el pueblo. La vida no sería diferente en el pueblo vecino, insistió. Dijo que si yo no pensaba como él era sin duda porque había vivido una vida muy diferente a la suya. Todo era lo mismo en todas partes, incluso en la ciudad. Especuló que probablemente era aún peor en la ciudad, y agitó la mano hacia el este. Eso apenas era Australia.

¿Cómo podía saberlo, le pregunté, si nunca había estado en la ciudad o en otro pueblo siquiera? En un lugar nuevo, podría formar otra banda y hacerse famoso. Podría cantar canciones sobre ser conductor de autobús en un pueblo que desaparece. No hay ninguna canción sobre eso, dije. Que yo sepa, no hay canciones sobre este pueblo. ¿Por qué no podía ser él el primero en componer canciones sobre el pueblo? La gente podría entusiasmarse con ellas, ahora que había desaparecido. Incluso podría canalizar los estados anímicos que había descubierto en la música de los Out of Towners. Pero dijo que había intentado copiar la música de los Out of Towners y no lo había conseguido. Cuando la tocaba él, sonaba como si la hubiera compuesto un niño, a pesar de que tenía más experiencia que cualquiera de ellos con la guitarra. Por más que lo intentara, no era capaz de reproducir la tristeza de esa música tan simple. A pesar de que su vida era cada vez más triste, simplemente no podía.

Tom solo quería hacer música que admitiera que el pueblo ya no era lo mismo, pero se preguntó: ¿por qué debería haber nueva música sobre eso? Nadie saldría beneficiado, dijo. Además, estaba seguro de que era imposible hacerlo deliberadamente. Sucedía de forma natural: incluso las canciones alegres, completamente ajenas al pueblo, compuestas en el extranjero en estudios musicales de tecnología punta, contenían el mensaje de que el pueblo ya no era lo mismo. Todas las canciones estaban abocadas a la tristeza.

Una vez se había propuesto escribir la canción más triste de todos los tiempos, pero solo sonó como la canción más patética de todos los tiempos. De todos modos, no había ninguna posibilidad de que alguien la escuchara. Si no hay canciones sobre el pueblo, dijo, es porque el pueblo ya no es nada. Solo es un lugar donde da la casualidad de que viven muchas personas. La gente ha creído durante mucho tiempo que este pueblo era único de maneras que no podían expresarlo. Pero no es cierto.

Cuando Tom todavía daba conciertos, pensaba que algún día podría convertirse en pionero de la música del pueblo. Pero llevaría su tiempo y era posible que ese día nunca llegara. Con el tiempo había llegado a creer que no había ninguna historia o tema ligado al pueblo. Era lo que siempre había sido: los supermercados, los barrios de mansiones baratas, las plazas en declive, el tráfico, las cadenas de comida rápida y la docena de gasolineras. No sabía cuándo el pueblo había dejado de ser el legendario paraíso del pasado para convertirse en un lugar como cualquier otro. No tenía centro —agitó la mano hacia el espejo—, pero tal vez nunca lo había tenido. Al menos hasta donde él podía recordar. Sospechaba que los centros estaban desapareciendo en todas partes.

Jenny seguía en el sendero cuando esa noche pasé por él. Estaba de pie, con las manos en las caderas, frente al fenómeno que había consumido su pub. Traté de ofrecerle mis condolencias y de hacerle alguna sugerencia, pero ella se limitó a encogerse de hombros. Este país se ha venido abajo, dijo.

Ciara y yo no habíamos hablado de cómo nos marcharíamos del pueblo, pero estaba claro que no podíamos hacerlo a pie. Cuando se lo comenté, ella no pareció preocupada; dijo que simplemente tendríamos que robar uno de los coches de sus padres.

Aunque ella había vivido de okupa durante más de un año en el piso que estaba cerca del parque central, parecía creer que sus padres no sabían dónde vivía. Pero todo el pueblo debía de haberla visto sentada en el balcón a todas horas, disfrutando de sus vistas privilegiadas.

No la presioné sobre el tema de sus padres. Parecía segura de que no habían desaparecido y de que habría un sedán Commodore aparcado frente a su casa, situada en los bordes del tentáculo.

Primero fuimos a su túnel subterráneo por la entrada de la alcantarilla y metimos todos los casetes que cupieron en cuatro bolsas de plástico. Luego nos dirigimos a mi casa, donde hice copias de mis archivos, destruí el ordenador y lo tiré a un agujero que había afuera junto a la cabina telefónica.

Ir a pie hasta la casa de los padres de Ciara nos llevó casi toda la noche. Los agujeros se habían comido grandes franjas de terreno. Había intersecciones enteras infranqueables, y las calles del casco antiguo eran totalmente intransitables. Nos colamos por propiedades dormidas cuyas casas habían quedado reducidas a un armazón, apuntando las linternas hacia la hierba por si había algún agujero.

Mientras cruzábamos un puente lleno de agujeros que se extendía sobre la carretera, Ciara dijo que se había marchado de casa de sus padres el año anterior. No logró encontrar un motivo para quedarse con ellos. Todos los días eran iguales. Su padre se iba a trabajar, y su madre se quedaba en casa limpiando y viendo la televisión. A la hora de comer, ella se preparaba un sándwich y hojeaba los catálogos que llegaban por correo. Cuando su padre regresaba a casa, se tomaba un bourbon con Coca-Cola, y veía cuatro programas de televisión seguidos: las noticias, dos telenovelas y una comedia estadounidense. Luego podía ver el comienzo de una película, pero antes de que terminara se había quedado dormido. Los fines de semana iban a los centros comerciales. Ella dijo que se había vuelto insoportablemente aburrido.

Yo tenía mis dudas acerca de robarles el coche, pero Ciara dijo que tenían tres: uno para su madre, uno para su padre y otro para ir de compras.

Los caminos tentaculares, o al menos aquel en el que vivían los padres de Ciara, no parecían afectados por los agujeros. Cuando llegamos al comienzo de la calle era temprano, y el cielo todavía estaba salpicado de rosa y blanco. Ciara había visto crecer el barrio; recordaba cuando los únicos edificios que había en la calle eran el suyo y otros dos. Le había parecido un desierto. Toda su niñez había transcurrido en medio de obras, y por todas partes había restos y materiales de construcción, polvo y suciedad, y vallas de malla de alambre amarillo alrededor de parcelas en expansión. La vista desde la ventana de su dormitorio hacía pensar en una zona de guerra. En cuanto se terminaba una nueva casa, se plantaba alrededor un oasis de césped verde brillante. Pero incluso ahora —señaló la casa más cercana— le parecían inacabadas. Estaban intactas por dentro. Se habían construido para estar lo más lejos posible de cualquier amenaza que pudiera surgir. Se habían construido para no parecerse a ningún lugar o a todos.

Su escuela primaria estaba justo al final de la calle, en algún lugar de la carretera que llevaba al pueblo. Durante años no había sabido que existía un pueblo propiamente dicho. Detrás de los automóviles de sus padres, había accedido a los centros comerciales desde la carretera, por las entradas traseras. No había visto escaparates ni las calles del centro; desde la ventanilla del coche, la vida parecía remota. El pueblo había estado envuelto en misterio cuando era niña, lleno de posibles secretos.

Esas calles estaban destinadas a ser el futuro del pueblo, dijo Ciara, pero nunca lograron ponerse a su nivel. Las construyeron demasiado tarde. Nunca consiguieron tener un aspecto digno al lado de las calles más antiguas. No hubo suficiente tiempo.

Ciara me dio instrucciones de que esperara un par de casas antes. Llamó a la puerta de una cuidada vivienda de dos pisos, indistinguible de las demás. En el interior de una estructura ovalada hecha de conglomerado había una fuente de piedra sin agua. Al final la puerta se abrió y ella desapareció dentro.

Me senté en la cuneta. No había sombra. Los árboles solo eran palos cuidadosamente dispuestos a lo largo del borde de césped, algunos todavía con su exótico nombre latino en una etiqueta. Al cabo de una hora las casas cobraron vida: se abrieron las persianas venecianas y el zumbido de los televisores inundó la calle. Era un sábado por la mañana y la vida no había cambiado en ese vecindario. Los niños veían dibujos animados y los adultos freían beicon. Más abajo, una mujer regaba su césped inmaculado. Un hombre podaba meticulosamente un seto raquítico. Estaban lo más lejos posible de cualquier amenaza que pudiera surgir.

El vecino de la casa de enfrente salió y, haciendo visera con una mano, se me quedó mirando sin disimulo. Me preguntó si se me había estropeado el coche. Le respondí que sí, que lo había dejado en la carretera y que había quedado con mi esposa en ese lugar. Mal sitio para tener una avería, dijo. Me miró un rato más, esperando más detalles. Al ver que yo guardaba silencio, se encogió de hombros y se puso a dar vueltas por el césped. Buscaba algo. Me preguntó si había visto su periódico y le indiqué por señas que no. No tuve la paciencia de explicarle que todos los periódicos del pueblo habían desaparecido.

Me quedé dormido sentado en la cuneta, y, cuando me desperté, el día era mucho más brillante y caluroso. Ciara me dio un puntapié y me pidió que me subiera al coche. Tiré las bolsas de plástico en el asiento trasero mientras ella se sentaba en el lado del pasajero. Por lo visto me correspondía a mí conducir, aunque llevaba años sin hacerlo.

Ella dijo que no teníamos prisa. La miré un momento. No dio más explicación porque ya estaba manipulando los controles de la radio, intentando sintonizar algo. Arranqué el coche y salí del camino de entrada. El pedal del acelerador era más sensible de lo que esperaba.

Aunque los caminos tentaculares no estaban señalados en el mapa de Ciara, sabía por dónde ir por el tiempo que había pasado con Tom. Una vez en la carretera circular que comunicaba todos los tentáculos, solo era cuestión de tiempo que apareciera el tramo de la carretera del pueblo, donde se encontraban el McDonald's, el KFC y varias gasolineras.

Sus padres no llamarían a la policía, dijo Ciara. La policía había desaparecido, y, además, ella había encerrado a sus padres en su habitación. La única forma de salir era salir por la ventana, pero no lo harían (encendió un cigarrillo) porque se supone que nadie sale por las ventanas.

Torcí por la carretera principal del oeste. Los agujeros no eran un problema por ahí, y los *drive-through* de comida rápida y las gasolineras continuaban funcionando como cada día. Era imposible ver las repercusiones que habían tenido los agujeros desde cualquier punto de la carretera. Podrían pasar años antes de que un viajero descubriera lo que había ocurrido en el pueblo.

La astucia de Ciara era impresionante, pero yo también era consciente de que habíamos hecho algo ilegal. Solo era cuestión de tiempo que sus padres derribaran la puerta y llamaran a la policía de un pueblo más al este, donde nos detendrían. Sería un gran problema para mí, le dije a Ciara.

No destrozarán la puerta, dijo ella. Sería faltarle al respeto a la casa.

Tardamos horas en llegar a otro pueblo. Las vallas publicitarias del McDonald's y el Great Western Inn marcaban sus límites, y los letreros de las compañías petroleras anunciaban las gasolineras conforme nos acercábamos a ellas. Pronto pasamos la primera BP, la segunda, una Ampol, una Caltex, un Great Western Inn seguido de unos arcos dorados, un gigante cubo de pollo, y finalmente una señal con un nombre, un número y el emblema de un municipio. Estábamos oficialmente en el pueblo.

Era posible cruzarlo sin visitarlo en sentido estricto, pero Ciara quiso que torciéramos a la derecha y nos metiéramos en su ancha calle mayor. Era un viernes por la tarde, debía de haber el movimiento habitual y la ciudad estaba todo lo concurrida que cabía esperarse, porque los lugareños iban vestidos como si se dirigieran a algún lugar específico, probablemente al pub. Ciara encendió un cigarrillo mientras aparcábamos al comienzo de la calle mayor.

Cuando ya llevábamos un rato sentados en el pueblo, me preocupó que atrajéramos una atención no deseada, que cayéramos de alguna manera en manos de las autoridades o que actuáramos de un modo que pudiera parecerle ofensivo a la gente atareada. Ciara no estaba preocupada en absoluto. Se fumó el cigarrillo sentada en el capó, estudiando detenidamente a los transeúntes sin disimulo.

Le advertí que no estaría de más que fingiéramos tener alguna razón para estar allí. Tal vez deberíamos ir a un centro comercial y comprar algunas provisiones. O curiosear en las librerías, o en Sanity, para ver si tenían algún libro o cedé que no podríamos comprar en el lugar del que veníamos. Tal vez deberíamos explorar la biblioteca y ver si hay algún libro.

Nos partimos un perrito caliente en un Subway cercano y recorrimos las dos grandes manzanas de la calle mayor. Todas las tiendas eran iguales que las del pueblo que acabábamos de dejar, con la excepción de un BI-LO en lugar de un IGA. En el parque donde podría haberse celebrado la fiesta anual del pueblo no había ningún agujero, por lo que pude ver. Es cierto que se respiraba una atmósfera diferente que en el pueblo de Ciara: una atmósfera nacida de la proximidad de la cadena montañosa que se encontraba a unos pocos cientos de kilómetros al este. Ese pueblo era más frío, y la gente parecía menos interesada en vivir en él. Tal vez habríamos podido coger un tren desde allí, pero no estábamos seguros. Habíamos llegado en coche.

Me decepcionó que a Ciara no le hubiera impresionado el nuevo pueblo, ya que era el segundo que veía. Yo había esperado hacer el papel de acompañante con mundo, guiándola a través de un reino desconocido, pero a ella le traía sin cuidado el pueblo. Era exactamente igual que el suyo, dijo. Solo es un pueblo australiano más.

Y tenía razón; había equivalencias con todo lo que había en su pueblo, tal como ella había sospechado. La gente caminaba con el mismo paso, comía la misma comida, trabajaba en los mismos empleos. Ciara apagó el cigarrillo. Estaba fumando mucho desde que habíamos dejado su pueblo, completamente harta de disciplina. Solo es otro pueblo aburrido, añadió. Aunque no estaba decepcionada, y durante un tiempo no quiso irse. Se preguntó si podría haber algo que descubrir allí, pero le advertí que no era posible. Le advertí que yo ya había empezado a averiguar la verdad acerca de los pueblos.

Pasamos por tres pueblos más antes de detenernos de nuevo en uno. Desde nuestra perspectiva, cada pueblo había estado a un lado de una carretera llana bordeada de *drive-through* de comida rápida y gasolineras. A diferencia del de Ciara, cada pueblo se jactaba de algo. Unos vendían su estatus como el del pueblo más limpio de la zona, mientras que otros tenían letreros que alardeaban de sus estatuas ornamentadas. En algunos había tiendas especialmente interesantes, como una casa de campo en la que vendían las muñecas de porcelana más bonitas del Central West. Otros presumían de clubes de fútbol famosos, monumentos naturales impresionantes, políticos que habían fallecido hacía tiempo o ferias de pan artesanales. Varios habían visto nacer a deportistas legendarios o albergaban los últimos vestigios de una fiebre del oro de siglos pasados.

Ciara dijo que no creía que ella pudiera vivir en ninguno de los pueblos que estábamos cruzando; parecía haber olvidado su efímero deseo de quedarse en el primero. Sería imposible funcionar en él, dijo. Las redes se habían establecido hacía mucho. Siempre era mejor saber con certeza a qué lugares uno no pertenece.

El último pueblo del Central West se hallaba al pie de la cadena montañosa y era diferente a cualquiera de los que habíamos cruzado. Cuando llegamos era de noche y se atisbaba la silueta de unos acantilados entre las estrellas del este. Era un pueblo feo, achaparrado y sin vida debajo de las colinas circundantes. Las pronunciadas laderas estaban salpicadas de luces de casas. Cuando salimos de la carretera, vimos borrachos que vagaban con paso letárgico e inestable por los senderos irregulares. El pueblo me pareció un lugar encantado. Le faltaba muy poco para ser algo completamente distinto.

Parecía peligroso conducir a través de las montañas por la noche, así que nos detuvimos en el aparcamiento vacío de un Woolworths. Un camino estrecho conducía a la arteria principal, donde una calle sin alcantarillado describía una curva entre escaparates vacíos y algún que otro restaurante cerrado. Ninguna de las calles era totalmente recta. No había nada cuadriculado, y hasta los edificios tenían alturas muy diferentes. Recliné el asiento del pasajero y me dispuse a dormir allí mismo mientras Ciara extendía sus mantas en el asiento trasero. Pero antes decidimos dar una vuelta por la calle mayor en busca de algo de comer. Siendo un pueblo tan extraño, tal vez hubiera alguna tienda abierta después de las diez o incluso toda la noche.

Si en el primer pueblo en el que nos detuvimos me había sentido incómodo, en este me sentí fatal. No parecía organizado bajo la vigilancia de un ayuntamiento, y las farolas azules hacían resaltar todas las manchas y desperfectos de las fachadas polvorientas. A esa hora de la noche era imposible imaginar cómo sería a la luz del día. Era el último pueblo del Central West, o el primero, y no se parecía en nada al de Ciara. En la calle mayor había casas de fibrocemento solitarias entre terrazas coloniales, y las gasolineras vacías eran cráteres de hormigón entre tiendas en forma de cubo, hechas de ladrillo. Pasamos por varios pubs abandonados antes de encontrar uno que estuviera abierto, con luces de colores intermitentes y un llamativo rótulo de una marca de cerveza. Estaba vacío y desolado. Enfrente había un área de juegos infantiles totalmente oscura donde, para nuestra sorpresa, una furgoneta con tubos fluorescentes vendía perritos calientes. Ciara se animó. Tenemos que comer, dijo.

El entusiasmo de Ciara por los perritos calientes y su actitud aparentemente ambivalente hacia nuestro entorno no aliviaron mis temores, pero la seguí cuando ella cruzó la carretera y se adentró en la oscuridad en dirección a la furgoneta. En el interior había una anciana con unas pinzas metálicas en la mano. Ciara pidió cuatro perritos calientes.

La anciana dijo que lo sentía, pero ya no le quedaban. Aunque tenía panecillos, que podíamos comer con un poco de salsa de tomate y añadirle quizá una pizca de mostaza si nos gustaba. Ciara asintió. La anciana dejó las pinzas y se ató un delantal a la cintura. Luego sacó cuatro panecillos largos y blancos de una bolsa de plástico. Los abrió con las manos y apretó los botes de las salsas dentro. Luego envolvió cada uno en papel de cocina y nos los entregó.

Mientras guardaba los botes de salsa nos explicó que siempre se quedaba sin perritos calientes a las diez de la noche. Si queríamos comer algo más que pan teníamos que llegar antes. Después de todo, era tarde. Y no tenía sentido que aumentara sus provisiones. Nos habló como si la hubiéramos reprendido por regentar un negocio mal abastecido. Ciara hizo unos ruiditos de comprensión pero yo me aparté, pues no quería dejarme arrastrar por el monólogo que la mujer estaba a punto de pronunciar.

Ella quiso saber si estábamos de paso de camino a la ciudad. Ciara dijo que así lo esperaba. Yo añadí que sí, y que nos convenía irnos ya, pues nos esperaban allí a la mañana siguiente. La mujer dijo que era una estupidez ir a la ciudad. Allí las cosas se estaban caldeando y no encontraríamos un lugar donde quedarnos. La gente de la ciudad se comía viva a la gente como nosotros. Señaló a Ciara maternalmente y le dijo que debería volver con sus padres. Luego me miró mal. Ciara dijo que no era de su incumbencia, y dio un mordisco a uno de sus panecillos.

La mujer de los perritos caliente se enfadó. Por supuesto que le incumbía, dijo. No tenía ningún sentido que personas como nosotros cruzáramos las montañas en plena noche. Su hijo —y señaló hacia el este— había estado a punto de caer por un acantilado y matarse para esquivar a personas como nosotros. Su dedo índice se movió despacio de arriba abajo.

Ciara se metió en la boca el último trozo de un panecillo y luego preguntó: ¿Quiénes son las personas como nosotros? Parecía realmente intrigada. La mujer de los perritos calientes no contestó, pero sacó un teléfono del mostrador. Solo había pulsado dos dígitos cuando Ciara pegó un salto y se lo arrancó del puño, y lo tiró hacia la oscuridad. Luego me agarró de la muñeca y regresamos al pub iluminado con lucecitas, atravesamos las feas calles sinuosas y recorrimos el camino hasta el aparcamiento.

Nos subimos al coche y arranqué lo más deprisa que pude, pero Ciara puso una mano sobre la mía. Antes tienes que comer, dijo, pasándome un panecillo. Le goteaba salsa de tomate y mostaza por el brazo. Estaba jadeando, pero eufórica. Se recostó en el asiento del pasajero mientras vigilaba el aparcamiento satisfecha. Yo habría insistido en que nos marcháramos, pues la policía podría llegar en cualquier momento, pero luego pensé que tal vez era más prudente esperar a que apareciera. Podríamos mentir diciendo que Ciara acababa de perder a un miembro importante de su familia, que se mostraba irracional en su dolor, que era un incidente aislado y que pagaríamos la multa que hiciera falta, pero que era importante que llegáramos a la ciudad por la mañana. Yo era un simple acompañante a quien ella había llamado a última hora.

No nos fuimos. Me comí el pan reblandecido y luego nos pusimos a dormir, yo en el asiento reclinado del pasajero y Ciara hecha un ovillo en el de detrás. Dormida aparentaba menos edad.

Bien entrada la noche, me desperté y encontré a Ciara sentada en el asiento del conductor. De la radio del coche emanaba una distorsión sosegada mientras buscaba una emisora. Observé con interés el indicador de frecuencias mientras ella desplazaba la delgada rayita blanca sobre los números con retroiluminación naranja. Se podían sintonizar muchas emisoras de señal débil. La radio recibía muchas señales —demasiadas— en plena noche, todas a la vez, desde emisoras situadas a cientos de kilómetros de distancia, y quizá incluso desde la ciudad. Los adormecidos anunciantes de altas horas de la madrugada hablaban en medio del zumbido de platillos y ruido blanco mientras de fondo sonaban acordes de música country. A veces se colaban las cancioncillas publicitarias de las propias emisoras, pero desprovistas de brío: en aquel aparcamiento de montaña sonaban tristes y remotas, cada una prometiendo los mayores éxitos de las décadas pasadas, promesas que no podían cumplir. Apelaban a todos los recuerdos que uno tenía de alguna época dorada. Los mejores momentos del pasado. Sonaba como un paisaje transitable lleno de sombras y hondonadas, salpicado de torres de imponentes voces solistas y conjuntos de voces que pedían ser escuchados, cada uno de ellos separado por ríos de basura acústica.

Al llegar al extremo derecho del indicador, Ciara se detuvo. Sonaba una peculiar melodía de notas sostenidas y me agarró el hombro. Son ellos, susurró. Se me tensaron los músculos cuando la melodía enterrada compitió con «Ain't No Sunshine» de Bill Withers. Las tres notas de la melodía sonaban como sirenas antiniebla, oceánicas en su inmensidad, prolongadas bajo la interferencia. Ciara podría haber derramado alguna lágrima, aunque, si lo hizo, logró enjugarla justo antes de que empezara el ritmo. Fue en ese momento cuando me atreví a mirarla a los ojos, porque sabía qué esperar. No era su música de teclado. Solo eran los acordes iniciales de «Great Southern Land» de Icehouse, y cuando llegó la primera estrofa, ella apagó la radio y volvió a dormirse.

Nos marchamos del pueblo a las seis de la mañana. El hombre de BP dijo que llegaríamos a la ciudad al mediodía.

Ciara dijo que había visto la ciudad en su pueblo. Presentí que quería contrastar impresiones antes de que dejáramos para siempre su región. Estuve de acuerdo en que probablemente había visto la ciudad en su pueblo, aunque lo dije como un autómata. Sabía que no la había visto.

Dijo que cuando encontraba en su pueblo un muro de cemento de cierta antigüedad bajo un cielo azul, sin árboles a la vista, se imaginaba que estaba en la ciudad. Pero tenía que ser un determinado tipo de ciudad. Tenía que ser una ciudad cuya existencia ella ya había imaginado. Tal vez no concordaba con la realidad de una ciudad, pero así era como había imaginado las ciudades a lo largo de su vida, y era una visión que había precedido cualquiera de sus encuentros con las verdades sobre cómo eran realmente las ciudades. Era su ciudad.

Mientras yo aceleraba en la primera cuesta, ella dijo que conocía bien su ciudad. En su mente era una interminable carretera de asfalto bordeada de escaparates de mármol reluciente, rampas oblicuas de cristal que hacían las veces de ascensor, hollín impenetrable de un sinfín de redes de autobús diferentes y embotellamientos, y personas que se dirigían a sus destinos.

No había ninguna sombra en su ciudad. El sol pegaba fuerte en las fachadas de cemento. Se oía una música extraña: muchas canciones distintas, tanto nostálgicas como futuristas, sonaban a la vez y habría sido el sonido más hermoso que había conocido nunca si no fuera porque nunca lo había oído realmente. Era un sonido que nunca cesaba, ni siquiera por la noche. Siempre estaba presente; nunca había silencio. Si empleaba todo el poder de la mente, podía oírlo cuando quería.

En su ciudad el aire estaba vivo. El tráfico nunca cesaba. Era imposible imaginar su ciudad silenciosa o estática. Todo lo relacionado con ella implicaba una lección aún por aprender: lo que pensaba en un momento determinado un hombre bronceado al volante de un sedán Ford aparcado frente al edificio de una empresa. Adónde iría, qué haría, qué había visto antes y cómo todo ello había culminado en una visión del mundo. Era posible estar ocupado eternamente en esas conjeturas, dijo Ciara. Uno podía cosecharlas al azar y darles vueltas el resto de su vida.

En su ciudad ella nunca caminaba. Se recostaba en el asiento trasero de un automóvil y veía desfilar las torres por su lado. Dentro de las torres había un número incalculable de personas y todas se desplazaban por la noche. Todas se abrían paso de allí a otro lugar, y ese lugar estaba protegido por otros lugares, situados entre muchas otras carreteras, entre millones de otros hogares.

Esas personas no vivían en una calle en particular, ¿cómo iban a hacerlo? Cuando dejaban la carretera de cemento se perdían en una confusión de lugares. No significaban nada en particular para las otras personas de la ciudad, que estaban hartas de imaginar con más detalle cómo vivían los demás. Todo el mundo estaba harto de tener que pensar en esas cosas, pues costaba demasiado tener razón. Aun así, de vez en cuando sentían la urgencia de hacerlo.

Ciara sentiría constantemente la urgencia de hacerlo en su ciudad, dijo, y nunca se cansaría.

En su ciudad la gente había resuelto que había misterios imposibles de resolver, factores que no podían desentrañarse, y lo habían aceptado. El lado misterioso e inescrutable de las cosas formaba parte de su condición cotidiana. Su entorno era demasiado complejo. No era un intento de pasar por alto su historia. No pretendían recordar ni se les ocurriría hacerlo; recordar no era una prioridad porque ya era bastante difícil saber llegar a casa en coche por la noche. Recordar la ruta, todos los giros, los carriles correctos y los peajes, si había que esperar la flecha verde del semáforo, si era necesario planear con un kilómetro de antelación el acceso a una determinada rotonda, dónde estaban las tiendas importantes... Todo eso bastaba para tenerlos ocupados. Sus vidas estaban completamente ocupadas por la logística. Así era como ella imaginaba que sería su ciudad.

Le dije que su ciudad probablemente se acercaba bastante a la verdad sobre las ciudades, aunque lo hice sin pensar. No sabía qué esperar de la ciudad costera conforme avanzábamos hacia ella, pues yo nunca me había molestado en imaginarla.

Ciara se volvió más temeraria a medida que nos acercábamos a la ciudad. Quería que robáramos los menús de oferta del

McDonald's. Quería que robáramos gasolina. Miraba con cara inexpresiva a los hombres mientras se quedaba de pie junto a los dispensadores de gasolina y aplastaba sus cigarrillos cerca de los charcos de combustible. Quería conducir cada tramo del viaje, y pisar el acelerador hasta el fondo como si pudiéramos tomar aire al bajar por las serpenteantes laderas de las montañas, como si pudiéramos navegar o caer en picado el resto del trayecto hasta la ciudad.

Ella seguía dejando sus casetes por el camino. Llevó un montón a un aparcamiento situado en la ladera de una montaña y luego se dio media vuelta y los arrojó desenrollados por la carretera de asfalto. Los dejaba dentro de los dispensadores de pajitas y servilletas de los McDonald's, y en los barreños para limpiar los parabrisas de las gasolineras, y a veces los lanzaba desde la ventanilla del coche en marcha hacia los bosques de las montañas y los desfiladeros. Los dejaba en los bares de carretera, donde al menos un camionero se detuvo para recoger uno.

Resultó que la ruta que habíamos tomado no era la convencional. Un hombre en una BP dijo que esa ruta era para los turistas, ya que serpenteaba con elegancia alrededor de las ilógicas pendientes. La otra atravesaba las montañas en carreteras de cuatro carriles. Dijo que por esa ruta a menudo era imposible saber que uno estaba en las montañas. Aunque probablemente ya estaríais en la ciudad si la hubierais tomado, añadió, mientras comprábamos una bolsa de patatas fritas.

Cuando fui al aseo situado en la parte trasera de la gasolinera, atisbé a través de los árboles que se abrían para hacer sitio a una torre eléctrica y vi la ciudad que se extendía muchos kilómetros más abajo. Llamé a Ciara y nos quedamos un rato contemplándola. Desde esa perspectiva era difícil distinguir las carreteras, y era imposible saber si la ciudad tenía bordes. Era imposible imaginar cómo podían llegar hasta ella los sinuosos caminos de montaña. Ella dijo que tal vez no llegaran. No parecía una ciudad en absoluto. Parecía más bien una formación de moho.

Le dije que seguramente era tan grande que no podía verse el borde desde donde estábamos. Que las partes buenas estaban mucho más lejos. Pero no lo creía. Parecía imposible que la ciudad pudiera seguir apiñándose más allá del resplandor gris que cubría el horizonte más lejano.

Ciara siguió toqueteando el dial de la radio del coche. La señal era débil en las montañas, pero a medida que descendíamos hacia la cuenca sintonizamos muchas emisoras. Había al menos una docena donde escoger, con mayor o menor recepción, y todas con más oyentes y más aplomo que la emisora del pueblo de Ciara. Hubo muchas referencias a los atascos en varias zonas de la ciudad que sabíamos que nunca encontraríamos. Pasamos por lo que debía de ser un pueblo satélite, diferente a cualquiera de los que habíamos visto antes. Ese pueblo en particular, que tal vez era un barrio periférico de la ciudad, o incluso una ciudad en sí misma, parecía estar formado por las periferias de otros pueblos. A los lados de la carretera había grandes tiendas de bebidas alcohólicas y concesionarios, outlets de ropa del tamaño de una fábrica, gasolineras y un parque verde sin carácter con docenas de aspersores. Todo era increíblemente nuevo, como los caminos tentaculares del pueblo de Ciara, solo que allí había vida: las familias pululaban por los concesionarios de asfalto del tamaño de un potrero a la sombra de monstruosos almacenes de descuentos en artículos de hogar. Más a lo lejos, visibles solo con esfuerzo, brillaban las vallas verdes de unas casas grandes de ladrillo. Incluso las carreteras eran totalmente negras y lisas, como bruñidas con aceite. Ciara no estaba impresionada. No se parece nada a una ciudad o a un pueblo, dijo.

Una vez dejamos atrás ese pueblo de periferia, nos pareció que estaríamos en la ciudad en cualquier momento. Ninguno de los dos sabía cómo sucedería, si el umbral de la ciudad estaría señalado de algún modo. La carretera parecía oponer resistencia a la cercana expansión descontrolada, y no pasó mucho tiempo antes de que volviéramos a descender bruscamente, rodeados de bosque montañoso.

Ciara se estaba impacientando. No le dije que, aunque encontráramos y cruzáramos el umbral de la ciudad, podrían pasar muchas horas antes de que llegáramos a alguna parte que se pareciera a lo que ella había imaginado.

Y no me atreví a admitir que la ciudad que ella había imaginado tal vez no existía. Aunque ¿cómo no iba a existir? Seguramente la ciudad era lo suficientemente grande como para abarcar cualquier visión que pudiera ocurrírsele a alguien que nunca había puesto un pie en ella.

A última hora de la tarde giramos por una estrecha carretera circular y nos adentramos en una autopista de seis carriles que se prolongaba indefinidamente hacia un horizonte gris de fábricas y llanuras. Ese era el camino hacia la ciudad, le dije a Ciara. Debe de ser el que lleva a ella sin rodeos.

Ella se emocionó. Dijo que estaba deseando tomarse una cerveza cuando llegáramos a donde fuera que estuviéramos yendo. Así que le pregunté a qué parte de la ciudad quería ir, pero ella no lo sabía. Y yo tampoco.

Todos los conductores eran agresivos. Me mantuve en el carril izquierdo, donde nadie me presionara para que condujera más deprisa, pero los coches seguían haciendo eses a nuestro alrededor con impaciencia. Era como si supieran que a Ciara y a mí no nos esperaban en ninguna parte, y menos allí.

Ciara dijo que tendríamos que buscar trabajo en cuanto llegáramos a la ciudad. Que también tendríamos que buscar una casa. Le dije que suponía que sí. Que en realidad no había otro curso lógico de acción. Ella dijo que yo probablemente volvería a trabajar en un Woolworths, y que ella tal vez también lo hiciera. Pero que tendríamos que tomárnoslo con calma. Durante un tiempo viviríamos en el coche a orillas del mar. Imprimiríamos copias de nuestros currículums en una biblioteca, y buscaríamos trabajo durante el día y nos tomaríamos unas cervezas en la playa por la noche. Cuando uno de los dos encontrara un empleo, alquilaríamos una casa o un piso justo en el centro de la ciudad, tal vez en alguna zona con vistas al mar. Luego, después de haber trabajado durante años y ahorrado algo de dinero para comprarnos cada uno una casa, yo podría hacer lo que quisiera -tiró el cigarrillo a la carretera- y ella también.

Supuse que solo estaba siendo prudente al no incluirme en sus planes a largo plazo.

Ella dijo que saldría a caminar todos los días, cada vez en una dirección diferente. Si algo había comprendido al ver la ciudad extendida a nuestros pies -hizo un gesto hacia las montañas- era que uno podía pasarse toda la vida recorriendo sus calles, sobre todo si lo que yo había dicho era cierto y nuestra perspectiva anterior no la abarcaba en toda su extensión.

Bajó la ventanilla y apagó la radio. Estaba bastante segura de no haber visto esa autopista de seis carriles desde arriba. Era lo suficientemente ancha como para no pasarla por alto. Supuso que ya habíamos atravesado el resplandor de la ciudad. Encendió otro cigarro y volvió a bajar la ventanilla. Los humos de la ciudad eran tan potentes que no podía oler su cigarro.

La autopista se prolongaba durante horas. A menudo veíamos señales de tráfico gigantes indicando destinos, pero ninguno era el de la ciudad en sí. Era difícil decir en qué parte de la ciudad estaba el centro propiamente dicho.

Se hizo de noche y teníamos hambre. Nos pareció sensato parar en el aparcamiento de un McDonald's a pasar la noche, pues los cascos urbanos fuera del horario laboral son lugares peligrosos y necesitaríamos al menos varias horas de luz para prepararnos.

Ciara estaba emocionada con parar. Ahí sentados, el espectáculo de los faros que pasaban a gran velocidad por la arteria de la autopista podría sostenernos durante la noche. Comimos nuestros menús de oferta en el área al aire libre bañada en luz azul, y Ciara fumó entre bocados de su Big Mac.

Observamos cómo familias cansadas comían sus menús de oferta e infantiles en sedanes siniestramente iluminados.

Llovió, y nos alegramos de no haber llegado a la ciudad propiamente dicha en una noche lluviosa. Sentados en la parte delantera del coche, observamos cómo las farolas de la autopista iluminaban la niebla. Era casi medianoche y el tráfico no había disminuido. Seguramente con la presión de tantos vehículos que fluían hacia el interior, la ciudad algún día reventaría por las costuras. Ciara se rio cuando lo dije. Dijo que la ciudad podría albergar a todos los habitantes del país si fuera necesario. El tamaño de su pueblo era una mancha en medio de esa vastedad, dijo, señalando de nuevo las montañas invisibles. Era como si le costara creer que estuviéramos inmersos en ella. Parecía creer que la ciudad era impenetrable y que habíamos hecho algo especial.

A las nueve de la mañana siguiente, después de sacudirnos nuestra reticencia tácita, volvimos a la autopista de seis carriles. Era un día soleado, azul y fresco. Aunque no habíamos podido tomarnos ninguna cerveza la noche anterior, se respiraba un ambiente resacoso en el coche. Tal vez porque el viaje estaba llegando a su fin y éramos conscientes de que pronto tendríamos que enfrentarnos a la nueva realidad que nos esperaba en la ciudad propiamente dicha.

Ciara contó varias veces el dinero que teníamos. No era mucho, pero nos quedaba el coche. Por la radio, un hombre y una mujer bromeaban sobre temas populares de actualidad.

Algunos famosos se traían algo entre manos engañando a sus cónyuges. Le siguió un debate sobre tiburones, si era seguro nadar en las playas y si había que matarlos o no. Los joviales presentadores invitaron a los oyentes a llamar para dar su opinión. Luego los boletines informativos hablaron de los precios tan poco asequibles de la vivienda en la ciudad, de una inminente ola de calor y de varios conflictos violentos que ocurrían en países que no eran el nuestro.

Luego llegaron las noticias deportivas, seguidas de un parte sobre el tráfico en toda la ciudad. Ese domingo no había nada especial que comentar sobre el tráfico. Carreteras despejadas, solo algún tramo crítico, pero nada que pudiera causarnos a nosotros o a cualquier otro viajero un retraso.

En ese punto de la autopista, las señales de tráfico suspendidas en lo alto empezaron a indicar que nos acercábamos a la ciudad. Según esas señales era todo recto. Durante la mayor parte del trayecto nuestra visión se había visto obstruida por ambos lados con altos muros de cemento grabados con el diseño de ramas de acacia y alguna que otra bandera con la Cruz del Sur australiana. Cada vez había más vallas publicitarias anunciando marcas que nadie se molestaba en promocionar fuera de la ciudad. Los anuncios eran más llamativos, más estridentes y sugerentes, concebidos para personas que gastaban su dinero de manera más agresiva. Ninguno de los dos hablamos.

Pasaron las horas. Al final Ciara dijo que a esas alturas ya deberíamos estar en la ciudad. Yo había estado esperando que lo dijera. Me preocupaba que nos hubiéramos pasado de largo algún desvío.

Miré las señales de tráfico y le dije que podíamos torcer a izquierda o derecha por carreteras especiales que llevaban a Liverpool, Strathfield, Campbelltown, Auburn, Blacktown, Ryde, Newcastle, Wollongong o Hornsby, pero que la ciudad en sí seguía estando en línea recta. Los letreros no podían equivocarse. Ella dijo que las señales estaban equivocadas desde el principio.

Cuando dejamos la autopista para continuar por una carretera de cuatro carriles, Ciara se animó de nuevo. Veíamos tiendas y edificios de pisos a ambos lados, aunque todavía no parecía una ciudad.

Ella dijo que una vez que estuviéramos allí tendríamos que tomarnos un día o dos para familiarizarnos. Nos los pasaríamos caminando y explorando, y parando de vez en cuando en un parque para tomar una cerveza. Por la noche, exploraríamos las salas de conciertos y veríamos el tipo de música que era popular entre los habitantes menos convencionales.

Encendió un cigarrillo. Había adquirido el hábito de hacerlo de un modo muy rotundo, como si se tratara de la llegada de una nueva epifanía. Señaló el brumoso horizonte marrón y me dijo que creía que habría tanta gente allí que las probabilidades de encontrar a alguien interesante estarían sin duda a nuestro favor. Ya habíamos dejado atrás muchísimas caras y solo eran las de los ocupantes de los otros coches. Habrá muchas personas que no tienen coche, dijo. Era imposible que algo concreto uniera la ciudad.

Tiró un puñado de casetes por la ventanilla. Un coche tocó la bocina y nos adelantó, y el conductor agitó el puño hacia nosotros mientras aceleraba. Ciara se rio.

No será fácil, dijo bajando el tono. Creo que se burlaba de mí.

Necesitaremos encontrar un lugar donde alojarnos, continuó, pero no de inmediato. Tendremos que averiguar dónde queremos quedarnos exactamente, porque la ciudad es enorme. Puede que ya hayamos pasado de largo el mejor lugar.

Era la una de la tarde cuando llegamos a la ciudad.

Deambulamos por un barrio que daba a la playa. Le dije a Ciara que era una ciudad marítima. Que era muchas cosas, tal vez incluso todo lo que ella había imaginado, pero que su rasgo más distintivo era su proximidad al mar. Era lo que se veía por la televisión y se leía en los libros.

Dejamos el coche en un aparcamiento al aire libre. Había duchas y puestos de comida a lo largo del paseo marítimo. Los bañistas paseaban en pantalones cortos y bikini, aparentemente ajenos al espectáculo del océano. Parecía imposible que una persona pudiera perder la fascinación por el agua. ¿Cómo era posible dejar de mirarla?

Aquí es donde nos instalaremos, le dije a Ciara. Cogeremos la costumbre de beber café en el terraplén cubierto de hierba y contemplar el océano durante lánguidas conversaciones matinales. Con el tiempo otros se unirán a nosotros y empezaremos a tener la sensación de pertenecer como es debido a la ciudad. Y una vez que nos contrataran en alguna parte, probablemente en el Woolworths del centro comercial más cercano, podríamos alquilar o incluso comprar uno de los apartamentos situados frente al mar. Después de eso simplemente esperaríamos a ver qué pasaba. Le dije que incluso podría sentirme inclinado a escribir un libro sobre algo. No había leído ninguno de los cientos de libros sobre la ciudad costera, pero sabía de qué iban.

No teníamos bañador, así que nos quitamos los zapatos y caminamos de puntillas hasta la orilla. A muchos kilómetros de distancia había un brillo en el agua que, cuando se miraba de dentro hacia afuera, se parecía al resplandor del borde de la ciudad. Ese brillo no parecía ocultar nada, o no ocultaba nada que nosotros esperáramos encontrar. No señalaba un borde ilusorio, solo uno real. Ciara se zambulló en el agua y retrocedió de un salto, con los tobillos enredados en algas marinas.

Esa noche Ciara y yo nos bebimos varias cervezas sentados en la arena. Otras muchas personas hicieron lo mismo. Algunas incluso nadaron desnudas en la marea ligeramente revuelta, caminando con displicencia por el borde del vacío en actitud juguetonamente provocadora. ¿Hasta qué punto sería diferente el pueblo de Ciara si estuviera ubicado allí? El agua podría dar claridad a todo lo que habíamos definido como desconocido.

Ciara dijo que tenía la impresión de estar en la televisión. Que todo parecía demasiado obvio.

No hablamos de nada durante varios días. Estábamos demasiado absortos hasta en los detalles más pequeños de la ciudad. En el barrio de la playa se vivía en un perpetuo fin de semana. De lunes a domingo la gente bebía en las playas. Extendían mantas sobre la arena y se besuqueaban. En sus casas sonaba a todo volumen la música de las ciudades. Entregaban sus cuerpos al sol a cambio de oro. Y el resto del país también acudía en masa a las playas, y el agua acariciaba compasivamente la orilla permitiéndonos creer que todo estaba bajo control.

Por las mañanas nos bajábamos del coche y entrábamos en el centro del mundo. En las terrazas de verano que bordeaban el paseo marítimo hacia el este, hombres sin camisa y mujeres en bikini bebían lánguidamente al sol, sedados por el calor y el ambiente de deporte televisado. En la carretera paralela al mar proliferaban las cafeterías y los restaurantes, con el olor a grasa y a sal, y el sonido de la vida incesante.

Ciara parecía inmune a la perplejidad; en cambio, se fijaba en las pequeñas novedades, como los anuncios retroiluminados en las marquesinas de acero inoxidable de las paradas de autobús, las luces de colores del barrio de los bares y las gaviotas que se alimentaban de los restos de comida que encontraban por el terraplén verde. Era bonito estar allí. Parecía un lugar en el que podríamos querer quedarnos para siempre. Pero cada noche, cuando subíamos al coche después de las doce y tapábamos con cuidado las ventanillas con sábanas para dormir, una tristeza se apoderaba de mí. Sabía que solo estábamos de paso.

La semana siguiente, un hombre del ayuntamiento nos advirtió que si no movíamos el automóvil, se lo llevaría la grúa. El depósito estaba vacío y no teníamos dinero para llenarlo, así que se lo vendimos a un grupo de viajeros ingleses. Les dijimos adiós con la mano mientras se alejaban, y arrastramos nuestras bolsas de casetes y ropa hasta una parada de autobús cercana. Le dije a Ciara que, en el peor de los casos, podríamos viajar en autobús durante toda la noche, todas las noches. Era la ciudad.

Me arrepentí de inmediato de haber vendido el coche, aunque Ciara agradeció el cambio. Dijo que no podíamos dormir en el coche eternamente porque las personas que vivían cerca de la playa siempre nos habían mirado raro. Yo no me había dado cuenta, pero era posible que lo hubieran hecho. Además, dijo ella, no quería contemplar la nada eternamente. Señaló con la mano el brillo sobre el océano y dijo que el agua era aburrida.

El autobús circuló por calles residenciales, luego por largas y sinuosas carreteras y finalmente por la ciudad propiamente dicha. Supuse que Ciara nunca se aburriría en esa parte. Incluso el cielo estaba lleno de cosas que ver: cientos de ventanas por las que atisbar; los luminosos rojos y azules de las instituciones financieras y los hoteles de lujo; los helicópteros de vigilancia. Nos bajamos del autobús en la estación central de ferrocarriles y nos topamos con una multitud casi impenetrable de personas, todas marchando y a veces corriendo en nuestra dirección. A una manzana de distancia, en un callejón estrecho y oscuro con contenedores verdes a ambos lados, entramos en un edificio con un rótulo de neón rojo en el que se leía la palabra PENSIÓN. El vestíbulo olía a polvo, vinagre y tabaco rancio, y el europeo de la recepción no mostró interés en nosotros. Las cucarachas se escabullían por una moqueta que brillaba de puro raída. Por treinta dólares la noche alquilamos una habitación sin ventanas con una cama individual y dormimos cada uno con los pies junto a la cabeza del otro.

Costaba dormir debido al calor. Nos vimos obligados a levantarnos de la cama al amanecer, ansiosos por respirar el aire relativamente fresco del parque que había junto a la estación de tren. En ese parque acababan pasando la noche muchas de las personas sin techo de la ciudad, acurrucadas bajo lonas improvisadas entre los árboles. Varios hombres dormían hechos un ovillo debajo de mantas ásperas o, en algunos casos, un pedazo de cartón mohoso. Otros se sentaban en pequeños corros y hablaban de sus asuntos con gestos apremiantes y voces groseras.

Cuando el parque empezó a llenarse de personas que se dirigían con prisa al trabajo, nos adentramos en la ciudad. Era imposible hacerse una idea de cómo era la vida que llevaba allí la gente. Todos tenían cuidado de rehuir la mirada, incluso en los pubs.

Esos primeros días titubeantes en el centro de la ciudad pasamos las tardes calurosas y tóxicas en los bares para turistas que había a lo largo de la calle principal. Incluso en el centro, donde solo había comercios y no parecía vivir nadie, había hombres y mujeres entrados en años bebiendo jarras de cerveza y viendo algún que otro deporte. Ciara y yo hacíamos lo mismo, aunque charlando. Hablábamos de la ciudad y de lo remota que parecía aun estando en el mismo centro. No estaba a la altura de lo que había imaginado Ciara y, sin embargo, era la típica ciudad.

Una tarde antes de la hora punta, cuando había más tranquilidad, Ciara dijo que no se sentía parte de la ciudad en absoluto. Tenía la sensación de que nos movíamos de un punto estratégico a otro mirando desde dentro. No se sentía extraña; había esperado que todo le chocara para que su mente encontrara otro rumbo.

Hablamos de los orígenes de la ciudad. Ciara tenía una idea al respecto, porque todos tenían alguna. Bebíamos en pubs en los que se habían sentado testigos de primera mano de esos orígenes, y hoy en día era más fácil seguir imaginando ese pasado que rendirse al presente. Era más fácil imaginar a los fundadores espectrales fumando en los bares, empapados tras un día de trabajo manual, que pensar en quién estaba allí en ese momento o por qué.

Ciara siempre bebía más cervezas que yo, demasiadas, aunque no me atrevía a decírselo. Habían empezado a molestarle las consideraciones prácticas, como que nuestros fondos estaban menguando rápidamente o el hecho de que no tuviéramos dónde vivir. Las tres cervezas que se bebía al principio se convirtieron en cuatro y luego en seis. Por cada cerveza se fumaba dos cigarrillos, hasta que el final de la noche daba caladas sin parar, incluso mientras regresaba tambaleándose a la pensión, donde el avinagrado europeo del mostrador meneaba la cabeza. En esas salidas rutinarias Ciara contaba las mismas historias una y otra vez: sobre sus casetes, sobre *Sonidos del viernes noche* y la inutilidad de *Sonidos del jueves noche*, sobre sus esfuerzos por difundir mitos banales en su pueblo, sobre el columnista musical del periódico de la ciudad, sobre el fin del mundo. Ella nunca se refería a lo que le había ocurrido a su pueblo. Parecía creer que su pueblo algún día la acogería de nuevo, que eso formaba parte inevitablemente de su futuro. Era tal su convicción, que le importaban poco los movimientos de la ciudad; no parecía interesada en explorar su fachada impenetrable, solo parecía ansiosa por vivirla a través del vidrio amarillento de los bares deportivos, a salvo en el ambiente televisivo que le recordaba a su pueblo desaparecido, en compañía de hombres y mujeres amodorrados que compartían nuestro aire nómada. Parecía esperar a que pasara algo.

Justo cuando nuestra situación económica empezaba a ser delicada, conseguí trabajo en el Woolworths situado frente al ayuntamiento. Ese supermercado era diferente a todos los que había visto antes: se extendía a través de tres niveles, hundiéndose bajo tierra, y nadie deambulaba por los pasillos con desgana con el carro a la zaga, sino que seleccionaban los productos con la agresividad típica de las ciudades. Los compradores no querían hablar conmigo como hacían en el pueblo. Al principio agradecí su distanciamiento, pero luego me resultó alienante.

 Aquí hay demasiada gente, dijo Ciara, sentada en el bar deportivo de la estación central de ferrocarriles, donde siempre nos reuníamos después de mi turno. ¿Por qué iba a interesarles hablar contigo?, me preguntó. Ni siquiera te ven. Yo solo ocupaba el espacio intermedio entre el lugar de donde venían y aquel adonde iban. Apagó el cigarrillo en el suelo.

Llegó un momento en el que, cuando entraba en el bar deportivo en el que habíamos quedado en encontrarnos después de mi turno, Ciara ya no estaba allí. Al volver a la pensión, me esperaba a que llegara, más borracha que la noche anterior, y no le pedía ninguna explicación porque trabajaba al día siguiente, cuando ella dormía la borrachera.

 Los fines de semana subíamos a los trenes de cercanías que salían de la estación central y hacíamos todo el recorrido, y nunca nos bajábamos hasta el destino final, donde nos subíamos al siguiente tren que iba a la ciudad sin dejar siquiera el andén. Esos fueron los momentos más tranquilos que pasé en la ciudad. Solo durante esos lánguidos trayectos en tren logré averiguar una verdad sobre la ciudad. Una verdad entre millones, pero innegable. Esa verdad era que sus dimensiones impedían llegar a conocerla.

 Las estaciones de las distintas líneas de tren tenían un aire misterioso, no parecían habitadas del todo, sino que eran más bien paradas provisionales entre la ciudad y las montañas. Seguramente nadie había vivido una vida plena en los barrios de alrededor. Lidcombe, Auburn, Granville, Stanmore, Saint Marys, Hurlstone Park, Saint Leonards, Lakemba, Macdonaldtown, Redfern y Ryde: eran tantos los nombres como las llanuras que había más allá del resplandor, y si esos nombres solo significaban lugares entre una ubicación real y la siguiente, ¿qué había de los vastos tramos entre ellas? ¿Qué pasaba con todos los lugares que no tenían cerca una línea de tren? Fue una sorpresa que no nos pidieran el pasaporte para entrar. Fue una sorpresa que nadie vigilara nuestros movimientos por la ciudad. A los que se atrevían a bajar en esas estaciones, ¿quién se aseguraba de que no se perdieran?

Fui a una agencia inmobiliaria en uno de los barrios. Le dije al hombre del mostrador que me gustaría alquilar un piso, una casa o cualquier otro lugar habitable. El agente no parecía tener muchas ganas de ayudar. Me miró con desdén y me contestó que no tenía nada. Insistí en que debía de haber algún lugar para alquilar en la ciudad, ya que se extendía en todas direcciones.

Es cierto que la ciudad es grande, dijo él, después de contestar varias llamadas telefónicas. Pero era muy difícil encontrar un lugar para vivir, porque era muy competitiva. Para vivir en la ciudad no bastaba con tomar la decisión y luego hacerlo. Era necesario tener cierto carácter. Se irguió para demostrar que él tenía el carácter adecuado.

Me dijo que si quería vivir en la ciudad tendría que pelear con uñas y dientes, caer en mentiras y subterfugios, fingir ingresos falsos, ser otra persona. Dijo que por los ingresos que le había indicado no encontraría nada en ese vecindario ni en sus aledaños, ni a lo largo de la ruta del autobús. Más valía que me subiera a un tren y me fuera lo más lejos posible, hasta justo antes de llegar a las montañas. Allí podría encontrar un lugar asequible, aunque debía saber que estaría lleno de gente pobre y que seguramente me robarían cada dos por tres. Probablemente necesitaría quedarme con el piso más barato disponible, y no sería muy agradable pasar tiempo en él, así que me recomendaba alquilar uno cerca de un club de excombatientes australianos o de un pub, para que me sirvieran de sala de estar. Agitó un brazo hacia el oeste y me dijo que probablemente me volvería adicto a las máquinas tragaperras y moriría debiendo dinero a las mafias. O tenía muchas papeletas para que, al volver a casa, me atracaran los drogadictos y los inmigrantes. Solo era algo que tener en cuenta, dijo. Tal vez debería apartar dinero para dárselo a los delincuentes. Si tenía suerte, no recibiría ninguna paliza. Aunque podría considerarme afortunado de encontrarme siquiera en esas circunstancias extremas, porque si salía alguna propiedad, otras personas se apresurarían a comprarla. Más me valía no molestarme. Dijo que iba siendo hora de que la gente se diera cuenta de que la ciudad estaba llena, y saludó con la mano a un hombre que pasaba por la calle. Me dijo que debería considerar el trasladarme al campo y cultivar hortalizas para los habitantes de la ciudad.

Una mañana en la que me atreví a despertar a Ciara antes de irme al supermercado, le repetí la perorata del agente inmobiliario. Ella había oído lo mismo en sus andanzas, pero estaba menos impresionada que yo. La ciudad está llena, dijo. La gente llevaba mucho tiempo pensando que el país estaba lleno. Cuando ella les decía que no era cierto, ellos insistían en que realmente lo estaba.

Le señalé que decir que la ciudad estaba llena era mentir con descaro. Sospechaba que el agente inmobiliario se inventaba cosas: al fin y al cabo, la gente de ciudad no se sentía obligada a ser educada como la gente de campo. El agente solo se comportaba como un hombre de ciudad más que era consecuente con su posición en el mundo. Si yo hubiera dejado varios billetes de cien dólares en el mostrador y también hubiera sido consecuente con la ciudad, fingiendo ser más inteligente, más rico y mejor que él, y no un simple hombre que trabaja en Woolworths, en pocos días nos habría encontrado un lugar para vivir.

Ciara dijo que en la ciudad todos tenían miedo del futuro, más que en el pueblo. No lo admitían abiertamente, pero todos parecían saber que iban a pasar grandes cosas. Y sabían que cuantas menos personas hubiera alrededor, menos personas habría para atacarlos y saquearlos cuando todo se viniera abajo. Señaló el agua. Solo quieren protegerse a sí mismos y sus propiedades, dijo. Y afirmó que, a diferencia de mí, ella hablaba con ellos. Ninguno se había atrevido a referirse a la catástrofe que se avecinaba, pero todos actuaban y hablaban como si fuera una certeza y tuvieran que refugiarse en algún momento indeterminado del futuro.

Dijo que allí todos hablaban de la ciudad de la misma manera que la gente del pueblo hablaba del pueblo. Dicen que la ciudad ya no es lo que era. Si ella les preguntaba cómo era, se limitaban a responder que era más como una ciudad.

Pero no siempre había sido así, le decían. Hubo un tiempo en que había sido una ciudad de verdad. Ahora solo era un lugar donde se hacían negocios. Estaba condenada a llegar tarde, dijo, tumbada en el colchón húmedo. Llegaba demasiado tarde a todo.

Nunca más hablamos de mudarnos de la pensión; simplemente caímos en una rutina. Yo llegaba a casa a las siete de la tarde y Ciara pasada la medianoche. Decía que le gustaba pasear por las calles de noche porque hay secretos que solo pueden desentrañarse después del anochecer. Me pregunté qué secretos podía esperar descubrir en esa ciudad.

Inevitablemente, todas las noches yo entablaba conversación con los ancianos que pasaban el rato en la sala común de la pensión. Todos vivían precariamente, mucho más que nosotros. Brian era uno de ellos; antes vivía en el Central West, y, cuando mencionó la región, señaló el oeste con un ademán vago que no apuntaba a ninguna parte. Había trabajado de peón agrícola en varias propiedades, pero se trasladó a la ciudad cuando se lesionó la espalda. Ya no era factible que trabajara, dijo. Enseguida descubrí que le encantaba la palabra «factible»: todo se medía por su «factibilidad». Él era el que más interés tenía en entenderme, pero solo en la medida en que a mí me interesaba entenderlo a él.

Brian enumeró algunos de los pueblos del Central West que estaban cerca de las propiedades en las que solía trabajar. Los nombres me resultaron familiares, pero a la tenue luz llena de humo de esa sala común sonaban inconcebibles. Él había ido allí porque había trabajo, haciendo autoestop por las estrechas y solitarias carreteras que había entre pueblo y pueblo, traspasando los resplandores. Esquiló cerca de Dubbo, recogió uvas en las afueras de Orange, construyó vallas a lo largo de las llanuras del este de Parkes. Su vida parecía típica aunque anacrónica, más mitológica que real, y demasiado fiel a alguna creencia profundamente enraizada, tan fiel que no sonaba verdadera.

Una noche en la que bebíamos unas latas de cerveza me dijo que no era factible que yo viviera en la pensión. Allí era donde acababan los viejos desgraciados incorregibles, dijo. No era prudente meterse en una pensión barata, y menos con esa joven —señaló la ciudad— que no sabía aguantar el alcohol.

Brian creía que si no teníamos motivos para estar en la ciudad, deberíamos marcharnos. Aunque no quisiéramos, la ciudad lo descubriría con el tiempo y nos expulsaría.

Le hablé de mi libro inacabado sobre los pueblos desaparecidos. Brian no lo rechazó como cabía esperar de un viejo y franco trabajador, y escuchó con atención mis conjeturas sobre los pueblos que solía haber a lo largo de la línea del Main Western. Yo ya no hablaba con confianza de mi libro. Al recordarlo se me hacía un nudo en el pecho y me invadía el miedo al tedio. Y seguía siendo así a pesar de haber sido testigo ocular de la desaparición de un pueblo, le dije a Brian. Había sido un pueblo aletargado más de bastantes habitantes en el que uno apenas se fijaba al pasar por la carretera en dirección a la ciudad o al campo propiamente dicho. Yo siempre había creído que un pueblo como ese encerraría verdades que podría incluir en mi libro, verdades que todos deseamos ver confirmadas. Por lo menos, creía que encontraría un pueblo que fuera con mi forma de ser.

Brian no tenía nada que opinar sobre mis confesiones. Solo asintió en silencio, un silencio que parecían compartir todos los hombres que se tenían por decentes: una noble abstención del habla, con los ojos bajos en señal de empatía estoica.

Notaba que mi ligazón con Ciara se aflojaba día a día. Aunque nunca me había propuesto entenderla, había llegado a valorar su aparente confianza en mí. Ahora la veía como una persona de quien podía esperar sentirme incómodo en su presencia.

Cuando me paraba a pensar en el giro de los acontecimientos que había llevado a nuestro primer encuentro, no parecía factible que otra persona pudiera reemplazarla. Yo no había estado buscando a alguien como ella, había llegado sin más. Y no creía que fuera reemplazable. Sin duda había otras personas incómodas e insatisfechas en la ciudad, pero era imposible saber de inmediato si estaban insatisfechas con su suerte o consigo mismas. Si era lo último, quizá nunca llegáramos a reconocer una afinidad entre ambos.

La ciudad tenía la costumbre de parecer vieja. Y nada les gustaba más a los folletos turísticos que dirigir la atención hacia el casco antiguo. Cuando me pateaba las partes supuestamente antiguas que estaban cerca del famoso puerto y debajo del famoso puente, los vecindarios destilaban un prestigio moderno que parecía reñido con cualquier realidad.

La ciudad tenía en mucha estima su propia historia, pero solo en la medida en que confirmaba lo que muchos ya creían.

En el casco antiguo, cerca del famoso puerto y debajo del famoso puente, la pobreza del pasado se representaba de manera romántica en los óleos que colgaban de los bares caros, bares donde los empresarios de espalda erguida animaban a un equipo u otro en una pantalla de televisión, y las empresarias se movían de puntillas riéndose. Esas personas creían que encajaban allí. Tal vez, pero casi seguro que no, y yo tampoco.

Lo que yo había estado buscando en los pueblos desaparecidos era una historia atesorada. En la ciudad la historia a duras penas podía verificarse, probablemente era un mito. Ninguna de las personas que había en esos bares, comiendo bistecs y bebiendo cerveza cuidadosamente elaborada, había necesitado buscarla. Todos se consideraban parte de esa preciada miseria, a través de los raídos hilos de un continuo misterioso. Todos creían haber sido pobres en otro tiempo, como lo demostraban los cuadros, y eso los hacía felices.

Un día Ciara llegó a casa a las cuatro de la madrugada y vomitó en la cama. Luego vació una botella de cerveza sobre el vómito y se puso a limpiarlo derramándolo sobre la moqueta, que rascó con las manos formando pequeños montones. Y entonces se desmayó en el suelo junto a la puerta.

Al día siguiente nos echaron. Nos sentamos en un banco del parque de la estación central y ella estuvo callada durante mucho rato. Cuando el sol empezó a pegar demasiado fuerte, anunció que iba a sentarse en otro banco más sombreado. Al principio no la seguí, pero al cabo de un rato fue inevitable hacerlo.

Habíamos dejado sus casetes en la pensión. Ella no tenía ganas de cargarlos y yo ya tenía las manos llenas, y el adusto europeo de la recepción estaba demasiado enfadado como para dejarnos volver para recoger un segundo cargamento de pertenencias. Me pregunté cómo esperaba ella seguir sus pesquisas sin los casetes o cómo se los haría escuchar a posibles aliados. Pero ella dijo que ya no le importaban demasiado los casetes. Si descubriera que sus orígenes estaban en la ciudad, daría realmente lo mismo, porque siempre había esperado que estuvieran en alguna parte de su pueblo desaparecido o en un lugar similar. Además, dijo, en la ciudad la gente hacía cosas mucho más extrañas que grabar música de teclado misteriosa. Señaló en todas direcciones como una experta. Me dijo que todos vivían de forma extraña. Que nadie tenía nada que esconder. Todos actuaban por caprichos. Hacían lo que querían, pero solo durante la noche. Se acurrucó en el banco.

Más tarde me explicó que durante uno de sus vagabundeos nocturnos por la ciudad había entrado en el sótano de una de las casas que había al oeste de la estación central de ferrocarriles. Allí había encontrado una pequeña habitación llena de hombres y mujeres que miraban cómo un joven gritaba hacia un micrófono. No hacía nada más que gritar, dijo. Ni siquiera pronunciaba palabras, solo gritos. El público estaba sentado con las piernas cruzadas o apoyado en las paredes, absorto en las abyectas protestas del joven. Duraron varios minutos, luego los espectadores aplaudieron educadamente y se dedicaron a socializar.

Dijo que no me podía perder al joven que gritaba. Que no tenía nada de arte.

Yo tenía mucho interés en ver gritar al hombre, aunque dudaba que lo hiciera de nuevo. ¿Cómo iba a suceder dos veces lo mismo en una ciudad tan grande como esa?

Cuando Ciara se había acercado al joven que gritaba, él había actuado con mucha humildad y no pareció tan angustiado como ella esperaba. Todo había sido una actuación, le dijo. A ella le decepcionó que no le gritara en la cara. No estaba realmente tan angustiado como había demostrado. Aun así, se quedó impresionada.

Ciara había visto muchas cosas en la ciudad. Había visto una pelea entre media docena de hombres en un bar de las colinas a poca distancia del mar. Varias veces le habían ofrecido drogas hombres mayores. Había bebido en parques poco iluminados con personas sin hogar que le daban alcohol a cambio de cigarrillos. Me dijo que solo era posible ver la ciudad de noche. Durante el día se esconde, es demasiado tímida. Dijo que de día la ciudad está ocupada en mantener las condiciones para que pasen cosas extrañas a altas horas de la madrugada, creando las tensiones que desea liberar.

Nos duchamos en la estación de tren. Luego Ciara quiso caminar en la dirección en que, según ella, se encontraba la ciudad auténtica, donde había visto todo eso, y yo quise buscar un lugar para vivir. Así que nos separamos y acordamos reunirnos en el parque junto a la estación central a las siete de la tarde. Encontré un hostal parecido a la pensión de la que acababan de echarnos. Una habitación costaba sesenta dólares la noche. En él se alojaban sobre todo personas más jóvenes de origen británico que estudiaban mapas en la sala común, donde había montones de revistas y atlas. Pagué tres noches por adelantado y, como aún faltaban dos horas para que me reuniera con Ciara, deambulé por la calle principal, curioseando en las librerías y en las tiendas de discos. Las tiendas de comestibles y de ropa estaban abarrotadas de adolescentes que bebían refrescos en vasos altos de poliestireno. Había un cine y una sala de videojuegos, y ambos eran un hervidero tanto de día como de noche, con las luces encendidas desafiando al sol. Había demasiadas intersecciones, demasiadas rutas, y ninguna parecía seguir una dirección convincente. Abrumado y cansado, volví al parque y esperé.

Después de que Ciara me dejara para siempre, mi recuerdo más perdurable de la ciudad serían las horas que pasé sentado en el parque. Desde entonces he averiguado aún más sobre la ciudad y, como Ciara, sospecho que está condenada. He leído artículos sobre hombres y mujeres que se pelean por lo que significa ser una ciudad o una nación: rompiendo botellas en el cráneo de otros, arrancando prendas de ropa de la cabeza de las mujeres en los paseos que bordean las costas vírgenes. Dicen que no son realmente ellos, pero lo son y no lo son, quién sabe. Parecen sufrir los mismos síntomas que los habitantes de los pueblos desaparecidos. Su idea de quiénes son pertenece al pasado, solo puede leerse en libros o encontrarse compendiada en algunas canciones o películas raras. Yo, solo y todavía buscando, no puedo condenarlos por creerse buenos. Pero tampoco entiendo cómo han llegado a esas ideas y compendios, y por qué parecen necesitar esos en concreto y no otros. A mí, como persona sin ninguna razón para estar en la ciudad, me parecía que mi búsqueda de algo en particular era una actividad inútil. Solo veía a personas que estaban ahí, que existían. Lo único que une a la gente de ciudad y a la de campo es la verdad de que están allí, conectadas por la tierra que dicen poseer.

Ciara había dejado de buscar. Supongo que pensó que podía perderse entre los cientos de otras personas igual de perdidas que había en la ciudad, que podía saborear la proximidad de la historia, del significado, desde ciertos puntos de vista frágiles. Tanto la historia como el significado siempre están al alcance de uno en una ciudad, aunque rara vez en el mismo momento o lugar. En cada manzana de una ciudad hay una cripta de historias encerrada en cemento o en rostros adustos en los Subway y en los numerosos Hungry Jack's, lugares que antes tenían algo más, eran más auténticos. Hay historias en los pubs y en los centros comerciales, en otro tiempo guaridas de color sepia. Hay historias en las callejas torcidas, en el casco antiguo donde se ocultan los secretos más oscuros, o en las avenidas de los edificios de vidrio alejadas de cualquier pasado, por superficial que sea el paso del tiempo.

Ciara tal vez había dejado de necesitarse a sí misma. Tal vez había empezado a disfrutar de no verse reflejada en nada, ni en los casetes ni en los otros habitantes de la ciudad. Estaba en una ciudad que no reflejaba nada en absoluto. Una ciudad como cualquier otra. Ella era una fuerza anodina que se movía invisible por sus calles, finalmente sin nombre ni reputación, sin expectativas que cumplir ni nada frente a lo que definirse, envuelta en todos los mensajes contrapuestos, los lugares y las sensaciones que parecían corroborar verdades generalizadas y a cuantos las cuestionaban. Satisfactorios a su manera confusa, pero sin coincidir con mis propias búsquedas.

Mis búsquedas terminaron en el parque. Yo ya no tenía energía para recorrer las calles en busca de lo que fuera que buscaba. La condición de pertenecer es algo innato, no se adquiere ni se descubre. Para los británicos en chanclas que bromeaban en la sala común del hostal, tan inequívocamente británicos, no existía tal enigma. Estaban completos: una concatenación de acontecimientos y una culminación verdadera y verificable. Yo solo era una noción reticente, equivocada y controvertida. Una noción a la que se llegaba lánguidamente, la estela de vapor de alguna condición efímera.

Esa noche bebí con los británicos. Para ellos no era un tipo raro, solo alguien a quien había que explicar cuidadosamente todo en un lenguaje perfectamente inteligible y sucinto en aras de la claridad. Me bebí más de tres cervezas y les hablé de mi libro, y de que ya no podía escribirlo, de que no era posible escribir ningún libro sobre lo que había estado buscando. Mi libro tendría que ser de ficción, dije, pero ¿dónde está la satisfacción en eso? Los tres hombres y las dos mujeres me escucharon amablemente, y luego se pusieron a hablar entre ellos de cosas que no entendí. Hablaron de Suecia, de las islas del Pacífico o del Sudeste asiático, y parecía que todo el mundo fuera suyo. Ellos no veían resplandores. Iban allí donde era posible llegar, y en cada lugar hallaban un fragmento de sí mismos. Por todas partes colgaban hilos de su pasado colectivo, sobre todo en la ciudad. Les dije que deberían sentirse afortunados de ser de Inglaterra, un lugar real, y ellos se rieron y dijeron que lo entendían, y mencionaron el clima y el agua. Les dije que el agua estaba vacía, que solo era un borde, que no significaba nada. Oh sí, dijeron, lo mejor era la arena y el sol. Y supongo que hablé más de lo que normalmente hablaba, y también mucho más fuerte, como una autoridad, sobre cómo todo lo que ellos sabían de la ciudad y el campo de allí quizá no era tan cierto. Les dije que era verdad todo sobre Inglaterra, que yo podía detectarlo al tenerlos cerca. Que todos ellos irradiaban verdades sobre Inglaterra. Ellos empezaron a rehuirme. A la mañana siguiente me largaron, arrojaron mis bolsas de plástico y las de Ciara y me echaron. No recuerdo quién había empezado la pelea.

Estuve cuatro días en la ciudad buscando a Ciara. Seguí las calles que se abrían en abanico desde el parque de la estación central de tren, aunque, por lo que parecía, se había subido a un avión o se había ido nadando por el mar. Tal vez había entrado en uno de los edificios y se había quedado allí. Nunca se me ocurrió mirar dentro de los edificios.

Algunas zonas del centro tenían más aire de ciudad que otras, como la que se escondía detrás de edificios altos en una colina cercana al mar. La gente bebía allí a todas horas del día y se trapicheaba con droga sin disimulo en una calle que hacía esquina con la estación de tren. Había drogadictos por aquí y por allá, algunos gritándoles a los coches que pasaban, y hombres musculosos apostados en las puertas de discotecas con rayas de neón. Más que bloquear el paso, animaban a entrar, incluso a mí, con mi uniforme de Woolworths manchado. Ese barrio parecía poner de manifiesto la esencia más desinhibida del ser humano en una ciudad. En los rostros de los hombres y las mujeres había expresiones de agresividad tácita: rechazaban cualquier contacto por si acaso. Soltaban abucheos viendo los partidos de fútbol en las terrazas abiertas de los bares aletargados y se bebían sus cervezas con parsimonia. Esa zona siempre parecía estar al borde del pánico, peligrosamente a punto de estallar. Cuando los hombres peleaban lo hacían con ímpetu, como guerreros o soldados, animados por testigos y embotados por los efluvios de los licores, la cerveza o algo más. Solo en esas circunstancias podían premiar los impulsos que el resto de la ciudad condenaba. En esa región de la colina, hombres y mujeres saltaban a la palestra todos los días y noches. El ritmo y la densidad de la ciudad activaban sus tensiones. Las avenidas comerciales y los callejones servían de contenedor de todo lo que guardaban para sí. No era de extrañar que acabara encontrando a Ciara allí, sentada en un banco, contemplando tranquilamente una fuente famosa.

Me senté a su lado y esperé a que hablara. Ella guardó silencio. Miraba la fuente. Le dejé en el regazo un casete suelto, estropeado por el roce de mi bolsillo, y ella se rio. Luego lo tiró a la fuente. Dijo que empezaba a ser demasiado vieja para la extraña música de teclado. Eso es ridículo, dije. Además, la extraña música de teclado no era para los jóvenes, dije, era demasiado triste. Los jóvenes escuchan música para bailar y techno, o simplemente gritan. Ella no registró mi comentario. Tal vez ya lo había olvidado.

Me dijo que yo vivía una vida extraña. Me limitaba a ir a lugares y observar a las personas. No vivía entre ellas, solo era testigo, como si estuviera detrás de un cristal. Dijo que eso era todo lo que había hecho ella también.

Entramos en el McDonald's y comimos el menú de oferta. Las palomas se posaban entre nuestros pies mientras nos zampábamos las patatas fritas. Era posible que Ciara no hubiera dormido desde la última vez que la había visto. Yo sí, en los trenes de las líneas que se alejaban hacia el oeste y luego regresaban. Ahora que ya no tenía un libro que escribir, no tenía nada que decir.

Ella había estado viviendo en un túnel subterráneo. La entrada está cerca de los muelles, dijo, en una franja de hormigón que había entre dos arterias importantes. Nunca había nadie allí. Estaba cerrado al tráfico peatonal. Allí había una trampilla de metal oxidado del tamaño de un hombre. La levantabas y había una escalera. Después de bajar durante un minuto más o menos ibas a parar a un rellano. Estaba oscuro como la boca del lobo y así continuaba hasta un rincón invisible, alrededor del cual emanaba una luz amarilla. Al final del pasadizo había una escalera iluminada con luces de colores que descendía durante mucho tiempo, tal vez quince minutos. Luego había una habitación amplia con muchas camas y personas, y otra escalera que conducía más abajo.

Ella arrugó los envoltorios y se limpió las manos en los pantalones. Aún no había ido más allá de la primera escalera. No le había hecho falta.

Allá abajo la gente era diferente a la que había conocido a ras del suelo. Algunos eran vagabundos y otros no eran más que personas hartas de la vida en la ciudad. Otros no tenían ninguna razón particular para estar allí. Siempre había música y alguien con quien hablar, dijo ella. Había conocido a un hombre llamado Rob. No era como el Rob anterior, aunque en cierto modo se parecía bastante. Era un hombre normal que casualmente vivía a casi un kilómetro por debajo de la superficie de la ciudad.

Le dije que yo también quería vivir en la ciudad subterránea, pero Ciara dijo que tenía prohibido llevarme allí, que yo debía encontrarla por mí mismo. Esa era la única regla. Allí no valían las recomendaciones, y si llevabas a alguien, te echaban. Ciara ya había visto cómo ocurría. Una tal Iris había vuelto borracha con un hombre. Ben, un habitante subterráneo que no era el jefe pero que se regía por las reglas, ni siquiera la avisó. Se limitó a cerrar con una cadena la puerta que conducía a la primera habitación, y durante muchos días Iris y el hombre se quedaron allí. No había problema, dijo Ciara. Todo lo que había antes de la puerta no pertenecía en sentido estricto a la ciudad subterránea. Pero al cabo de un tiempo, Iris intensificó sus protestas amenazando con mostrar la entrada a más personas si no les concedían la amnistía a ella y a su nuevo hombre. Entonces Ben lo golpeó hasta dejarlo sin sentido y le advirtió a Iris que si alguna vez levantaba la liebre, la ciudad subterránea la encontraría.

Allí había artistas y músicos, pero no eran la mayoría. Había una banda que tocaba música triste con una grabadora y dos guitarras. Sonaba a todas horas y nunca cesaba. Tal vez había otras bandas en los otros pisos —señaló a sus pies—, pero ella no lo sabía. Reservaba las visitas para cuando se cansara del superior. Si practicaba la moderación y solo bajaba cuando estuviera verdaderamente harta, la ciudad subterránea podría contener siempre sorpresas.

Supliqué. Podía decirles que yo había encontrado la ciudad subterránea por mi cuenta. Si ella me daba indicaciones, podía llegar yo solo y decir que no nos conocíamos. Ella me dijo que eso era imposible. Iba en contra de las reglas.

Compasiva, me sugirió que buscara alguna trampilla en otro lugar. Pero que no mirara en las carreteras normales sino en lugares extraños, por donde no pasaba nadie. La ciudad era tan grande que creía que tenía muchas probabilidades de conseguirlo.

Caminamos en dirección al centro. Ciara estaba contenta, aunque tenía sentimientos encontrados hacia mí. Creo que se sintió obligada a ponerme al corriente de su nueva vida en la ciudad subterránea. Por lo que a ella respectaba, yo había continuado viviendo a nuestro viejo ritmo. Yo quería decirle que se callara su secreto, ¿acaso no estaba ella rompiendo las reglas? Si yo no podía vivir allí también, no quería saber nada.

Ella dijo que podíamos seguir viéndonos de vez en cuando. En la ciudad subterránea casi todos dormían por el día y vivían de noche. Se sentaban en pufs y hablaban sobre las maneras de amueblar la ciudad subterránea y sobre las formas de mantenerla en secreto. Ahí abajo había algunas personas que creían que el secreto no podría mantenerse durante mucho tiempo.

Hice un esfuerzo por aguantar las divagaciones de Ciara. Era mucho más joven que yo, apenas una adulta.

Me dijo que ahí abajo la gente decía que el mundo estaba cambiando. Al final todo acabaría siendo igual y todos los secretos se desvanecerían. No habría espacio para los sentimientos raros ni tiempo para reflexionar. Eso se debía a que en todas partes la gente se estaba preparando para ser aniquilada. Las ciudades serían torres destripadas desde las que observar mejor la carnicería. El mundo se estaba caldeando, probablemente sería destruido y no podría hacerse nada al respecto. Eso era porque todos sabían en el fondo que las cosas habían ido demasiado lejos y que todo lo pasado era mejor. Y si las cosas no podían mejorar, bien podían terminar. El pasado era un consuelo y una fuente de tristeza. Desde la distancia podía demostrarse que en otro tiempo habíamos sido algo más. Pero el pasado también ponía de manifiesto lo que ya no era posible, aunque no fuera lo que parecía.

En la ciudad subterránea había quien decía que no había que preocuparse, que al vivir allí habían encontrado algo tan nuevo y extraño que ya no tenían que pensar en lo diferente que era lo viejo. Y cuando la ciudad que había sobre el nivel del suelo sucumbiera, todos los de abajo sobrevivirían. Cuando la ciudad fuera bombardeada o anegada, su hogar subterráneo perduraría. Podrían salir a rastras una vez que terminaran los bombardeos y comenzar a construir de nuevo la ciudad, tal como la habían imaginado. O como algunos la imaginan, dijo ella. Ella aún no sabía cómo se la imaginaba. No estaba segura de que alguien lo hiciera.

Habíamos entrado en una de las partes más viejas de la ciudad, y parecía antigua, pero en realidad no era tan antigua como parecía. Los edificios eran antiguos a propósito y su grandiosidad era elaborada, buscaba llamar la atención. Allí había una biblioteca, probablemente la más grande de toda la ciudad. Le imploré a Ciara que entrara conmigo. Tal vez encontráramos en ella algún libro sobre los pueblos desaparecidos y sobre su pueblo. Tal vez podría sentirme en paz por haber dejado de escribir mi libro. Ciara quería esperar fuera fumando, pero insistí en que me acompañara. Quería que pudiera aprender algo sobre su región. Parecía importante. Ella me siguió, tal vez porque se sentía en deuda conmigo.

Cruzamos los tornos que había en la entrada de la biblioteca. Ciara me dijo que en la ciudad subterránea había libros, aunque ahí abajo casi nadie leía. Todos estaban demasiado ocupados hablando. Todos tenían mucho que decir. Sus circunstancias eran tan novedosas que nunca se cansaban de preguntarse qué les depararía el futuro. Los libros no tenían mucho que decir sobre el futuro. Ninguna certeza. Nada que presagiara realmente la vida.

Al pasar por una enorme sala llena de escritorios, Ciara susurró que en la ciudad subterránea había alguien que estaba escribiendo un libro sobre la vida subterránea. Sería una tontería que intentara publicarlo, pero aun así lo intentaría. Ciara creía que solo lo escribía para asegurarse de que había un libro sobre la ciudad subterránea. Tenía que haber uno.

Encontré un ordenador de consulta donde se podía buscar en el catálogo de la biblioteca. Era necesario porque tenían todos los libros que se habían escrito en el país. Algunos los guardaban en cuartos oscuros incluso, para asegurarse de que no perdían el color. Todas las paredes estaban forradas hasta el techo de estantes, y había docenas de salas, todas altas y anchas, con estantes más pequeños para libros más pequeños.

Ciara supuso que el libro sobre la ciudad subterránea no tendría nada que ver con todo eso, e hizo un gesto hacia la ciudad y todos los libros. Sería un nuevo tipo de libro, sobre un tema que nunca había abordado ningún otro escritor. Ese libro trataría de ellos, los habitantes de la ciudad subterránea, y de nadie más. Y pensar que su historia tendría toda una capa oculta, dijo, que todo lo que hay por encima del suelo se daría por sobreentendido.

Imagínate a la gente leyéndolo después del fin del mundo. Todo lo que damos por hecho ahora quedaría envuelto en misterio. Todo lo que nos rodea —y agitó los brazos en todas direcciones– sería la historia antigua. Dijo que seguro que leería el libro entonces.

En el ordenador de la biblioteca podía consultar no solo libros sino también los índices de los libros, y en esos índices encontré pequeñas referencias a Meranburn, Bocobra, Gumble o Garra. Busqué «pueblos desaparecidos» y no encontré nada. Muchos de los nombres que había encontrado en mapas oscuros tampoco dieron resultados de búsqueda. Y sin embargo había cientos de libros sobre la ciudad y sobre ciudades de otros estados. Los estudiosos debatían en sus páginas sobre verdades específicas relacionadas con sus orígenes. Había varios libros sobre la temida expansión llevada a cabo mucho más allá del Central West, y otros tantos sobre las cadenas montañosas que había al oeste de la ciudad, donde la gente había trabajado bajo condiciones atroces durante años en lo que parecía una moda histórica.

Busqué mi nombre, pero no salía. Busqué el nombre de Ciara y tampoco encontré nada.

Ciara dijo que solo se necesitaría un libro sobre la ciudad subterránea. Se iría escribiendo a medida que creciera y nunca haría falta editarlo. Si bombardearan la ciudad o sucediera alguna otra catástrofe, solo quedaría un libro: el suyo. Seguramente se escribirían otros, y algunos tratarían sin duda de contar de memoria lo que había habido antes allí, pero sería una información confusa. Serían libros escritos por el mero hecho de que existieran. Tocó un estante con desdén.

Sospeché que me estaba acusando. Pero parecía ajena, absorta en sus pensamientos, mientras yo tecleaba. Y de pronto ahí estaba: un libro sobre su pueblo desaparecido. Un tomo considerable de 439 páginas. Publicado cincuenta años atrás y escrito por alguien cuyo nombre no reconocí. Señalé la pantalla. Ciara leyó en voz alta el corto título, que era simplemente *La historia de…*

Me lo apunté y se lo llevé a una bibliotecaria. Ella sabía que el libro estaba en alguna parte de la biblioteca y se ofreció a buscármelo; no quiso saber por qué lo quería. Caminamos juntos durante diez minutos: salimos de la galería principal, subimos unas escaleras estrechas, cruzamos las puertas de la salida de emergencia y volvimos a bajar, luego subimos por escaleras de mano, atravesamos trampillas y azoteas, y bajamos a otra biblioteca, una diferente donde también había personas sentadas leyendo. Desde esa sala recorrimos un largo túnel vacío hasta otra habitación de techo bajo y sin ordenadores de consulta, forrada de libros. Señaló el libro y se marchó.

Lo puse encima de una mesa de lectura y lo abrí por la página del índice. El primer capítulo no era sobre el ganado de McGee o la sequía, ni sobre el pueblo en particular. Los libros de esa envergadura a menudo dedican muchos capítulos a clasificar su contenido. Supongo que esas clasificaciones ponían de manifiesto su importancia en algún esquema encubierto. Los libros como ese deben esforzarse en dar credibilidad a su contenido. ¿Cómo si no iba alguien a querer leer sobre un pueblo desaparecido?

El primer capítulo parecía atenerse rigurosamente a los orígenes del país. ¿De qué trata este libro?, preguntó Ciara. Del pueblo, dije. Lo atrajo hacia ella y hojeó las últimas páginas, para ver si ella aparecía. Echa un vistazo al índice, le dije.

El libro no mencionaba a Ciara ni a sus coetáneos. Hacía mucho que se había escrito. El índice ocupaba dos páginas, lo que demostraba que habían ocurrido muchos acontecimientos en el pueblo de Ciara.

A Ciara le hizo gracia que el último capítulo fuera sobre la estación de tren y su gran inauguración. No leí por encima de su hombro, porque había sospechado desde hacía mucho tiempo lo que ella encontraría.

Es posible que pasáramos días en la biblioteca. Ciara leyó el libro de principio a fin, y estudió con mucho detenimiento las fotografías satinadas en blanco y negro, en las que se veían llanas extensiones salpicadas de árboles de caucho y otras figuras. También mostraban las primeras tomas del pueblo, calles llenas de caballos y carretas. Y, por último, un tren parado en el andén con una figura solitaria en primer plano. Una silueta, pero inconfundible.

Cuando terminó el libro, no habló. Se fue por una salida de incendios cercana que daba a un callejón tranquilo, y no me pareció oportuno seguirla. Se llevó el libro consigo. No sé si hay otro ejemplar.

La mañana en la que me fui de la ciudad, por la calle principal desfilaban unos ancianos vestidos de color pardo. Tanto hombres como mujeres se detenían en las aceras para mirar con aire solemne y rostro cuidadosamente circunspecto. Los ancianos marchaban para rememorar una guerra. Me costaba creer que hubiera habido una guerra. Supongo que había pasado demasiado tiempo viviendo en pueblos.

Pero había habido una guerra. Nadie albergaba ninguna duda, aunque había pasado mucho tiempo desde entonces. En la calle principal de la ciudad se respiraba una atmósfera ominosa. El sonido de la corneta era triste, podría haber sido una de los casetes de Ciara por la forma como tembló en la fría brisa otoñal, fusionándose con el ruido del tráfico lejano, reverberando en las fachadas de cristal de edificios increíblemente altos y dentro del parque central, donde había muchos curiosos sentados. Los niños lloraban, tal vez porque habían visto a algún adulto llorar. Los adultos parecían haber perdido o ganado algo. En esa misteriosa melodía, que tenía mucho de himno, hallaban una tristeza colectiva anhelada. Y de ese dolor colectivo surgía camaradería, y, luego, no lo sé. El pasado por el que desfilaban parecía más valioso que el presente. Todas esas personas de pie sobre sus mantas de picnic en esa fresca mañana de otoño en la ciudad. Todas esas personas junto a otras personas. Pocas veces la vida ha ofrecido más certeza.

Si en el campo hay un pueblo al que pertenezco, es posible que ya esté oculto por algún resplandor impenetrable.

¿Cómo podría llegar a él? ¿Y si fuera una isla, un túnel o un pedazo de cielo? Si algún día lo encontrara, tal vez ni siquiera lo sabría. Supongo que tendría que presentarse desde la perspectiva adecuada. O tal vez sería evidente. Llegaría a él y, con poca o ninguna resistencia, sabría que yo soy de ese pueblo. Aunque lo fuera y entendiera por qué, no creo que ni siquiera entonces pudiera impedir que desapareciera. Ningún pueblo perdura como tal. Ninguna respuesta sigue siendo buena hasta el final.

AGRADECIMIENTOS

Gracias a Rachel, Edith, Darcy, Elizabeth y Phil, y a mis padres. Gracias a Brett Weekes y a Rosetta Mills por su labor dando forma al libro, y gracias a Chad Parkhill por corregirlo. Gracias a los amigos que me han dejado sacarlo en nuestras conversaciones. También al editor más elogioso, Sam Cooney, no solo por revisarlo minuciosamente sino por sus demás contribuciones en la confección del libro, y por ser un defensor incansable y apasionado de las palabras en este país.

Este libro está ambientado sobre todo en las tierras del pueblo wiradjuri, al que presento mis más profundos respetos.